U0825979

魅丽文化　花火工作室

你像星空落怀

南书百城 著

百花洲文艺出版社
BAIHUAZHOU LITERATURE AND ART PUBLISHING HOUSE

图书在版编目（CIP）数据

你像星空落怀 / 南书百城著. -- 南昌 : 百花洲文艺出版社, 2020.7
ISBN 978-7-5500-3746-5

Ⅰ. ①你… Ⅱ. ①南… Ⅲ. ①长篇小说－中国－当代 Ⅳ. ① I247.5

中国版本图书馆 CIP 数据核字（2020）第 099878 号

你像星空落怀
NI XIANG XINGKONG LUOHUAI
南书百城 著

责任编辑	蔡央扬
选题策划	黄　欢
特约编辑	胡　蓉
装帧设计	46 设计
内页设计	刘　阳
出版发行	百花洲文艺出版社
社　　址	南昌市红谷滩新区世贸路 898 号博能中心 A 座 20 楼
邮　　编	330038
经　　销	全国新华书店
印　　刷	湖南天闻新华印务有限公司
开　　本	880mm×1230mm　1/32　印张 9.5
版　　次	2020 年 7 月第 1 版第 1 次印刷
字　　数	281 千字
书　　号	ISBN 978-7-5500-3746-5
定　　价	39.80 元

赣版权登字　05-2020-67

目录 Contents

第一章

草莓班戟

姜竹沥抵达千岛国际酒店时，天色还没有完全暗下来。

远山薄暮，山峰秀丽。酒店建在半山腰，环抱着碧蓝的海域，一路走来空旷幽静，风光卓绝。

门口有明星进进出出地合影，她挑了个没人的角落停下，举高自拍杆，笑着挥挥手："能看到吗？"

姜竹沥抬眼，直播间里的少女肤色白皙，黑而直的长发将脸衬小了一些，眼睛乌黑明亮，弯成两轮新月。

屏幕上立刻跳出一堆评论——

"能能能！就这样不要动！"

"被……被甜甜这个抬眸惊艳到了，甜甜一定是JC颜值最高的美食主播！"

"甜甜看我！你背后那个是花篮吗？我好像看到段导的名字了！啊啊啊，晚上肯定有很多大佬！还有很多好吃的！"

"花篮？"姜竹沥眨眨眼，转身的同时将手机的摄像头也对过去，给粉丝们念花篮上的字，"祝贺段白焰导演新戏《青果》杀青，祝电影大卖……"

俗气，段白焰肯定不喜欢。

还没读完，她被自己的念头吓了一跳，反应过来，又觉得心里有些不是滋味。都过去这么久了，她还记得他的习惯……

不过这念头也只出现一瞬。

下一刻，姜竹沥收回思绪，将镜头转回来，笑着解释："因为我今天来蹭的这顿饭就是电影杀青宴呀，肯定会有人送花。”她笑出小虎牙，“你们也可以送我花花。”

话音一落，屏幕上疯狂地下起了花瓣雨。

“给你给你都给你！”

“看在甜甜今天为了蹭饭爬了半座山的分上！用花花淹没你！”

作为一个美食主播，姜竹沥从不把直播地点局限在厨房内。

除了每周固定时间教大家做甜品，她还不遗余力地解锁着每一家好吃的店，一路举着自拍杆，从中国吃到伦敦，又从伦敦吃回中国。

回国第三天，恰巧赶上程西西的新戏杀青，杀青宴订在大厨云集的老牌酒店——千岛国际，她对这家店里昂贵的食物垂涎已久，这次总算能借着来给闺密送项链的机会蹭顿饭。

“谢谢你们的花，我都接住啦。”姜竹沥一一向送礼物的账号道谢，小虎牙乖巧可爱，头顶的动画兔耳朵也跟着脑袋晃，“可惜我没有邀请函……我们就找个凉快的地方等西西吧。”她像只松鼠一样，鼓着腮帮开始找阴凉地。

姜竹沥刚刚缩进那个丑花篮的阴影里，一道清脆的女声自她头顶响起：“喂，你是哪个明星的助理？”

姜竹沥抬起头，眼前是一张美丽的脸，是个细腰美人，穿着鹅黄色小礼服，瘦得有些不健康，像一朵萎靡的鸡蛋花。

她刚想说不是……

“怎么躲在这儿偷懒？”

“鸡蛋花”一脸不耐地把手中的袋子扔进她怀里：“快拿着，热死我了。”

盛夏早已远去，初秋时节，秋老虎仍不可小觑。

姜竹沥不知道这是哪路神仙，默不作声地接过来，袋子里是两个透明玻璃小饭盒，隐约看着，像是装着草莓班戟和草莓派。

“唉，外面真是热，我们去里面等吧。”“鸡蛋花”站着扇着风，酷暑难耐。

她一边往里走，一边命令：“你那个摄像头，等会儿记得关掉。”

姜竹沥连声应好，脚上的动作却逐渐放慢，拉开一段距离后，她偷偷低头看直播间，弹幕正刷得起劲——

“是夏蔚！”

“我就说会有很多大佬！”

“甜甜，可以把摄像头再抬高点吗？想看夏蔚小姐姐！”

姜竹沥有些意外，很小声地问：“你们都认识她？她是谁啊？”

“甜甜，你真的不看剧吗？前段时间特别火的那个网剧《少年时》就是她演的啊！今年刚毕业的，‘95后’小花里风头最劲的就是她！”

“对，演完网剧就接了段导的电影，她在《青果》里演女二呀！”

姜竹沥眨眨眼，对那部网剧有点印象。

这几年网剧大热，《少年时》也改编自一部网络小说。重生题材，讲一对年少相恋却不断错过的恋人，重生之后回到过去弥补缺憾，再一次相恋的故事。

过了特定的年纪，她根本不相信破镜重圆，所以她没看剧，不过听人提起过。

“想起来了，是她呀。”姜竹沥露出恍然大悟的神情，“那满足你们，给你们看夏蔚小姐姐，她真人好瘦呀……”

夏蔚没有听见，也没有回头，她走得很快，高跟鞋陷进毛茸茸的地毯，一踩一个坑。

“喂。”走到宴会厅门口，夏蔚突然停住脚步，转了过来。

看清姜竹沥的动作，夏蔚脸上的焦躁更明显了：“我刚刚是让你提着袋子，没让你挂在胳膊上，你好好拿着它会死吗？连这点小事都做不好，怎么当人助理的？！”

姜竹沥有点蒙，她原本就拿着程西西的项链和自己的手袋，还要腾出一只手做直播，只能把夏蔚的手提袋挂在胳膊上，没想到夏蔚会生气。

“不要你提了，拿来！”夏蔚一把抢过手提袋，扬长而去。

茫然的姜竹沥：“……”

她默默地把摄像头移开。

退出直播间，姜竹沥给程西西打电话，然后去化妆间找她。

程西西刚刚做完造型，一脸惊奇：“我正打算叫助理出去接你呢，你没有邀请函，怎么进来的？”

“那个女明星……应该是叫夏蔚？”姜竹沥言简意赅，帮她戴上海蓝色的宝石项链，“她把我当成了别的明星的助理。”

“夏蔚？以后不用理她。”程西西轻笑，“那种千金大小姐，眼睛长在头顶上，人家才不管你是干什么的，只要她能用上，全世界的人都是她的助理。”

姜竹沥没吭声，两手一抖，帮她抚平裙摆。

姜竹沥只是觉得，夏蔚太过于喜怒无常，焦躁得有些不正常。

“你今晚直播？”注意到她手上的自拍杆，程西西笑，“也是，今晚肯定有很多好吃的。”

程西西领着她往宴会厅走，一路上灯光交错，打着领结的服务员微笑鞠躬，礼貌地帮她们开门。

程西西也是直播出身的，大学时她们一起开了账号，一个做甜点，一个吃甜点。后来姜竹沥出国远走，程西西靠一档网络综艺节目小红了一把，顺势出道。

“是啊，我难得来一次千岛国际，当然得拍个够。”姜竹沥笑笑，重新登入直播间，一一为粉丝介绍晚宴的冷盘和甜点。

直播间里的人数不断上涨。

程西西笑眯眯地挤进摄像头，在满屏弹幕里捕捉到一条“我们今晚有机会见到段导吗”，她笑着说：“段导？段导不来，段导是神仙，段导不吃饭。”

弹幕顿时一片“哈哈哈哈”。

她口中的段导，是这场杀青宴的举办人，也是电影的总导演，段白焰。

他少年成名，想法多，不走寻常路，作品不多却部部精品，入圈没几年就把新人导演奖拿了个遍，明星捧一个红一个。

他唯一的怪癖是讨厌社交，除了每年各大庆典颁发导演奖，几乎没有媒体见到他出现在社交场合中，就连拍戏时跟他打过交道的人，也没几个能摸清他的性子。

姜竹沥欲言又止。

“你放心。”程西西小声道，“我打听过了，他真的不会来。”

姜竹沥有些感激。

程西西话音刚落，人群中突然发生一阵小小的骚动。

姜竹沥心头一跳，有种不好的预感。

宴会厅内灯光明亮，服务员恭敬地让开一条道，一个颀长的人影被簇拥着走进来。他的动静不大，却迅速吸引了所有人的注意力，一出现就立刻有人言笑晏晏地端着酒杯走过去，小心翼翼地问好。

女主因故缺席，夏蔚随他上台，小臂自然而然地挽住他的胳膊。

段白焰没有看她，顿了顿，才低声道：“谢谢。”

这句他是对剧组说的。

“随意一点。”

这句他是对在场诸位说的。

然后就没了。

姜竹沥的手无意识地收紧。

他的样子没有变，依旧高而挺拔，嘴唇的颜色很淡，眼神不带温度，寡言而冷淡。他微微抬头，下颌的线条就会格外明显，灯光顺着他眼角的泪痣向下，经过鼻梁，停在喉结上。

岁月对他真是宽容。

姜竹沥高中时就在想，如果他不做导演，出道去当演员，必然也是万人空巷。

“段导不喜欢说话，我来替他说。”夏蔚挽着他的手，笑得小鸟依人，鹅黄色的礼服层层落地，与刚才情绪化的她判若两人，“他说谢谢，意思就是……”

段白焰没心情听，转身欲走。

夏蔚的手来不及抽回，惊呼一声，脚踝一歪。段白焰虚扶一把，捞空了，她直挺挺地撞进了保镖怀里。

姜竹沥嘴唇微动：“装的……”

“你说夏蔚？”

“我说段白焰。”

他讨厌别人碰他。

程西西微怔，然后笑了：“你这么了解他，当初为什么要分手？”

做了姜竹沥十几年的闺密，程西西怎么会不知道她那场恋爱，当初谈得惊天动地，后来也分得惊天动地。

姜竹沥纠结地咬着吸管，不说话。她回忆自己的二十岁，只能想起世界末日般的眼泪和后悔。

至于段白焰……

他远远地立在台上，视线扫过来，姜竹沥不自觉地一僵。可他的目光只是稍作停顿，就漫不经心地移开了，仿佛没有看见她。

又或许是看见了，但他不在意。

“因为……”酸涩像裹在跳跳糖里的增味剂，不着痕迹地化开，充斥着味蕾，“他不喜欢我啊……”

姜竹沥犹豫了片刻：“下一次，我也要装不认识他。”

段白焰的精神不好，满屋衣香鬓影，有人来敬酒，他一口也没有喝。

大概是换季的缘故，他的老毛病犯了，整夜辗转反侧，迷迷糊糊地梦见故人。

她好像在哭，他想俯身吻她，可是一伸手，她就像雾一样散开了。

“少爷。”熊恪微微躬身放下一碟食物，打断段白焰的思绪，“眼睛稍微舒服一点了吗？”

“没有。”过敏诱发了眼睛的炎症，段白焰现在对五米开外的生物难辨雌雄。

“夏小姐送来两盒甜点，说……”

“拿走。”

“她让我强调，是草莓的。”

段白焰喜欢草莓，知道的人不多。

他眉峰微聚：“我说了我不……”

麦克风里突然传来一声尖锐的蜂鸣，众人齐齐望过去。

宴会厅内灯光明亮，夏蔚站在台上，两只手暴躁地握着嗓子，麦克风脱了手，从脚边骨碌碌地滚远。她勉强站立，身体剧烈地颤抖，脸色铁青，眼睛发红，嘴里不断传出痛苦的呜咽。

众人面面相觑，小声地交头接耳。

段白焰皱眉："她怎么了？"

熊恪微怔，有些犹豫。

夏蔚现在这副样子……很像嗑了药，或者犯了瘾。

熊恪说："我去叫保安。"

夏蔚的身体瞬间失去重心，猛地向台下倒去，她的高跟鞋钩住台上胡乱缠绕的电线，带着高大的金属落地灯，轰然砸了下来！

"少……"电光石火，熊恪眼神一紧，来不及叫段白焰躲开。

落地灯的阴影里，段白焰后知后觉地抬起头。

灯定格在了半空中。

一只细白的手吃力地挡住了倒下来的灯。

夏蔚摔下台时，姜竹沥的脑子也跟着空白了一秒。

等她反应过来，身体已经先于意识冲到段白焰面前，撑住了沉重的金属落地灯。

果然，不管再经历多少遍……她都做不到无动于衷。

"少爷，你没事吧？"熊恪快步走回来，俯身检查段白焰的身体。

段白焰没有说话，大厅里有些混乱，他坐在原地，眼神定定地盯着某个点，嘴唇陡然变得苍白。

姜竹沥背对着他，依然能感受到如芒在背。他的目光如蛛丝一样缠绕着她，越收越紧，仿佛要将人溺毙其中。

她小心翼翼地把灯扶正，打算默默溜走。

"姜竹沥。"

她刚走出去半步，就听见背后的声音，清冷低沉，隐隐带着怒气。

"转过来。"

她身体一僵，没有动。

“转过来。”他又压低了三个音。

宴会厅内喧嚣嘈杂，有助理清场，做晚宴的后续安排。

段白焰好像屏蔽了那些杂音，连带着她也被圈在这小小的一隅。

姜竹沥后悔得想咬掉舌头，早知道就不来蹭这顿饭了……

明明已经分开四年，她却仍然像只蜷在壳里的蜗牛，不知道该怎么面对他。

段白焰嗓音发哑：“不要让我重复第三遍。”

姜竹沥咬咬牙，转了过去。

四目相对，灯光四散。

他抬起眼，嘴角一动，扯出一抹笑：“好久不见。”

姜竹沥心头一麻。

没有错，他眼底翻涌着的，是浓烈的嘲讽。

只是不知道是对她，还是对他。

夏蔚被送往警局，晚宴仓促地结束了。

夜色已深，程西西喝了酒，口齿不清地说要送姜竹沥回家。可她们住的地方南辕北辙，程西西第二天又还有工作，要赶早场。

因而姜竹沥婉拒了她，打算下山再想办法打车。

离开千岛国际，姜竹沥顺着大路向下走去。

月色如霜，山崖下的潮水拍打着礁石，星光灿烂，身边时不时有载着明星的车经过。

夜风钻进外套，她的手揣在口袋里，手心发疼。要真正清醒才能发觉，不管段白焰是多绝情的人，用多决绝的语气让她再也别出现在他眼前，她还是管不住腿。

这真让人沮丧。

一阵招摇的跑车引擎声由远及近，停在姜竹沥身边。她没有抬头，车门发出一声轻响：“上车。”

这个声音……姜竹沥惊讶地抬起眼。

见她发怔，段白焰皱眉：“快点。”

姜竹沥站了两秒，默不作声地钻进副驾驶座。

天边弯月高挂，高架桥上车行如蚁，窗外霓虹飞快地后退。

“谢谢你。”过了会儿，她小声地说。

段白焰将视线落在前方，一言不发。

姜竹沥有些泄气地低着头，车内陷入沉寂。

过去四年，她认为自己唯一的变化就是，变成了更加无趣的人。过去她尚且有勇气拽着他的胳膊不撒手，看他眼底的冰川偶尔松动的表情。

现在……

“我住在九溪园。”她小声提醒，“不顺路的话，你在山下把我放下也行。”

他没搭腔。

她只好继续说：“房子是租的，明德苑，七栋十二层，坐北朝南。”

段白焰的视线落在前方，光影打到他的脸上，侧脸淹没在黑暗里。

“我三天前才回来。”他没说话，她自顾自地叨叨，企图借此缓解尴尬，“虽然才三天，但我不仅解决了住处，连工作都找好了。就这种办事效率，要是放在我高中时……”

“你回来……”他突然打断她，语调没有温度，姜竹沥识趣地眨眨眼，闭上嘴。

段白焰抿唇：“是来求我复合的吗？”

姜竹沥像只受惊的鸟：“我不是！”

分手的时候，他让她走了就再也别回来。现在他这话的意思，基本等于“不是让你别出现吗，你怎么又出现了？”

耳边传来一阵刺耳的刹车声，她的身体猛然前倾，又被安全带拽了回来。

段白焰眼里的温度冷了下去，他偏过头，一动不动地看着她。

姜竹沥最怕这种眼神，像是被盯上的猎物，怎么都逃不掉。

“呵。”半晌，他移开目光发出一声冷笑。

姜竹沥一抖。

下一秒，他拔掉钥匙，一脸烦躁地解开安全带，“砰”的一声关上车门，头也不回地走了。

姜竹沥茫然得像只小动物。

他还像四年前一样，脾气一点也不见好转。她跟他在一起的时候，永远猜不到他在想什么。

甚至于后来她想逃离父母，偷偷申请了国外的学校，被他知道之后，也是一声寒凉的笑："非走不可？"

她犹豫着，想等他冷静之后再商量一下，可他没有给她这个机会。

因为第二天清晨，她的手腕上多了一副手铐。她难以置信，目光顺着手铐的链子滑向另一端，看见了他的手，是苍白的，带着针孔，布满疤痕。

病弱的少年沐浴在清晨的阳光里，他逆光看着她，亲密地吻在她的额头上，跟她道早安，然后，轻笑着问："还走吗？"

时间一分一秒过去，姜竹沥背上冷汗涔涔，就在她手足无措，犹豫着要不要给程西西打电话让她报警时，"咔嗒"一声，车门解锁了。

段白焰去而复返，手上多了个透明的小袋子。

他拉开车门坐进驾驶座，身上沾了点水汽，眼角潮湿，整个人一下子被打磨得柔软，只是目光扫过来时，眼神依旧凉凉的。

姜竹沥下意识地朝后缩，半晌也不见他开车。

"你不开车吗？"她小心翼翼地说，"我……我家住在九溪园，明德苑，七栋十二层，坐北朝……"

"姜竹沥。"他的手指放在方向盘上，忍无可忍地打断她，"为什么回来？"

"我……"她无措极了，"我家在这里……"

"我说今晚。"为什么会出现在杀青宴上？

姜竹沥一愣，后知后觉地眨眨眼，他这是在气她偷偷跑来蹭饭？

"是这样。"她连忙解释，"我刚回来时在程西西家借住过两天，今天上午才搬走，还没来得及把钥匙还给她，她说忘了戴项链，我就去给她送，然后……"

段白焰烦躁极了："我没问这个。"

"那……那还有就是，"她绞尽脑汁，实在猜不到他想听什么，"你可能不知道，我们分……我出国之后，仍然在做美食主播。今晚刚好有这个机会，我当然想顺路去看看千岛国际的……"

"下车。"段白焰突然起了怒意，他没有看她，下颌绷紧，声音清冷。

"什么？"

"这是我的车。"他的言下之意是让她走。

她愣了一下，难以置信地睁大眼："你认真的？"

段白焰不耐烦："快点。"

"哦。"姜竹沥有点难过，但还是慢吞吞地解开了安全带。

"拿走。"她打开车门，两条腿刚刚伸出去，一个透明的袋子稳稳地落到她怀里。

不等她看清里面的东西，段白焰飞快地关上车门，将油门踩到底，车子很快就消失在了她的视野里。

姜竹沥："……"

长街上人少，她好奇，借着路灯打开袋子，竟然是一小支擦伤凝膏。

他为什么要给她买这个？

姜竹沥想不通，往前走了两步，另一辆车缓缓地在她身边停下。

熊恪按下车窗："姜小姐，好久不见。"

夜风微凉，她笑着朝他点头："好久不见了，大熊。"

"是小少爷的意思。"他解释，"他让我送你回去。"

他先把她扔下车，再让紧随其后的保镖送她回家。

姜竹沥四年前就搞不懂段白焰的脑回路，现在依然不懂。不过……她沮丧地觉得，他比过去更加无情无义，无理取闹。

车在夜色中行驶，很快到达九溪园。

姜竹沥刚一下车，又被叫住："姜小姐。"

"嗯？"

熊恪有些犹豫："我可以……留一下你的联系方式吗？"

高中前，熊恪就跟在段白焰身边，于姜竹沥来说，也算老相识。

“当然可以呀。”姜竹沥笑笑。

“太好了。”熊恪感激，“那以后小少爷发疯，我就打你的电话。”

“啊？”她没听清。

“没事没事，我说这可真是太好了，你赶紧找手机。”

姜竹沥眉眼弯弯：“我的微信号也是这个，你可以加我。”

熊恪心想，还是让段白焰加吧，说不定能降低他的发疯次数。

姜竹沥回到家，已经快半夜三点了。

姜竹沥冲进浴室洗澡，开水龙头时热水碰到掌心，火辣辣地疼，她才发现手心红了一大片，

好像被金属灯架弄伤了……

她想起那支擦伤凝膏，原来竟然是用在这里。

上过药，她缩回被窝，睁着眼看天花板，发了会儿呆，睡不着，犹豫片刻，她在搜索栏输入“段白焰”，许多条目齐齐跳了出来。

她一一看下去。

他成名这么早，又长着一张引人注目的脸，外界褒贬不一。有人夸他是难得的天才，有人谈起他的新戏《青果》，有人说他空有噱头，有人骂他目中无人……

最让她哭笑不得的是，他微博上聚集着大量颜粉。

姜竹沥忍不住点开他的照片。

有一张图似乎是在拍一个雨景，他只身一人撑着伞站在湖边，面前远山缥缈，他黑色上衣的领口都被打湿了，眼里浸着水汽，泪痣竟然变得柔软，仿佛在等一位远方的不归人。

姜竹沥突然想起，她最初遇见段白焰，好像也是在这样的季节。

这种……容易遇见神仙的梅雨季节。

在姜竹沥的记忆里，十六岁那年的夏天，一直在下雨。

天空仿佛被捅了个窟窿，云海翻涌，雷鸣电闪没完没了，衣服怎么也晒不干。

她把伞借给了程西西，自己举着一个透明的文件夹，穿着小白鞋踩过水坑，一路跑进了办公室。

她抖落文件夹上的水珠，班主任叫住她，语气严肃："刚刚接到教务处的通知，我们班上要来一个新同学。"

她也跟着紧张起来："嗯。"

"特地把你叫过来，是想提醒你，新同学的身体不好。"班主任叮嘱，"你是班长，要记得多照顾他。"

原来是为这事。

"那是肯定的啊。"姜竹沥松了口气，笑道，"老师，您不用担心，以前班上那个心脏病的同学，我不是也照顾得很好吗？"

十六岁的姜竹沥乖巧懂事、成绩优异，是教科书式"别人家的孩子"。她顶着班长的名头，从小学到高中，但凡老师交给她的任务，从没有出过岔子。

"这次不太一样，形势比较严峻。"班主任犹豫了一下，"新同学的身体对食物很挑剔，不能吃凉的、刺激的、生冷、辛辣、油炸、烧烤，对花粉、柳絮、粉笔灰全都过敏，淋雨换季也有可能会犯病。可他又很任性，脾气非常坏，听他爷爷说，家里人都看不住，希望学校能多加教育。"

姜竹沥："……"

新同学是个魔鬼吗？他到底病得多厉害？四肢健全吗，还能走路吗？

"他家里人本来想让他带保镖上学，但校长嫌太浮夸，不让带，所以人家才想方设法曲线救国，让我来找个学生。"班主任以一种委以重任的姿势，拍拍她的肩膀，"老师不方便管太多，这个保护病弱小伙子的任务，你能胜任吗？"

"那……"姜竹沥小心翼翼地问，"他是什么病呀？"

"哮喘。"

"哦……"

姜竹沥眨眨眼，脑补出一位温润可爱、呼吸困难却还一心向学的孱弱小公子。

真可怜，又十分可敬。

于是她答应下来："没有问题呀。"

"那行，他中午过来，你收拾收拾，我们去门口等他。"

姜竹沥想来想去，最后怀着缅怀烈士的心情，推着轮椅去接段白焰。

天空中飘着小雨，疾风夹杂水汽。班主任的伞不够大，姜竹沥半个肩膀露在外面，站了没一会儿，整个人就湿了大半。

班主任不放心，还在重复："千万不要让班上的同学欺负他。"

姜竹沥拼命地点头。

"他来了。"

姜竹沥一个激灵，闻声抬眼，远远地看见一个人正撑着伞从楼梯下慢慢走上来。

这人的年龄跟她差不多，穿着普通又随意的黑色卫衣和牛仔长裤，提着深咖色的背包，撑着伞，穿过落满花瓣的楼梯，停在她面前。

四目相对，姜竹沥的呼吸微窒。

来人好高。

他俯视她，眼中没有情绪，唇微微抿着，神情寡淡。

"段白焰同学，是吧？我们前几天在教务处见过，我是你的班主任。"班主任笑呵呵的，"我给你介绍一个人，这是我们的小班长，成绩好，人也好，以后你如果遇到什么不明白的事，只要在校内，都可以找她。"

段白焰默不作声地打量姜竹沥。

十六岁的姜竹沥短发、齐刘海，眉眼清秀，皮肤白皙，发育像是晚了别人一截，小胳膊小腿，身体藏在宽大的校服里，看起来空荡荡的。

他的眼睛漆黑，情绪莫辨，像在注视一只湿漉漉的小水鸟。

姜竹沥被他盯着，脸慢慢地烧起来。

她原以为，这种病弱小少年肯定可怜弱小又无助，想想就心疼。

结果人家个子比她高，肩膀比她宽，气场比她强。所以，她为什么要给一个健康的人准备轮椅？

“你……你好，我叫姜竹沥。”姜竹沥害怕得快缩回去了，却还要努力给自己打气。她壮着胆子，小心翼翼地说，“我……我会保护你的，你……你可以叫我姐姐。”

段白焰沉默几秒，握住伞柄的手微微一顿。

他看着她，半晌才移开视线，发出一声响亮而不屑的冷哼。

姜竹沥脆弱的心瞬间被击溃，她想，新同学可能不太喜欢她，她应该像只没有粮食越冬的田鼠一样，偷偷把轮椅收起来，然后灰溜溜地跑路。

然而不等她收起轮椅，眼前突然投下一片阴影。她微微一怔，抬起头，看见那位疑似残疾的新同学，一脸嫌弃地伸长手臂，将伞举在了她的头顶。

姜竹沥欣慰极了。

新同学虽然脾气不好，但还未泯灭人性，她一定要好好照顾这位病弱美少年，不能让别人欺负他。

结果第二天，“病弱美少年”就踹翻了他们数学课代表的课桌。

她走到教室门口听见喧闹声，进去就看见段白焰把课代表的脑袋按在黑板上。课代表不断喊疼，段白焰揪着他的耳朵，面无表情地沉声问：“你再说一遍，谁是残疾人？”

姜竹沥：“……”

她震惊地愣了好久，想到昨天的轮椅，心有余悸地摸了摸脖子。

太好了，头还在。

然而，这只是一个开始。

姜竹沥活了十六年，直到遇见段白焰，才知道什么叫“作精”。

他过敏体质，得的是内源性哮喘，不仅不能碰刺激性的食物、不能进行体育运动，连雷电季节都要小心翼翼的。

可他偏不，雨下得越大，他越要往外跑。

姜竹沥苦恼极了：“你知道学校为什么取消体育课吗？因为这个季节真

的很危险，走在路上电闪雷鸣，一不小心就……你看到我们学校那棵小歪脖子树了吗？就是前几天被劈倒的。所以，像其他同学一样，安静乖巧地待在教室内做作业多好呀，你这样天天往外跑，万一你也被……”

他低着头翻照片，冷笑：“你管我？”

姜竹沥：“……”

说……说得对，她怎么管得住祖宗？

没办法，姜竹沥只能一路跟着他。他举着相机拍花，她就举着伞看他；他举着相机拍雨，她就举着伞挡雨。

段白焰烦透了，想把这条尾巴从自己身上扯下去：“别跟着我。”

他发起火来有多可怕，她在数学课代表那儿见过，所以她不敢硬碰硬，只能委屈巴巴地缩成球：“哦。”

他面无表情，转身走进雨里。

雨水打下来，在伞面上开出细小的白花。姜竹沥在原地发了好一会儿呆，确定他是认真的，不是不好意思，也不是在闹别扭。

她确实给他造成困扰了，可是为什么呢？为什么熊恪就不是个困扰？

她不明白，想来想去不死心，还是决定去找本人问清楚。

中午校内很清冷，叶子打着旋往下掉。场地湿漉漉的，她绕着田径场走一圈，最后在足球场旁边找到他。

段白焰坐在长椅上，黑色的 T 恤被雨水打湿，隐约透出蝴蝶骨，他的背影清冷，身旁放着校服和单反防水包，手里似乎拿着什么，有一下没一下地仰起头，碰一碰。

姜竹沥微怔，偷偷凑过去，辨清他手上的饮料罐，瞬间瞪大眼：“我的天！”

段白焰被吓了一跳，手一抖，啤酒泡沫猝不及防地流到他的手上。

他不爽地抬起头，对上一双干净的眼。

“你怎么能喝这种东西？”姜竹沥急红了脸，“你在自杀吗？”

段白焰差点捏爆手里的啤酒罐。

他闭上眼，做了一个深呼吸，然后“啪”的一声，烦躁地放下啤酒罐，泡沫溢了出来。

姜竹沥被吓得一缩，可还是不服气，小声地控诉：“你……你根本不是因为我打扰到你了，你就是想偷偷喝酒，怕被我发现！怕我告诉老师！”

段白焰简直要被气笑：“我为什么要怕老师？”

姜竹沥：“……”

也是哦。

“还有，”他不耐烦地抬眼，“喝酒怎么了，我偷你家酒窖了？”

“不是……”姜竹沥结结巴巴的，“那个对身体不好啊……”

他冷嘲：“就你刚刚那表情。”

“……”

“仿佛看见我在吃屎。”

“……”

第二章

盒子蛋糕

姜竹沥这一觉睡了很久，梦里的自己和段白焰都蠢得要命，她想笑，可是一笑，就醒了。

她睁开眼，房间里亮堂堂、空荡荡的，竟然已经下午了。

简单地吃了点东西，她化了个妆，登入直播间，刚调好平板电脑，就有粉丝拥进来。

“甜甜今天做什么食物？”

“啊啊啊，我今天忘了买吃的！你怎么突然就上线了？那我到底是看还是不看？”

“甜甜今天做什么？我已经打开外卖软件了！”

“甜药”这个账号，是她从大学时开始用的。

那时程西西在“JC 直播”做吃播，拉着她一起入伙，两个人，一个做，一个吃。

兴许是赶上了红利期，看的人竟然不少，几年下来，她也积攒了许多粉丝。

她偶尔会享受这种被喜欢的感觉，哪怕不太真实。

“今天要去看一个拍戏的朋友，想做一个草莓盒子。”姜竹沥笑笑，拿出准备好的食材，“这个东西的做法很简单，也很好吃，适合外带。”

“蛋糕的做法跟以前的步骤差不多，我们先把蛋清、蛋黄分开。”她一边说，一边打蛋，“蛋黄里加点细砂糖，蛋黄液里加点植物油，然后打匀，再筛低筋面粉，加的时候慢一点，混合不均匀的话，会影响口味的。”

“然后抓紧时间，现在赶紧去预热烤箱。”她一边说，一边拧开烤箱，

“这时候就可以回来对付蛋黄糊了，把它跟蛋白霜搅到一起拌匀，到它看起来很细腻为止。”

“面糊倒进烤盘之前，要记得在烤箱上抹一层玉米油呀，可以更好地脱模。”她脸上带笑，手上一刻不停，“烤箱里烤二十分钟，拿出来之后放进盒子，就可以往海绵蛋糕上填淡奶油了。”

姜竹沥把蛋糕放进烤箱，开始洗草莓。她有一双很漂亮的手，水珠落下来时，显得柔软而白净。

“我的小伙伴在减肥。”她笑着说，“我要少给她填一点奶油，多弄点草莓。”

“今天的食物也像甜甜一样诱人！”

“日常想摸小姐姐的手！”

“今天的厨房看起来好像跟以前不太一样，甜甜是不是恋爱，跟男友同居了？”

姜竹沥两眼弯成新月：“我搬家啦，给你们看看我的新厨房。”

说着，她把平板电脑举起来给大家看：“我给厨房换了新的壁纸，是米色底的简笔玫瑰，不知道你们喜不喜欢……不好看的话就不要告诉我了，哈哈哈。”

姜竹沥笑起来很好看，露出一颗小虎牙，长发垂肩，带着点学生的乖巧，只穿着简单的白 T 恤，也清丽得不像话。

“喜欢喜欢！是甜甜的都喜欢！”

“好看好看！跟甜甜一样美！”

姜竹沥笑着隔空比心：“我也喜欢你们呀。”

下一秒，屏幕上弹出一排——

“很丑好吗？又是想实名辱骂甜药的一天。

“长成这样就不要出来辣人眼睛了。”

姜竹沥愣了一下，看见这个眼熟的账号，叫“今天开始佛挡杀佛”。

她无所谓地耸了耸肩：“那对不起哦，辣到你的眼睛了。”

JC 直播的美食主播不止她一个，偏偏她人气高，挡人财路犹如杀人父母，各行各业都这样，所以她猜，这个账号应该是某个主播的小号。

隔着网线，无关痛痒，她一直不怎么往心里去。

粉丝陷入了新一轮狂欢——

“哈哈哈，出现了！佛挡杀佛小娇娇出现了！你们猜江总什么时候赶到前线？”

“三分钟！我赌三分钟！”

“江总好久不出现了！实不相瞒，我想念总裁！乖巧蹲坐等，性感江总在线发糖！”

姜竹沥切草莓的手顿了顿，笑容变得无奈。

弹幕里的“江总”，是 JC 文娱的现任掌舵人江连阙，一位超级富二代。

她不认识他，但他一直在直播间疯狂地送她礼物，这种诡异的现象，从她出国那年一直持续到现在。

姜竹沥从最初的受宠若惊，到后来的莫名其妙。

按理说，直播也算半只脚踏进娱乐圈，要说对方对她有什么想法，早该有动作了。可这么多年，投在她身上的钱没有几千万也有几百万了，对方竟然一直很安静。

她想不通，程西西却不在意：“有钱人都爱玩，别想太多。”

于是她释然。

不过这一次，粉丝们的期待落了空，无论昨天还是现在，江连阙都没有出现。

姜竹沥不在意，仍然笑眯眯的：“谢谢大家，我要去给小闺密送吃的啦，今后有什么可爱的食物，我也会发在微博上的。”

说着，姜竹沥打算关平板电脑。抬起头，透过厨房的玻璃，看见对面那栋楼的窗前，飞快地闪过一个黑影。

她家对面明明没有住人。

姜竹沥心里发毛，揉揉眼再去看，对面空荡荡的，遍地虚浮的盛夏光影，只有窗帘一起一落。

粉丝问：“怎么啦？怎么啦？”

姜竹沥晃了一下神，是她太敏感了吗？

“没事。”她抬起头，又恢复笑意，“有一只鸽子撞到我家窗玻璃上了。”

弹幕上一片——

“哈哈哈，它怎么比你还蠢？”

“等会儿拿它煲汤。”

姜竹沥低下头，长发从肩膀后垂落，挡住了她脸上的情绪。

程西西连轴转，在进行户外综艺，综艺的名字十分奇妙，叫《今天我也很甜呀》，是一档甜品主题的美食节目。

程西西控制体重，敢看不敢吃，每天都在忍受精神和肉体的双重折磨。

姜竹沥企图诱惑她：“草莓盒子只是看起来甜，其实我只放了一点点糖，你也能吃的，来尝一尝？”

程西西的头摇得跟拨浪鼓似的：“谁要信你的鬼话，你以为人人都跟你一样，只吃不胖？”顿了顿，她又叹息，“你知道吗？我们高中化学老师，因为糖尿病住院了。”

姜竹沥一愣：“什么时候的事？”

“就前几天，同学们正商量着要去看他。”

姜竹沥还想再问，忽然一股疾风从侧面扑来，她察觉到杀气，连忙拽住程西西想躲。

可惜晚了一步，铺天盖地的报纸、杂志、A4 纸，重重地砸到她们身上。

姜竹沥的额头很疼，杂志书架被撞得散了架，纸张纷纷扬扬，落了一地。

程西西还没反应过来，夏蔚已经踩着高跟出现在她的面前。夏蔚一宿没睡，眼中布满血丝，嗓子急得破了音：“是你在这些媒体面前造谣我吸毒？”

程西西愣了愣，看清来人，气急败坏地甩开夏蔚的手：“滚开！”

然后她赶紧低头，去检查姜竹沥的伤口：“竹沥，你没事吧？”

姜竹沥刚刚挡在她面前，额头都被书脊砸得破了皮。

姜竹沥有点晕：“应该没事，我缓一下就好了……”

程西西当机立断：“去医院。”

“去什么医院，不把这些事情解释清楚你别想走！”夏蔚被逼急了，一夜之间网上全是她昨夜的丑态，“段导明明说了杀青不做宣发，网上怎么可能还有通告？肯定是你这个贱人，把我的事捅给了那些媒体！”

说着，夏蔚就要冲上来拽程西西的头发。

“你们能不能别在片场撕……”周围全是摄像机，姜竹沥简直要疯，赶紧伸手去拦。

可夏蔚的尖指甲还没碰到程西西，双腿就离了地。

熊恪将发疯的夏蔚搬离三米外，朝姜竹沥敬了个礼：“不好意思，来晚了。”

姜竹沥呼吸一顿，熊恪在这儿，那……

她视线一移，果不其然，她见到了段白焰。

段白焰坐在车里，衬衣领口敞着，泪痣明显，眼神很凉，漫不经心，却让人无法忽视。

视线相撞，他冷漠地别开了脸。

姜竹沥突然想起下午在厨房里见到的那道亮光。

如果她没有看错……那应该是一架正对着她家的望远镜。

夏蔚回过神，一下子急红了眼：“熊恪！你拦我干什么？”

“抱歉。”熊恪颔首。

“你……是他让你过来的吗？”目光环绕一圈，夏蔚突然注意到段白焰的车，眼里惊喜乍现，“他怎么知道我今天在这儿?

“啊，一定是看了我的微博。”

段白焰外冷内热，她在剧组时就看透了。虽然他一直态度不明，但她表现得这么明显，他心里必然清楚。

所以……

“他也不用这么大动干戈吧？”夏蔚有些难为情，“虽然很感谢他的关心，但他这样的公众人物，不太适合出现在这儿。”

熊恪没搭腔，远远看着段白焰的车，心里急得想跳起来给段白焰两耳光。

他都已经帮忙清除障碍了，这位“作精”少爷为什么还不下车？按照他这种每前进两步就退五步的速度，是想跟左手恩恩爱爱地过完后半生吗?

夏蔚还在自顾自地说话。

熊恪心下一动，坏心眼地提醒："夏小姐有这么多话，可以直接去跟小少爷说。"

最好再刺激一下他。

夏蔚脸红："不太好吧……"

这档综艺借用了户外一家网红西点店，现在山坡上走来走去的，全是工作人员。即使没人盯着她看，她也很清楚，自己现在是众人窃窃私语的焦点。

如果她再去找段白焰……

"我现在还不想那么高调。"夏蔚有些害羞。

然而下一秒，段白焰"砰"的一声关上车门，大跨步走了过来。很清俊的一个男人，身形挺拔，穿着黑色风衣，腕间蓝宝石镜面的表盘隐隐反光，脸上带着山雨欲来的架势。

夏蔚眼前一亮，刚想迎上去："段……"

段白焰从她身边走过，看也没看她一眼。

姜竹沥正在向程西西解释，为什么没必要去医院："万一你跟夏蔚起争执的事情传出去，又会有人拿这个做文……"

姜竹沥的话还没说完，一股大力突然从她的手腕上传来，她像只小鸡似的被人揪着。

姜竹沥茫然地抬头正对上段白焰面无表情的脸，他手背青筋暴突，二话不说，拽着她转身就走。

"段……段白焰！"姜竹沥惊慌失措，"你干什么？"

"去医院。"

"我不……"她想抠开他的手。

"再抠我就抱你去。"

"……"

姜竹沥立刻放弃挣扎。

这种事他向来是说到做到的，大学时她跟室友偷偷跑出去喝酒，不也一样被他半夜摸上门，沉着脸一把扛走？

夏蔚还愣在原地，直到段白焰第二次从身边经过，才如梦初醒，焦急地辩白："段导，我没有吸毒！"

段白焰停下脚步，语气冷淡："尿检只做了一次，什么都说明不了。"

他投来轻飘飘的一瞥："另外，建议你去跟程西西道歉，我从没说过，不做你的宣发。"

夏蔚脸色微变。

段白焰不再看她，牵着姜竹沥向山坡下走去。

灵光直冲大脑，夏蔚迅速反应过来，连忙追上去。

"对不起！"她二话不说，朝着姜竹沥就是一个九十度鞠躬，"是我错怪程西西，还误伤了你！真的太抱歉了！"

夏蔚低着头，背上冒冷汗。她现在才后知后觉地意识到，自己也许押错了人。

什么熊恪啊，绯闻里的小明星啊，都不如……

"没……没关系。"姜竹沥被她吓了一跳，"其实我也没有伤得很……"

"不用了。"段白焰垂着眼，情绪难辨。

他盯着夏蔚扣在姜竹沥胳膊上的手看了一会儿，冷淡地拂开。

"她不接受。"

段白焰一路上都没怎么说话。

姜竹沥不懂，为什么从重逢起，他就一直是这副欲求不满的表情。

也许他现在的女人们满足不了他……那些女人好可怜。

一路畅通无阻，他们很快到达医院。她受的伤不重，只是破了点皮，医生开完药水就放她走了。

姜竹沥企图向段白焰告别："谢谢你，但我还有事，就不麻烦你送回家了，再见。"

"回去躺着。"他淡淡地睨了她一眼，不容置喙。

"我想去看看化学老师。"她没办法，只好说实话，"他住院了，这都已经走到楼下了，没道理不上去看看。"

段白焰高中化学不好，天天被老师约谈，她猜他肯定不想见化学老师。

结果段白焰想都没想，就让熊恪帮忙买了个果篮。

姜竹沥："……"

好吧，反正她也拦不住。

高中的化学老师姓高，带他们班时，已经快退休了。

姜竹沥按着病房号找过去，走到门口，听见一声中气十足的哀叹："这个不让吃，那也不让吃，我人生的乐趣全被剥夺了！"

"高老师，您还是听师母的吧，她是为您好。"有个爽朗的男声笑着安慰，"您现在不带学生了，这要是搁过去，肯定有人偷偷往您杯子里撒糖，您病倒了，我们也不用周测了。"

"嘿，我说小兔崽子……"

姜竹沥笑着推门进去："高老师，我们来看您啦。"

随着姜竹沥推门的动作，病房内的阳光也溢出来。

窗户大敞，阳光洒下一大片，映着外面的树木，一片和煦。

高老师微微一愣，认清来人后，立刻笑了："竹沥，你怎么这会儿来了？"

"来，走近点，让老师好好看看。"他坐在床头，精神矍铄，两眼笑出褶子，"几年了？上大学之后就没再回来过了吧？真是越长越漂亮。"

姜竹沥摸摸鼻子，见床头柜上已经堆满了食物，只好将果篮放到地上："这是我……段白焰和我的一点心意，听说您是糖尿病，水果要记得控制摄入量。"

高老师闻声抬头，这才看见站在旁边那个高大的青年。

二十出头的年纪，外形俊朗，身子挺拔，拥有被人羡慕的外形和社会资本。阳光落在他身上，眉眼间尽是疏离，眼睛像黑色的旋涡。

他颔首："高老师。"

高老师怔了好一会儿，才想起这是谁："你们，还在一起呢？"

姜竹沥和段白焰一愣。

"我高中时就看你们不对劲，那时候竹沥天天粘着小白，他做不出来的实验你替他做，连参加生日宴都要单独给他准备蛋糕。能有这心思，说你们没事我都不信。”

高老师一副过来人的样子，笑着拍姜竹沥的手：“你不知道当时小白看你那个眼神……啧，我早就说有情况。”

姜竹沥有点蒙，她帮他做实验，应该只有一次。

高一化学课，不知道段白焰哪个步骤弄错了，捣鼓来捣鼓去，就是搞不出银镜。她看他一直臭着一张脸，就多做了一支送给他。

她至今都记得，他冷淡地回了一句：“你觉得我做不出来吗？”

后来她再也没碰过他的作业，至于蛋糕……

高一时，他们曾经受邀参加班上一位同学的生日宴会。

姜竹沥担心蛋糕里会有杧果，又怕初来乍到的段白焰吃不了杧果会很尴尬，干脆自己动手，单独为他做了一个小草莓蛋糕。

但是……在她的记忆里，那个蛋糕被嫌弃了。

段白焰扫了一眼盒子，只说了三个字：“粉色的。”大概是嫌颜色太少女。

不仅是蛋糕，她到现在都觉得，高中时期段白焰不怎么喜欢她。

甚至后来她向他告白，他们真的在一起了，她还是不明白，他对她的感情到底是依赖，是喜欢，还是单纯的……控制欲。

高老师笑眯眯地说：“你们什么时候结婚啊？”

姜竹沥连忙否决：“我们不……”

“快了。”段白焰打断她道。

姜竹沥的手一顿，心情变得复杂起来。

“你们结婚的时候一定得请我。”高老师兴奋极了，“我好久没参加过学生的婚宴了，你们这种最后能走到一起的也不多，要珍惜缘分。”

段白焰从善如流地说：“一定的。”

“去了也吃不上喜糖，人家结婚，您那么兴奋干吗？”

高老师正开心，突然插进来一个含着笑意的男声。

姜竹沥转头看过去，窗前一个逆光的人影，两手插兜靠着窗，身形高大，透出一股散漫的气息。

“大班长，你是不是不记得我了？”见她回望，那人一动，笑着走出窗台的阴影，露出一张年轻的脸，“我是林鹤。”

一提这名字，姜竹沥想起来了。这个林鹤就是当初嘲笑段白焰身体素质差，被段白焰按在黑板上摩擦的数学课代表。

“好久不联系了。”林鹤笑着走过来，“握握手，留个联系方式吧，大班长。”

姜竹沥有些抗拒，林鹤是学生时代每个班级都会有的那种……嘴碎手闲的男生。

那时夏天，她爱美，穿无袖衫时就配挂脖的吊带背心，肩带结成蝴蝶结露在外面，他天天伸手扯。

后来也忘了是从哪天起，他突然不来烦她了，但这么多年过去了，这种别扭感依旧如影随形。

“过段时间我们要办一场同学聚会，地点还没定，我到时再通知你。”林鹤的手还伸着，“握握呀，老同学。”

姜竹沥有些局促，连忙接住：“哦，好。”

握手的瞬间，段白焰的目光扫过，她的手背突然滚烫起来，像有一团火一样。

她连忙放开：“会去的。”

“你们怎么还聊上了？”高老师想多跟自己的得意门生聊聊，“竹沥，你高中时成绩那么好，现在在哪儿工作？”

她不卑不亢：“在一家西餐厅，做西点师。”

“咦？”高老师眼睛一亮，“过段时间附中艺术节，校长正打算订蛋糕呢，肥水不流外人田，我帮你推荐，你可得给折扣。”

姜竹沥露出小虎牙：“好呀。”

“那小白在哪儿工作呢？”

他做全职霸道总裁！姜竹沥在心里小声应答。

“做导演。”高老师很多年不接触电影，段白焰没有解释太多。

高老师笑着说：“都蛮好的，蛮好的。”

顿了一会儿，高老师像是突然想到什么，又问：“咦，竹沥，我怎么好久不见另外那个小姑娘了？”

“您说西西吗？”姜竹沥笑了笑，“她在拍戏，过几天来看您。”

“我不是说她，我说你那个小妹妹。”

姜竹沥微怔，脸上的血色一寸寸被抽离。

“当时天天跟着你，长得特别有灵气，一到艺术节就能看见她上去跳舞那个……跳那叫什么，芭蕾？”说到妹妹，高老师有些疑惑，“你高中时我还老是看见她来找你呢，后来怎么就不见了？没读我们学校本部的高中？”

“她……”姜竹沥嗓子发苦，含混地说，“没读吧……”

高老师还想再问。

“老师。”

段白焰的手扣在姜竹沥的肩膀上，他低声道：“我跟竹沥约了婚庆公司，要尽快敲定婚礼请柬，您好好休息，我们过段时间再来看您，好吗？”

姜竹沥从来不知道，段白焰能说出这么体面温柔的话，他明明一直都很凶。

“当然好。”高老师挥挥手，“你们赶紧去忙你们的，结婚记得请我。”

“老师再见。”

姜竹沥不好拒绝，只好站起身。

段白焰自然而然地伸手过来牵她，她下意识地往回缩了缩，还是被他握住了。

林鹤漫不经心地站着，目光落在两个人十指相扣的手上。良久，他别开眼，眼中浮起隐晦的不屑之色。

段白焰的脸色不太好，出了病房，气氛越来越诡异。

姜竹沥不明白哪里又惹到了他，他一上车就掏出一张手帕给她擦手，认认真真，来来回回，一个角落都不肯放过。

“段白焰……”她想抽回手，抽不回来。

“我的手其实不是很脏，刚刚才洗过……”

“他碰了你。”

“谁？”姜竹沥一愣，以为他在说高老师。

“林鹤。”他垂着眼，下颌线条紧绷，两个字说得咬牙切齿，车内的温度陡然降下来。

他越来越难以忍受，从重逢那刻开始，别人多碰她一下，他就想杀了那个人。

姜竹沥愣了半天才反应过来，羞愤地反扣住他的手，迫使他停止擦拭的动作：“可你现在不是也在碰我吗？”

段白焰的动作一僵，他垂下眼，看着她柔软的手，似乎有些疑惑，她怎么愿意主动握住他？

分手的时候她明明说过，他让她感到窒息。

“还有，你怎么能跟高老师讲那种话？”姜竹沥又急又气，“我知道你也许想维护你的面子，但现在撒谎，以后圆不回来，不是会更……”

他的手猛地一紧。

姜竹沥吃痛：“疼，你放开……”

“我什么时候说过，”他的呼吸不稳，“结婚是为了维护我的面子？”

“不然呢？”姜竹沥苦笑，“就像你今天特地带我来医院，不也是为了夏蔚，怕事件发酵会对她产生不好的影响吗？”

段白焰如鲠在喉，心情一言难尽。

他甚至想，他为什么是个人，不是一道阅读题呢？如果他是张试卷，姜竹沥一定能逐字逐句分析出他的意思，以高分毕业，而不是像现在一样，毫无头绪地乱猜。

“我不知道你跟她到底是……是什么关系。当然了，你的私生活我也无权过问。”说到夏蔚，她显得手足无措，“但我还是要解释一下，那个视频真的不是我发的。虽然我昨晚在做直播，但那时候我看台灯倒下去，就赶紧把直播关掉了。所以我能理解你想保护她的心情，但你的确没找对人。”

段白焰眯着眼，看着她的嘴巴一开一合，心里烦透了。

他想把她按在这儿亲。

不，不能这样，谁先服软，谁就输了。

可她在冤枉他！

“你哪儿来那么多自以为是的善解人意？”段白焰还是没忍住，用不耐烦的语气打断她。

姜竹沥微怔，心底委屈：“我只能，只能解释到这种地步了。”

分开的这些年里，她想过无数遍，其实她跟段白焰之间唯一的不平等，是她喜欢他，所以不管他怎么过分，她都在退让。

可她已经不是十八岁了，即便勇气被生活打磨掉，她也应该有更强的应对能力，然而事实是，她没有。她十年如一日地喜欢他，十年如一日地手足无措。

“我……对不起。”姜竹沥沮丧极了，“下次有机会见面，我会当面向夏蔚道歉。”

说完，她急匆匆地打开车门，落荒而逃。

段白焰心里一慌，想立刻自证清白，可他视线一转，看到她遗落在副驾驶座上的草莓盒子，困惑浮上心头。到底为什么，姜竹沥总觉得他不喜欢她？

翌日上班，姜竹沥心情不好，领班打趣她：“昨晚通宵做直播了？”

她在做直播的事，整个餐厅的同事都知道。

姜竹沥的专业与餐饮压根不搭边，她能进这家餐厅，某种程度上是沾了那点名气的光。

“没有。”她微笑，“可能是这几天刚回来，还在倒时差，所以精神不太好。”

“好在这段时间工作还不算多，那个小学生的蛋糕单子，可以推到下周再做。”领班笑了，“你加油干活，争取早点回去休息。”

姜竹沥也是这么想的，可惜没有这个机会。

她刚刚下班，前台就有人传话：“竹沥，有人找！”

姜竹沥心里“咯噔”一下。

点名道姓，别是客人在甜点里吃出不该出现的东西了。

她匆匆跑过去，餐厅大堂里光线充足，一个身材颀长的人背对着她立在窗前，西装革履，手上似乎还拿着一束花。

身影有点眼熟。

姜竹沥皱皱眉，走过去，不太确定地喊："林鹤？"

林鹤转过来，笑着将花递给她："我来接你下班，喜欢吗？"

"哇！"前台小妹妹像个收了钱的托，发出浮夸的惊呼声，"好漂亮的香槟玫瑰！"

姜竹沥只感到尴尬，当着这么多人的面，接也不是，不接也不是，她只好低声提醒："我要结婚了，林鹤。"

林鹤笑了，微微俯身，声音低低的："如果我在这儿拆穿你的谎话，你会不会很没有面子？"

姜竹沥一愣。

林鹤笑得更开心了，温柔地问："晚饭想吃什么？"

"大排档。"姜竹沥不假思索，仰起脸，"就街口那家，我们可以坐在江边，一边喝酒一边撸串。"

林鹤的笑脸明显僵住了。

姜竹沥冷笑。

最后折中，两人就近挑了家火锅店。

"我本来想请你吃西餐。"

"嗯。"姜竹沥敷衍地应着，在菜单上勾了鸭锁骨。

"几年不见，我那天在医院里就觉得你变漂亮了。"

"谢谢。"她垂着眼，不断寻思什么食物吃起来最难看，怎么才能让林鹤知难而退。

"竹沥。"他锲而不舍，"你跟段白焰是什么时候分手的？"

"我姓姜，四年前。"

林鹤自动忽略她的姓："那你这四年都没有谈男朋友？"

"嗯。"

"为什么不谈？"

因为太伤筋动骨，过去这么久，她都没能从上一段感情里走出来，这种时候再让她跟人建立亲密关系，简直要她的老命。

"因为前任太优秀。"姜竹沥明示暗示，努力劝退林鹤，"之后没人能再入我的眼了。"

"那……"林鹤犹豫一下，问道，"你跟他做过了吧？"

姜竹沥一愣，这个问题引起了她的不适。

她嘴角一扯："怎么？你想跟他……"

"没，我就问一下。"林鹤故作随意，认为自己在开无关痛痒的玩笑，"主要就是想看看，你以后在这种事情上怎么比较习惯……"

血往脑子里冲，姜竹沥顺手抄起水杯，兜头就让老同学感受了一把夏日酷爽。

果然，小时候猥琐的人，并不会因为年龄增长变得正直。

她就是心眼小，对当年林鹤扯自己肩带的事耿耿于怀。

"饭钱我刚刚下单时就已经付过了。"姜竹沥起身，礼貌地拿起外套，"谢谢招待，再见。"

林鹤的衬衣湿透了，他一下子愣在原地。

店里的人对他指指点点，窃窃私语。

服务员小跑过来递上纸巾："先生，您没事吧？"

他猛然惊醒。

"有事！"林鹤怒火中烧，冲着姜竹沥离开的方向吼，"不就是仗着自己长得稍微好看点吗？都被富二代玩成什么样了，我说一句怎么……"

林鹤的话没说完，又一杯饮料兜头而来。

是一杯橙汁，冰凉黏腻，顺着他的脖颈流进西装，甚至有果肉滑稽地停留在他的头顶。

林鹤气得发抖："是哪个不长眼的孙……"

林鹤怒火中烧地转过去，撞上一双深不见底的眼睛。四目相对，林鹤微怔，气焰陡然消减。

段白焰放下玻璃杯，似笑非笑："人家都说了，人家要结婚。"

他模仿姜竹沥的语气，冷冷地说："冷静一下吧，老同学。"

段白焰追出门，在附近转了两圈才找到姜竹沥。

夕阳尚未完全落下，夜灯初上，灯火璀璨，人潮汹涌。

他按下车窗：“上车。”

姜竹沥愣了愣，赶紧谢绝：“不用了，谢谢你，我可以自己回去的。”

“你在我车上落东西了。”

姜竹沥眨眨眼，想不起自己漏了什么。

他不耐烦地催促：“快点。”

姜竹沥抿抿唇，思索一阵，还是坐了上去。她怕给他添麻烦，如果昨天她落下的东西是个累赘，那她还是带走比较好。

可段白焰一点都不着急。

他开着车，慢悠悠地在附近转来转去。

“段白焰……”绕到第七圈，她终于忍不住了，要不是了解他，她简直以为他在故意撩她，“我昨晚忘了带什么？”

段白焰不说话，漫不经心地看着前方。

不知道看见了什么，他的眼睛突然亮起来。

段白焰舔舔唇，答非所问：“你去过游乐园吗？”

这问题莫名其妙。

“去过……怎么了？”

“喜欢玩碰碰车吗？”

“啊？”姜竹沥一头雾水。

“坐稳。”

“……”

姜竹沥还没反应过来。

段白焰已经狠狠地踩住油门，直直地朝着林鹤的车撞了上去。

段白焰的宝马金刚不坏，他怕伤到副驾驶座上的姜竹沥，硬生生把车甩出一个一百八十度漂移，后备厢朝着林鹤的车扫过去，将对方的车砸出一个大坑。

林鹤磕破了脑袋，伤势不严重，但看着很吓人。

他下了车骂骂咧咧，姜竹沥在车上目瞪口呆。

然后三个人都进了警局。

重新呼吸到室外的空气，已经是后半夜了，虽然差点被吊销驾照，但只要能看到林鹤吃瘪的表情，段白焰就很开心，以后还要多多捉弄他才好。

他心情愉悦地送姜竹沥上楼，走到家门口，她犹豫半晌，小声道："谢谢你。"

他正要开口。

"但是，可以请你以后不要再做这样的事了吗？"她攥住衣角，"我……我很担心你受伤。"

"嗯。"他淡淡地回应。

"更重要的是……"姜竹沥咬咬牙，有些不知所措，"你这种行为，我会误会的。"

她的话音刚落，突然被人按到墙上。

他的两只手臂撑在她的身侧，眼中映着灯光，呼吸近在咫尺："我不介意你误会。"

电梯间的声控灯灭了又亮，亮了又灭。

她后知后觉，借着昏暗的灯光，才发现他手里拿着的是她昨天拿的那个玻璃饭盒，里面装着的草莓盒子……现在一点不剩。

"这个，没有我十七岁吃到的那个甜。"他的呼吸慢慢急促起来，嘴唇几乎已经吻上了她的耳垂。

那感觉麻麻的，痒痒的，像久违的情欲。

"但银不会褪色——"

姜竹沥整个人都晕乎乎的。

"我一直留着。"

第三章

杧果布丁

姜竹沥的脑子嗡嗡作响。

他沉默着靠近，声控灯悄然无声地灭了。黑暗的楼梯间里，月光如银，他将她困在墙角，隔着布料，她也能感受到他的手臂热得惊人。

她手足无措，趔趄着后退，抵上冰凉的墙壁。

“段白焰……”

他置若罔闻，下巴抵住她的肩，剧烈地喘息着，热气落在她的脖颈间。

姜竹沥不得不伸出手撑住他的肩膀，阻止他继续靠近。

然而于事无补。

“你不要……不要再靠过来……”

段白焰垂着眼，吻上她的耳垂。

姜竹沥背部发麻，退无可退。

坦白地说，她害怕这样的段白焰。四年前是，四年后也是，像某种攻击性十足，又胜券在握的动物。

外界传他清冷禁欲，那段恋爱却让她看到了更加完整的他。他孤独，冷漠，拥有天赋般的觉察能力，在恋爱里，最擅长逼人妥协。

就像现在。

她敢当众泼林鹤一杯水，却不知道该怎么应对他。

“段白焰。”咄咄逼人的他让她难以呼吸，她觉得委屈，声音发软，“分手是你提的，让我别……别再回来，也是你说的。”

声控灯骤然亮起。

他慢慢伸进她袖口的手指一顿。

“现在，现在你又……

“我明明什么都不欠你啊，浑蛋！”

姜竹沥艰难地挣扎，像溺毙前的最后一次呼救。

段白焰身体一僵，理智回笼，他骤然放开了她。

姜竹沥靠在墙上，像受了莫大的委屈，眼眶发红，茫然无助，仿佛下一刻就要哭出来。

段白焰收回手，有些无措，突然不明白自己在做什么。

他还没缓过神，“砰”的一声，姜竹沥飞快地打开门跑进屋，然后将他拒之门外。

段白焰沉默着，垂着眼，站在紧闭的门前。

声控灯很快又暗了下去。

姜竹沥坐在门内，大口大口地呼吸。

她不确定他有没有离开，可她突然感到难过。

跟段白焰分手那天，是她被手铐锁住的第二十二天，二十二天里，两个人活成了连体婴儿。

吃饭的时候，段白焰把她放在腿上；办公的时候，段白焰把她放在隔壁桌。

她郁郁寡欢，偶尔半夜起床喝水，也能看见黑暗里有双眼睛盯着自己看。

她后背发凉，但他愉悦到了极点。

那几天，只是看着她的脸，他也会兴奋得颤抖。

“竹沥。”他一旦心情好，就会爬在她的膝盖上，乖顺地蜷成一只没有攻击性的宠物，“我听人说，二十一天就会养成一个习惯，如果我哪天解开了手铐，你会不会不习惯？”

“不。”

姜竹沥温顺了太多年，不知道该怎么亮爪子挠他，只能故作冷漠，借此让他体会问题的严重性。

“那更不能解开手铐了。”他呓语，“一解开，你就会离开我。”

“我不会离开你的……”

姜竹沥很焦虑，不知道该怎么解释，才能让他明白人跟人之间的关系不像他想象中那样脆弱，现在这种做法，不仅无济于事，还会让事情更糟。

“既然不会离开。”他心安理得地蹭蹭她柔软的掌心，“那就更没有解开的必要了。”

姜竹沥气得想哭，她跟妈妈说过，暑假要陪男友住在山上，空气清新的地方更适合他养病。

可谁知道，她最后会落到这样的地步。

这种生活持续了一段时间，后来出现转折竟是因为段白焰的哮喘。

他陪她整理床铺，鼻子碰到灰尘，连着打几个喷嚏，就上不来气了。

熊恪用暴力拆分了那对手铐，连夜送他下山。

她没想到的是，等她回到家，家里会出那样的事……

后半夜，明里市落下了今年的第一场秋雨。

云层被雷电撕开，豆大的雨点打在窗户上，玻璃被砸得噼里啪啦响。

闪电照亮天空，姜竹沥睡得不安稳，爬起来关窗户。外面的雷声越大，屋内就越寂静，她缩回被窝，脑子竟然清醒起来。

那年段白焰哮喘病犯了，下山的路上呼吸不畅，还拽着她断断续续地问：“你……你会……会走吗？”

她握住他的手，低声安慰：“就算我出国，我们依然能在一起的。”

“不……不要。”他嘴唇发紫，力气却大得吓人，死死拽着她不放手，“你……你做一个选择，要……要么留下来，要……要么跟我分手。”

二十多岁的姜竹沥无法理解段白焰的极端想法，他对自己拥有的东西没有安全感，一旦急眼就会自动开启自卫模式，损敌一千，自伤八百。他向来如此，爱憎分明，非此即彼，没有任何过渡选项。

可姜竹沥只觉得他咄咄逼人，他每一次看似给她选择，实则逼她妥协。

她的喜欢是真的，她的恐惧也是真的。她喜欢他，但完整的他让她不敢上前，于是她诚实地说道：“我不知道……”

段白焰显然不喜欢这个答案，他看了她很久，眼神一点点冷下去，然后一根一根地掰开她的手指："那你想通了，再来找我。"

骤雨倾盆，夜幕漆黑，窗外风声鹤唳。

姜竹沥的思绪被拉回来，她将自己整个人都缩进了被子里。

放手的人是他，让她别再回来的人也是他。

哪怕一百次重逢，一百次溃不成军，她也什么都不欠他。

过完那个莫名其妙的雨夜，段白焰消失了。

姜竹沥想问问熊恪，他最近怎么样，犹豫一阵，还是作罢。

她已经离开学生时代很久，段白焰早就不是她的保护对象了。

临近七夕，餐厅逐渐忙碌起来。

后厨上新，不仅要准备特供的情侣套餐，还要在当天多准备一场筵席。

"马卡龙、堡尔美克杯子蛋糕、糖霜黄油饼干、杧果布丁、猫掌棉花糖、意式坚果饼，还有一些装饰用的焦糖棒棒糖……"姜竹沥低着头看客户的要求，忍不住小声嘟囔，"虽然在宴会上拿这些东西摆个甜品台也不算过分，但……我们的客户只有十岁？一个小学生过生日，为什么要这么浮夸？"

"可能家里挺有钱的吧。"领班笑笑，"所以我说你们这代年轻人压力大，你看看，十岁的小孩就攀比成这样，家长不努力赚钱，孩子连过生日都要输人一截。"

姜竹沥眨眨眼，没说话。

"这也算个大单子了，我提前给你就是想让你看看怎么安排人。"领班说，"我怕七夕那天我们人手不够。"

"那确实是。"

"对了，你瞧我这记性。"领班一拍脑袋，"我刚刚想起来，那个小学生还给了我一份电子示意图，让我们照着那个样子做甜品台。"

姜竹沥："……"

现在的小学生都这么厉害吗？

"你来。"领班引着姜竹沥进办公室，"我把它拷给你，你回去参考。"

“谢谢你。”姜竹沥笑着道谢，将U盘插入电脑。

读取完信息，内存进度条迅速变红。

“你的U盘好像满了。”领班动动鼠标，示意拷贝失败，“能不能删点不重要的东西呀……咦，这串乱码是什么？”

这个U盘是姜竹沥从高中时开始用的，她没有清理文件的习惯，只有拷进来的没有删除的。

她凑过去，还真看见一个乱码的压缩包。

“都快十年了啊。”领班看到创立时间，忍不住感慨，“这真是一串有年代感的乱码，能删吗？”

“删吧。”姜竹沥想不起那是什么，“删之前，解压出来看看。”

“好。”领班照做。

解压文件后，文件夹里露出一个小程序。

姜竹沥对这东西一点印象也没有，微微皱眉：“你再点一点试试？”

“这会不会是个自爆程序？轻轻一点，就能引爆电脑那种？”

“你的电脑是装了炸药吗？”

领班嘴上这样说，手指动得比谁都快。

她点开程序后，弹出一个小窗口。

上面写着：“点我。”

姜竹沥感觉不太妙，但领班已经按了下去。

又跳出一个小窗口：“再点。”

姜竹沥：“……”

为什么连程序都透着一股“天凉了，王氏该破产了”的霸道总裁画风？

领班又点了一下，倒抽一口气。

姜竹沥漫不经心地抬起头，看到小窗口里只剩一句话：“竹沥，你今天开心吗？”

来自十年前的段白焰。

“哇。”领班发出惊呼，“这是哪个小男生送你的礼物呀？还是个技术帝？”

姜竹沥有些蒙，高中有段日子段白焰研究剪辑，顺手学了一些小程序。

他是聪明的人，不管学什么上手都很快。他现在能在电影领域取得成就，放到别的领域，一样也能过得风生水起。

只是他从小体弱，又被不负责任的爹妈坑害了太多年，以至于她遇见他的时候，他表现得独来独往，对与他无关的事都不怎么上心，也很少关注其他人的情绪。

她无法想象段白焰安慰别人的场景，也想不起来当时自己身上发生了什么事，要被他以这样迂回委婉的方式来安慰。

她似乎错过了一些关于段白焰的事，又好像没有。

这种飘忽的心情，一直持续到晚上。

姜竹沥带了一部分工作回家做，糖霜饼干的做法相对简单，成型时间也短，她打算拿来做直播。

“糖霜饼干，顾名思义，分两部分。”她一边准备食材，一边说，“一部分是黄油饼干，一部分是糖霜。”

“我们先把黄油软化，然后把黄油和糖粉打至发白。”她一边说着，一边将黄油搅开，“分两次加入鸡蛋，再加一点点奶粉。

“最后筛入低筋面粉和高筋面粉，用刮刀把它们融合在一起，揉匀之后，压到你觉得合适的高度，然后用模具印出形状。”

“放到烤盘里直接拿去烤了。”她把饼干放进烤炉，“最后做出来的就是黄油饼干啦，就是那个给糖霜饼干打底的东西。”

拧开烤箱，她将摄像头转向自己，笑道：“接下来，烤箱为我们争取了十八分钟的空白时间。在黄油饼干被烤熟之前，你们还想看点什么？”

甜点主题的直播，中间或多或少有等待烤箱和冰箱的空余时间，她就拿这些时间来陪粉丝玩。

弹幕五花八门——

“甜甜坐着不动就很好看……什么时候出个食疗或者化妆的教程？”

“没人想听甜甜唱歌吗！她唱歌那么好听，都好久没有唱过了！”

仿佛得到这句话的启发，后面的弹幕清一色变成了——

“对对对！唱歌！”

“唱歌唱歌！我也想听甜甜唱歌！”

姜竹沥两眼弯成月牙状：“想我唱什么？”

她有一副好嗓子，唱起歌来清亮温柔，像地道的南方姑娘，大胆又羞涩地向青年示爱。

“当然是唱《年华》！最近那么火！”

“附议！想听《年华》！”

《年华》是电影《青果》的主题曲，姜竹沥知道《青果》这部电影，也是因为这首歌。

电影预告片里，这首歌是男主抱着吉他坐在操场上唱给女主听的。老套的电影情节，加上高明的滤镜，一样产生出了不可思议的美感与怀旧感。

她声音柔和，更能驾驭这种低沉舒缓的歌。

“好呀。”姜竹沥答应下来，笑吟吟地打开K歌软件，“等我找一找。”

清清嗓子，她开始唱歌。唱歌好听在直播里很吸粉，容易吸引人气，也容易招来神经病。

这才唱了没两句，弹幕开始疯狂地被刷屏——

“你们没人觉得她唱得特别难听吗？

“就这种水平也拿来做直播，不知道谁给你的脸！”

姜竹沥扫了一眼账号，一点都不意外，还是那位“今天开始佛挡杀佛”。

跟上次不太一样，这次他疯狂刷屏，不仅打断姜竹沥唱歌，还极大地影响了直播观感。

因而，立刻有粉丝跟着刷屏呛了回去——

“实名呕吐，一天到晚盯着别人，眼睛都红出血了吧？”

“有病就治，话说我举报小娇娇这个账号好几次了，为什么还在这儿蹦跶？”

“小娇娇”是姜竹沥的粉丝们为“今天开始佛挡杀佛”起的爱称。

这在某种程度上削弱了姜竹沥的不适，她如果因为这个被惹得不开心，反而会降低粉丝的好感度，得不偿失，所以她从没纠缠过这个事情。

弹幕还在混战。

“那个，我……”

她动了动嘴唇，想让大家别吵了，一起屏蔽那个账号就好，本来也不是什么大事。

然而下一秒，屏幕上跳出斗大的一排红字，把所有弹幕都压了下去。

“唱得挺好的，继续啊。”

姜竹沥愣了愣。

弹幕比她先爆炸——

“啊啊啊，江总回来了！”

“我江总的出场方式都跟别人不一样！这么大的字体只有你能发出来啊！我服！”

上线的人是 JC 直播现在的老板，那个活在传说里的江家唯一继承人，江连阙。

姜竹沥回过神，笑着朝他打了个招呼：“晚上好。”

江江江江江咚咚锵：“晚上好。”

江江江江江咚咚锵：“好久不见，这个技能是技术小哥为了拍我的马屁，单独给我开发的，全公司只有我的账号有。为了彰显江总与众不同的高贵身份，暂时不对外开放。”

弹幕一片“666”。

江江江江江咚咚锵：“对了，你们刚刚说要举报谁？”

“就是那个账号叫‘今天开始佛挡杀佛’的人！天天黑我家甜甜！甜甜做错什么了？！”

“我家甜甜都被黑傻了！救救孩子吧！她本来就不聪明，连呛人还是我们手把手教她的！”

江江江江江咚咚锵：“好的，我回去看看技术允许不允许。”

江江江江江咚咚锵：“对了，刚刚手把手教她呛人的是哪位？来私信我，我给你发红包。”

“哈哈哈哈，性感总裁在线封号？”

“江总万岁！我们好多人教过，红包是人人有份吗？”

江江江江江咚咚锵：“人人有。”

江江江江江咚咚锵：“她确实傻，你们平时多帮我教教她，尤其是干坏事。”

弹幕又陷入新一轮的狂欢。

屏幕前的姜竹沥十分感慨，她很久没看过这么精彩的弹幕了。

要什么主播啊，观众跟观众明明也能聊得很开心。

她简直想切块瓜，一边吃一边看。

闹铃突然响起来。

“呀，差点忘了。”她一拍脑袋，拿起平板电脑，“走，去看看我们的饼干。”

新鲜出炉的黄油饼干香味扑鼻，姜竹沥晚饭吃得很饱，可还是忍不住拿起一块咬了一口。

薄厚适中，甜甜脆脆，黄油的甜香完全浸进去，随着糖分一起在舌尖化开。

“太过分了！我们只能看着！”

“我也想吃，呜呜呜！”

姜竹沥刚把五角星咬掉一个角，就赶紧放下：“大半夜的，太罪恶了，你们不要学我。”

“不过现在我们可以进行最有趣的一步了。”她拉开柜子，拿出准备好的彩色细糖霜，“糖霜饼干最好玩的一点就是，我们可以在上面随便画东西。”

“比如这样……”她一本正经地拿出一支薄荷色糖霜，在上面挤来挤去，画出一大坨歪歪扭扭缠在一起的曲线，“像不像脑子？”

“你清醒一点！它只是块饼干，不能补脑的！”

姜竹沥乐坏了：“你们不是早就知道我绘画基础差吗？等会儿我就去微博拿这个‘脑子’做抽奖。”

她的长相偏清秀，笑起来乖巧可爱，带着点学生气，是典型的初恋脸。

她正要再开口，弹幕上方慢悠悠地飘过一排大字：“挺好看的呀。”

“江总瞎了。”

“甜甜，你给江总画只眼睛，给他补补吧。”

江江江江江咚咚锵：“谁说饼干了，我说人。”

江江江江江咚咚锵：“难道你们都只看饼干不看人吗？暴殄天物。”

弹幕沉默一秒，又被他炸起来。

江连阙很擅长挑起话题，姜竹沥有些好笑，又忍不住想，现实里他应该是个很聪明的人。

等她收拾完食材，画完糖霜，发现“今天开始佛挡杀佛”的头像灰了下去。

姜竹沥微微一愣，再点进对方账户，所有个人信息都消失了。

对方真的被封了号？

姜竹沥的心情微妙，犹豫一阵，她给江连阙发私信：“江先生，我寄一些饼干给您吧。”

她特意在工作任务之外多烤了一部分，原本是想抽奖送粉丝的。

他秒回：“把你咬过的那块给我吗？”

姜竹沥一愣，不等她反应过来，对方又迅速撤回了。

姜竹沥：“……”

她只当没看见。

江江江江江咚咚锵：“你回国了？”

她说：“嗯。”顿了顿，觉得有点冷漠，她又补了一句，“前几天刚刚回来。”

对方沉默了一阵，然后打出一句让她心惊肉跳的话：“七夕那天，我们约会吧。”

不。

打这个字只需要两秒钟，可姜竹沥的手指悬在手机屏幕上，迟迟按不下发送键。

她骑虎难下。

这个圈子里，主播陪土豪吃饭、约会，甚至发生进一步的关系，都是正常的事。

可她还是觉得别扭。

七夕太有暗示性了，姜竹沥犹豫片刻，斟酌道：“那天我要去给一个小朋友庆生，是公司安排的活动。”

其实也不是不能推掉，但比起生日宴，她更想推掉江连阙的约会。

虽然对方是青年才俊，财色兼备，可他实在不是让她心动的类型。

江江江江江咚咚锵：“真是遗憾。”

姜竹沥舒了口气，巴不得他没空，或者干脆忘掉这事，她根本不想见江连阙。

怕他反悔，她赶紧道：“江先生，除了糖霜饼干，你还想吃别的吗？”

江江江江江咚咚锵：“随意吧。”

她又问：“你有忌口的吗？”

过了好久，他说：“我杧果过敏。”

结束谈话，段白焰“啪”地放下了手机。

“怎么样？”江连阙打完一局游戏，好奇地凑过来，“她答应了吗？”

段白焰面色难看，没有看江连阙，抱着毯子面无表情地缩在沙发里，思考人生。

“没有。”

江连阙一脸了然：“输了，给钱。”

“……”

“我早告诉你了。”他摆出一副老父亲的神情，“你拿着我的账号再撩一百年，她也不可能动心的。”

段白焰掀起眼皮，睨他一眼，又收起目光：“你对自己的长相这么没有信心？”

“有您珠玉在前，”江连阙毫不留情，重复段白焰曾引以为豪并拿来炫耀的话，“她眼里怎么可能还有别的狗呢？”

段白焰发出一声“嘁”。

“不过，你干吗不自己申请一个号，非得天天用我的？”江连阙问，“我的账号我自己都没登录过几次，全是你这个狗在用。”

在这件事情上，江连阙是真的无法理解段白焰。

江连阙跟段白焰认识的时间不长，但也有四年多了。四年前段白焰哮喘病发，江连阙花粉过敏，两个人在病房碰面，做了一段时间病友。

再后来，江连阙去谈一个差点崩了的影视项目，又见到段白焰。一来二去，两人竟然建立起了革命友谊。

在江连阙眼里，段白焰别扭又麻烦，顶着他的“马甲”、模仿他的口吻给别的主播刷礼物都是小事。要命的是，前几天段白焰突然大半夜淋得全身湿透，跑进他家，一脸执拗地缠着他问：“我是不是做错了什么？”

“你前半生造过最大的孽，”江连阙诚恳地告诉他，“就是放开了你前女友的手。”

江连阙完整地听过段白焰的故事，非常客观公正地坚信，他就是活该。

这么“作”，活该把人“作”跑了。

“当然要用你的。”段白焰语气淡淡地说，“不能让她知道我一直盯着她。”

江连阙：“……”

段白焰记得她分手时说的那句——你让我感到窒息。

他喃喃：“不能抓太紧。”

江连阙忍不住说：“可你这不叫放松。”

“……”

“你这叫自欺欺人。”

“……”

“小白。”江连阙苦口婆心地说，“虽然我也只谈过一段恋爱，但是我能感受到‘真诚’是恋爱里最重要的态度。”

段白焰垂着眼：“可她看起来很生气，说我是浑蛋。”

“她用词很准确，你应该为她高超的表达能力而骄傲。”

“……”

“不管怎么样，你温柔一点。”江连阙拍拍他的肩膀，“有误会的话，一定要解释清楚，任重道远啊，小弟弟。”

七夕赶上周末，高架桥上光影交错，车流拥挤。

姜竹沥搭了后厨一个小哥的便车，赶到宴会地点时，时间已经有些晚了，她赶紧着手布置甜品台。

她布置到一半，程西西打电话过来。

她不方便接，等它一直振动到挂断，才看见屏幕上弹出的短信："竹沥大猪猪，你现在在干什么？"

姜竹沥洗洗手，回道："参加杀人越货。"

程西西发了个问号过来。

姜竹沥："参加生日宴会。"

程西西："林鹤跟我说过几天要举办高中同学聚会，你打算去吗？"

姜竹沥迟疑："也许吧。"

她不想看见林鹤，可高中同学们都对她很好，她有点想他们。

程西西兴奋地回复："来吧来吧，到时我去接你，我们携手出场，艳压群芳。"

姜竹沥被逗笑。

生日宴会晚上开始，有人陆陆续续地入场，她猜是主人的朋友们，都是附小的小学生。

半小时后，宴会的主人姗姗来迟。

小寿星叫谢勉，十岁，四年级，个头不高，腰杆却挺得笔直，很有气势。

他一路从入口走到台上，拿过麦克风，吐字清晰："谢谢大家今晚来参加我的生日宴会，我没什么特别的话要说，希望你们玩得开心，我也玩得开心。"

姜竹沥心下一动，有点喜欢这个小朋友的表达方式，一句废话都没有。

宴会开始，小学生们用毁灭食物的方式进行着他们的狂欢。

姜竹沥绕到后台问领班："宴会开始了，我们后面还需要补食物吗？"

"看具体情况吧，不过……他们来的人也不多。"领班顿了顿，表情变得八卦，"对了，你看见刚才那个小男孩没？"

"哪个？"

“谢勉啊，小小的萌萌的，头发有点卷，脖子上打了个特别乖的蝴蝶结。”

看得出来，领班是真的很喜欢谢勉。

“当然看见了。”姜竹沥笑道，“你昨天还说这小孩虚荣心强，烧家长的钱。”

“我收回自己愚蠢的臆测。”领班笑笑，“这小孩聪明得很，我听他们说，他今年才十岁，就已经是红十字会的星级志愿者了，成绩特别好，在学校里也拿过不少奖。”

这么多名头呀，姜竹沥有些意外。

“我也想生个这样的儿子，长得帅，成绩好，我都不用怎么管他，去给他参加家长会，还能听见别的家长嫉妒的声音——看看，看看别人家的孩子！”

领班说着说着笑起来，姜竹沥也跟着笑，却没有搭腔。

在她对青春的贫瘠认知里，“别人家的孩子”大多数也活得不幸福。

姜竹沥聊得口渴，转身去外面倒水，刚刚拐过花园，就听见谢勉的声音：“对不起，都是我的错，是我没有考虑周全。”

姜竹沥的脚步顿了顿，她鬼使神差地在墙角停了下来。

“千万别因为别人夸了你一两句，就骄傲得找不着北。我告诉你，比你优秀的大有人在。”一个高傲的女声响起，“你看看你，除了学习之外什么事都做不好，我让你试着策划一个宴会，你就给我搞成这个样子，你的同学都开始砸蛋糕了，你们怎么能这样浪费食物？”

他今年才十岁，砸蛋糕的是他的同学，又不是他。

生日不就应该快乐吗？

接二连三的问题浮上心头，姜竹沥心里涌起一股冲动，想出去为谢勉辩解。

可谢勉没有说话，他对这种罪名供认不讳。

沉沉的月光下，姜竹沥心里发涩。

从姜竹沥有记忆起，她就是被同学羡慕的对象。

考试考得好可以不听讲评，会被羡慕；自己的班主任向隔壁班老师介绍

“这是我最得意的学生”，会被羡慕。

那些羡慕的理由和眼神千奇百怪，构成了她青春的骨架。可她被压在下面，常常感到寸步难行。

因为她有个比自己更优秀的妹妹。

姜爸爸去世早，姜妈妈改嫁后的第一年，就生下了比姜竹沥小三岁的妹妹明含。

明含长得漂亮，明眸皓齿，完美地遗传了父母最优秀的基因，更重要的是她健康、纯真，可塑性强，能代替母亲去完成她未完成的芭蕾舞梦。

从那时候起，姜竹沥再也没有过过完整的生日。

明叔叔是个很好的父亲，每年都会为她准备生日礼物，可母亲的注意力全都在明含一个人身上。她懂那种狂热的目光，曾几何时，那样的眼神也落在她身上过。

可她是母亲眼里的失败品。

日积月累，面对母亲的奚落与冷嘲，她找到了自己的应对方式——逃避现实。

即使没有明确的体验，但她的认知里，掩耳盗铃、自欺欺人是最有安全感的生存方式。

这个方法后来被用在生活与学习等方面，别的同学过生日，在班上切蛋糕请大家吃的时候，段白焰像看白痴一样看她：“你为什么要捂住眼睛？”

“因为我不喜欢生日蛋糕！”

“……”

段白焰默默地把他的那份蛋糕，也放到了她的碟子里。

风吹动树叶，月光倾洒在院落之内。

谢勉和他的妈妈已经离开了后院，姜竹沥一个人在花园转角处站了很久。

她突然想起昨天段白焰的那个小程序，底下的选项不是“Y”或者“N”——不是“是”和“不是”。

而是“Y”和“E”。

她原本还感到困惑，这一刻她突然懂了。

E 代表着 everyday，每一天。

是快乐每一天。

他洞若观火，沉默而清醒，那时候，他真正想说的是——祝你余生生日快乐，竹沥。

姜竹沥发了会儿呆。

夜深之后露水渐重，夜风鼓动衣袖，她转身进屋。

大厅内亮堂堂的，一片喧闹。宴会用的蛋糕加重了奶油，一群小孩从这头打到那头，从那头打到这头，乐此不疲地在用食物打仗。

谢勉站在角落里，帮另一个小男孩擦脸上的奶油，地上积起一堆卫生纸团。擦干净后，小男孩连句谢谢都没说，转身就重新加入了战斗。

谢勉一个人站在原地，收拾用过的纸团。

姜竹沥没说话，走过去跟他一起捡。

面前突然落下黑影，谢勉吓了一跳："姐姐，你不用管我的，我自己收拾就行了。"

"两个人总要快一点。"姜竹沥抬起头，发现窗帘也被抹上了奶油，"但这个就有点麻烦了，可能得给酒店加服务费。"

谢勉垂眼，将小垃圾桶搬过来。

姜竹沥手脚麻利，帮他把桌布上的奶油也清干净。

"不开心的话，为什么还要办生日宴会？"她状似不经意地问。

"没有不开心。"谢勉不假思索地说，"大家都很开心，我也很开心。"

"噢。"姜竹沥不纠缠。

停了一会儿，她又问："那你在做志愿者的时候，会像今晚一样开心吗？"

谢勉微怔，眼睛一亮："姐姐知道我在做志愿者？"

"是呀，他们都在夸你。"

谢勉又低下头，半晌，他小声道："可我……我真的没做什么，最开始只是我妈妈在做公益，我就跟着她一起去了……"

这话如果放在公开场合，会像故作谦虚的自负，处处透出令人讨厌的气息。

但眼下……

“我明白。”姜竹沥叹息，“可是别人都在说，那个小孩好厉害啊，小小年纪竟然能做到这种地步，真是了不起，家长一定教育得很好。”

谢勉猛地抬起头，睁大眼。

“来尝一块蛋糕？”姜竹沥坐下来，从彩虹蛋糕上切下一块递给他，“这是我给小寿星做的，可你今晚一口都没有吃。”

谢勉乖巧地爬上高脚凳，在她身边坐下：“谢谢姐姐。”

他低着头吃东西，动作斯文小心。

姜竹沥撑着头看了一阵，指指那群闹腾腾的小学生：“那些是你的朋友？”

“嗯。”

“是在你难过时，愿意当你的树洞的那种？”

谢勉思考了一下，小声说：“是在三道杠投票时，选我的那种。”

“我妈妈说，只有我给了他们东西，他们才会喜欢我。”谢勉有些犹豫，“可我有时候会很别扭……宁愿他们别喜欢我。”

姜竹沥看着他，沉默着。

现在她仍然觉得，在亲密关系里，“只有……才……”是一个特别讨人厌的句型。

——只有我足够优秀，才会有人喜欢我；只有我对外付出，才能得到回报。这世上所有的爱都不是平白无故从天而降的，我不先行付出，就什么都不会有。

真是糟糕的逻辑。

“其实你妈妈也没错，但她太片面了。”姜竹沥想了想道，“比方说，虽然你没对我付出什么，但我现在也很喜欢你，不是因为你优秀，或者因为你可爱，我喜欢你，没有理由。”

谢勉睁大眼，手足无措。

“所以不做‘别人家的小孩’，就做一个普通平常的谢勉也没有关系，一样会有人喜欢你的。”姜竹沥有些踌躇，不知道该不该跟他说这些话，“也不要因为未来的某一天，突然发现自己不是别人口中那个完美的小孩就讨厌自己。”

后半句话，谢勉不太懂。

但他从姜竹沥的脸上看到踌躇，于是眼睛一转，机灵地转移了话题：“我记住了，姐姐，你是学什么的？”

“心理学。”

他有些惊奇：“那怎么会来当甜点师？”

“因为……”

因为她连自己都救不了，根本没有信心去改变别人。

姜竹沥的手顿了顿：“很多人最后做的工作，都跟专业没关系呀。”

“噢……”谢勉眨眨眼，夸她，“姐姐做的蛋糕也很好吃。”

沉默一会儿，谢勉又小声说：“如果能重来一次，我不想做别人家的孩子了。”

姜竹沥揉揉他的小卷毛。

“姐姐呢？姐姐想做什么？”

“姐姐啊……”姜竹沥的手一顿，不知她想起了什么，表情突然变得怀念。

她舔舔唇，慢吞吞地说：“想做一个坏女人。”

做个没有良心，不会心疼，坏到骨子里的女人。

“哈哈哈，我的天，你真这样跟人家说？”

下了车，程西西听姜竹沥讲完生日宴会的经过，乐不可支：“人家家长怎么想？”

“他妈妈根本不关心他。”姜竹沥推开酒店的大门，咳了两声，“何况，我说的是我自己呀。”

程西西很敏锐：“你感冒了？”

“那天晚上在外面吹了风，”她没往心里去，“扁桃体有点发炎。”

“吃药了吗？”

“嗯。”

姜竹沥的话音刚落，被人从背后重重一拍。

她回过头，见林鹤一身修身休闲装，站在大堂入门处，扯出一个大大的笑容："竹沥！你们来得这么早？"

高中同学聚会的第一站，在王朝酒店。

姜竹沥礼貌地颔首："你好，我姓姜。"

林鹤的笑一下子僵住。

程西西差点笑出来。她旁观者清，早就知道林鹤在高中时对姜竹沥有意思。暂且不说他跟段白焰相比有没有竞争力，她至今不明白的是，怎么会有人打着喜欢对方的名义，去欺负对方？

"这里有点冷。"姜竹沥像是没看见他的尴尬，拽住程西西，"我们先进去吧。"

她走出去几步，林鹤后知后觉地追了上去："竹沥，上次的事，你听我解……"

姜竹沥走得很快，平心而论，她一开始就不怎么喜欢林鹤。后来那个泼水事件，也不过是把本来零分的印象分减成负数而已，解不解释，都没多大意义。

可走到包间门口，她还是停了下来。

林鹤一下子放松，笑了："我知道的，你们女生一个月总有几天要闹点小脾气，我能理……"

"林鹤。"姜竹沥打断他，"你要是在其他同学面前也这么跟我讲话，我一定撕烂你的嘴，我说到做到。"

姜竹沥推开包厢门，很多同学已经提前到了。

姜竹沥前脚进门，段白焰后脚就跟着她进了屋。

同学 A 眼睛一亮，立马打趣："你们两个真的还在一起！我又相信爱情了！"

姜竹沥愣了一下，这才看见身旁的段白焰。

他穿得很休闲，天生好相貌，像不会老一样，身上的少年感添了两分。他没有看她，跟她保持了一小段距离，独自走到另一头坐下。

“你们在一起之后，他还是这么高贵冷艳吗？”同学 B 把姜竹沥拉过来坐下，小声问道，“我记得高中时，他活像一个自闭儿童，怎么现在好像更严重了？”

姜竹沥有些局促，不知道该怎么解释他们其实分手很久了。

高中时的姜竹沥甜甜的，班上的同学都喜欢她，成年之后变得不善言辞，惹得所有人都想逗她。

还没开始吃饭，姜竹沥已经被他们的玩笑逗得面红耳赤。

晚饭订的是套餐，南方菜系，半数以上的菜被辣椒淹没，一眼看去，红通通一片。

姜竹沥的习惯形成太多年了，坐下来之后，她下意识地去找段白焰的方位。他不能吃辣，她暗暗地在心里打算盘，想把所有辣菜都转到自己这边来。

于是，水煮辣牛肉上来，她兴冲冲地转过来，想夹，可还没碰到盘子，就被转走了。

她没有多想，把筷子伸向旁边的麻辣冒菜，还没碰到盘子，又被转走了。

姜竹沥：“……”

这是什么情况？

于是她掉转方向，小心翼翼地试着夹了一个锅贴。

这次成功夹进了碗里。

她眨眨眼，不死心，对干锅辣菜花伸出筷子，盘子又被转走了。

仿佛有股神秘力量，在跟她较劲。

她不爽地抬起头，看到辣菜全在林鹤面前，而他身边坐着的人，就是段白焰。

姜竹沥觉得，林鹤可能是想段白焰死。

她气急败坏，满眼谴责：“林鹤，你能不能别一直转转盘？”

埋头吃饭的林鹤一脸茫然：“啊？”

同学 A 学了一嗓子：“林鹤大傻子，能不能不要捣乱了？”

林鹤：“……”

他根本没碰转盘啊！

结束晚饭，众人照例要去唱歌。

一行人步行去，姜竹沥和程西西挂在人群尾巴上，程西西给她看自己新做的指甲，两个人笑得不行。

林鹤犹豫了一下，不死心，慢慢退到人群末端，压低声音，煞有介事道：“转盘真不是我转的。”

姜竹沥已经彻底不想理他了。

他舔舔唇：“还有上次，我说的问题。”

姜竹沥瞪他：“你还说？”

她不明白，钢铁“直男”到底是有多“直”，才能讲出那么没有礼貌的话，在她明确表示不喜欢之后，还三番五次地提。

“我就是想道歉嘛！”林鹤急了，“那个，你如果现在不想聊的话，我们可以不聊……不过反正，迟早也要聊到……我就是不知道你为什么那么生气……”

“因为那是我的隐私。”姜竹沥徘徊在暴走的边缘，“我和段白焰的事，关你什么事？”

林鹤还想说什么。

走在前面的段白焰脚步一顿，突然转身望了过来。

不偏不倚，与林鹤四目相对。

林鹤微怔，背上慢慢滑下冷汗，突然想起高中的某个盛夏。

那天天气格外炎热，他打完篮球，大汗淋漓地回到教室，午休时间很安静，有人在做题，有人趴在桌上午睡。

蓝色的窗帘一起一落，阳光被带进来，落到姜竹沥白皙的皮肤上。

她趴在桌上午睡，穿着一件白色的无袖雪纺衫，薄荷色的肩带挂在脖子后面，结成蝴蝶结。

林鹤心下一动，走过去，单手扯了扯，发现扯不开。他舔舔唇，伸出另一只手，想把那个蝴蝶结解开。

他还没伸出去，眼角白光一闪，顿时听到了木头碎裂的声音。

一切发生在电光石火间。

他难以置信，颤巍巍地低下头，看到距离自己左手三厘米的地方，不偏不倚地插着一把美工刀。

刀面上，他看见段白焰的眼神，凉薄，淡漠，像深不见底的漩涡。

仿佛在说——碰啊，你再碰她一下试试？

第四章

烤地瓜

一行人浩浩荡荡地进包间坐下。

包间光线交错，有人把麦克风递给姜竹沥，她笑着谢绝："扁桃体发炎，嗓子哑了。"

话音一落，斜对面一道目光扫了过来。

姜竹沥下意识地抬起头，还未对上，对方就迅速移开了目光。

是看错了吗？她垂着脑袋，踢了踢茶几。

又自作多情。

"化学老师住院了？什么时候的事？"

姜竹沥正低着头发呆，人群里突然传出一声惊呼。

这些年聚聚散散，同学群也很难把人聚全，总有人看不到前面发过的公告和信息。

林鹤一脸正气："对，我跟竹沥去看过了，老师身体还不错，欢迎其他同学也去看望。"

这话一出，大家都有些错愕，后知后觉地琢磨他话中的信息量。

"是我和小白在医院里偶遇了你。"姜竹沥抬起头，毫不留情地说，"能不能拜托你不要漏掉他？"

姜竹沥本来还想跟大家说一声，别误会她跟段白焰的关系。虽然他们高中毕业后恋爱谈得轰轰烈烈，但分手也是事实。

可林鹤这个样子，她突然就不想解释了。

如果告诉大家她跟段白焰早已分手，林鹤就敢说她是他的女朋友。

同学们安静了几秒。

她这副护犊子的表情，让隐没在黑暗里的段白焰不自觉地一僵。

“沥沥还跟以前一样……”短暂的静寂后，同学C笑着学她，“我一定会保护好你的，段同学！”

“我以前哪有那么傻！”姜竹沥的脸红了，“你说的那是美少女战士！”

同学们笑成一团，林鹤还没反应过来，愣了一会儿，执着地追问：“你们不是早就分……”

并非林鹤洞若观火，实在是医院偶遇那次，段白焰和姜竹沥的互动太别扭。他只是诈了姜竹沥一下，她就验证了他的猜测。

所以他觉得，自己还是有戏的。

下一秒，段白焰打断他，凉凉地看过来：“你在做梦？”

四目相对，林鹤迟疑地咽了咽口水。

他感到不可思议，不知道他们都分手那么多年了，怎么还能这么默契。他们这一唱一和的，倒弄得他下不来台。

有同学主动解围：“林鹤，你是不是误会什么了？”

“别人闹闹别扭，你就以为人家分手了。”

“对呀，小情侣之间闹别扭很正常的，何况他们这种老夫老妻。”

“不是，我真的……”林鹤还要辩解。

包厢的门一动，一阵香风席卷而来，众人抬头，见一个年轻女人提着手袋推门而入，笑得灿烂，双手合十，连连道歉：“不好意思，不好意思，我来晚了。今天公司里有个小明星耍大牌，拖了会儿时间。”

她留着及肩短发，发尾烫了内扣小卷，托出巴掌大的一张脸，因为皮肤质感好，连这种略显稚嫩的发型也能驾驭住。风带起她浅杏色风衣的衣角，露出白色T恤，显得她大方干练，又不失俏皮。

立刻有人兴奋地叫她：“筱筱！来坐这边！”

“好啊好啊。”何筱筱踩着高跟鞋走过去。

姜竹沥眼中笑意渐隐，微微抬眼，目光落到她身上。

何筱筱笑着走进人群中，回答他们七嘴八舌的问题。

“头发？头发很久之前就剪短了，我觉得这个发型也挺好看的。

“是啊，我现在做明星经纪人，每天都能见到很多大明星……可以啊，下次见到他，帮你要签名。

“没有，也没有很忙，毕竟是我喜欢的工作。”

高中同学里，在娱乐圈工作的人很少。

何筱筱是这些人中最高调的一个，天天在朋友圈里吹自己跟某个大牌关系好，生怕别人不知道她在做经纪人。

“话说，那个。”有人小心翼翼地插嘴，“我记得高中时，班长也是这个发型？”

同学们短暂地沉默下来。

包厢里昏暗不明，何筱筱抬起头，望了姜竹沥一眼，又轻飘飘地移开视线：“我不记得了。”

“竹沥……”程西西小心翼翼地摸了摸她的手。

姜竹沥收回目光，回头朝她笑笑：“我又有点饿了，我们出去买点零食吧。”

KTV 的便利店开在入门处，透过巨大的玻璃墙能看见夜空中的星星。

“你看，我就说吧，早让你警惕 ABB 型的名字，你不听。”程西西朝购物筐扔进一袋薯片，愤愤不平地道，“我都找到规律了，ABB 的名字，不是‘绿茶’就是‘白莲’。”

姜竹沥乐不可支：“骂谁呢？你也是 ABB。”

程西西一时噎住：“我……”

“没必要这么生气，你要不要喝酸奶？”姜竹沥低头看标签，“我跟何筱筱也这么多年没见面了，好歹一起考过高考，能有什么血海深仇？”

“我喝。可你那时对她那么好，她……”

“都过去了。”

如果从姜竹沥的视角去回忆，这段经历还真没什么好说的。

中学时代，何筱筱就是姜竹沥那位“有心脏病”的同学。先天性心脏病分很多种，姜竹沥在大学后才知道何筱筱得的是最无关痛痒的那个类型，可她当时表现出来的症状简直要人老命，弱柳扶风，一步三喘，做个课间操都恨不得姜竹沥背她下楼。

那时的何筱筱受人恩惠，一双黑白分明的大眼睛眨啊眨："我一定会报答你的，竹沥。"

姜竹沥没指望她报答自己，但一来二去，两人的关系变得很好，好到无话不谈，连程西西偶尔也会嫉妒。

直到姜竹沥和段白焰在一起。

他们是在谢师宴上牵的手，何筱筱当时没说什么，后来总在各种场合委婉地表达："我闺密就是太不会收拾自己了，我觉得她有点配不上她的男朋友，毕竟段白焰那么优秀……对呀，如果我是她，我肯定会自卑的。

"嗯嗯，我也经常劝她，让她多珍惜她的男朋友……

"其实我真的很羡慕竹沥，她跟身边的人关系都好好，不像我，明明已经很努力了，还经常被人误会。"

愚蠢的姜竹沥曾深以为然，并自我检讨。

结果她和段白焰闹别扭还没超过两天，何筱筱转身就脱掉衣服，想要勾引段白焰。

"往事不堪回首……"姜竹沥现在想想，还觉得好笑又魔幻，"其实后来，我去找过何筱筱。"

她无话不谈的脆弱小闺密泪眼盈盈地问她："可是我也喜欢他，爱情不是没有先来后到吗？"

去她的爱情没有先来后到。

姜竹沥气得想说脏话。

程西西感慨："你当年都没告诉我，段白焰是什么反应？"

"他……"

他其实没什么反应。

这事发生在大一，那时他已经小有名气，占有欲和控制欲逐日上升，每天都想二十四小时跟她待在一起。她跟着导师去乡下调研两天，两个人闹了一场小小的别扭。

姜竹沥还没想好怎么哄他，大半夜，突然接到他的电话。

段白焰语气沉重，一本正经："我跟组，今天在外面睡。"

"嗯，我知道。"她小心翼翼地说，"你之前跟我说过的。"

"我刚刚回酒店，一打开房门，就看到床上有个陌生女人。"

她蒙了："啊？"

"你还爱我吗？"

"哈？"

"爱我的话，就来见我最后一面。"

"……"

他语气沉重："我觉得，她要害我。"

"哈哈哈，我无法想象！"程西西乐不可支，"段白焰有这么可爱的时候？"

"所以你别担心呀。"姜竹沥笑着拍拍她的手，"我跟段白焰会分手，和何筱筱没关系。"

学生时代，段白焰根本没给过何筱筱什么好脸色。

姜竹沥对他的审美了解，知道他不喜欢什么类型的女生。

"不止何筱筱……"她又想了想，"跟任何一个别人都没有关系。"

最根本的原因出在他们身上。

"唉。"程西西长叹一声，"什么事都是你们自己'作'出来的，是苦是甜，也都自己担着。"

"你把零食先拿回去吧。"姜竹沥笑着转移话题，"我刚刚看到楼下有小推车在卖烤地瓜，想去买一个……你帮我问问，还有没有别人想吃。"

"行。"

程西西知道，姜竹沥对于这种甜甜软软的食物，向来毫无抵抗力。

她回包厢，把塑料袋里的零食放到茶几上："有没有人想吃烤地瓜？竹沥去楼下买了，想吃的举个手。"

一群人笑着围了过去。

角落里的段白焰沉默了一会儿，一言不发地站起身，推门而出。

白日的温度散去，街道上人流如潮。夜色好像浓郁的墨，烤炉里香气袅袅。

“姑娘，别急哈。”小贩安慰，“马上就好了，这个很快的。”

“没事没事，我不急。”姜竹沥笑着摇了摇头。

白烟腾起，她看着炉子，想起很久很久之前，段白焰也给她送过这样的食物。

应该是高三，自习室里没有装空调，到了冬天，她每晚都要靠热水杯取暖。也忘了是哪一天，段白焰不声不响地进门，一言不发地塞给她一个热乎乎的黄瓤地瓜。

这种食物很奇妙，要撕开表面黑得像是已经坏掉的皮，才能看见里面橙黄的果瓤。她尤其喜欢果瓤最外面那一层皮，紧贴着外壳，有一点点坚硬，吃起来甜而柔韧。

她从那时候开始喜欢这种软绵绵的甜食，食物会让人开心，哪怕是在吃到的时候，脑海中浮现出某段与它有关的岁月。

“师傅，我……”

她话说到一半，一股巨大的力量从她背后传来，将她拽往另一个方向，她一头栽进坚硬的胸膛。

发动机声音轰鸣，一辆卡车绝尘而去。

姜竹沥愣愣的，听见了近在咫尺的心跳声。

她睁大眼，连忙想要退后，还没推开对方，段白焰愠怒的声音就在她的头顶响起：“站得离马路那么近，你不要命了？”

姜竹沥：“……”

“不是，可我明明……”她挣扎着想转身指给他看，刚刚那辆卡车的车轮离自己至少有十米远！根本不可能撞倒她！

“姜竹沥。”

她还没推开他，又被他按回怀里。

段白焰的声音低沉，带着忍耐。

“我很想你。”

十里长街，漫天繁星。

他的声音，像一个迟到十年的梦。

姜竹沥睁大眼，心跳一声一声落在耳畔。她嗅着他身上的气息，突然间有些分不清这是现实还是梦。

在姜竹沥的记忆里，段白焰从来不会说这样的话。

他并非单纯不擅表达，在他的认知里，服软意味着示弱，他的示弱就像她的不完美一样，是各自潜意识里可耻到无法接受的事。

她理解自己，所以愿意理解他。可是日积月累，当她对自己的定位产生动摇，也变得不知道再如何面对他。

姜竹沥迟疑一阵，犹豫着伸出手臂，慢慢抱住他。

“我……”

她正要开口。

“姑娘，你的烤地瓜好了！”小贩在背后叫她。

姜竹沥如梦初醒，整张脸发烫，赶紧推开他。

段白焰猝不及防，手臂一松，眼睁睁看着她从自己怀里溜走。

“谢谢您。”姜竹沥付了钱，接过几个小塑料袋，飞快地朝后一扫，见段白焰还像座山似的站在那儿，面颊发烫之余，又有些无措。

“段白焰……”她小声道，“刚刚谢谢你。”

虽然她坚信那辆车离自己至少有十米，不管怎么脱轨都撞不到自己，但人生如此艰难，还是要给他找个台阶下。

段白焰没有说话，眼中晦暗不明，下颌微微绷紧，刚刚柔和的气场又凛冽起来。

她很茫然，他怎么又不爽了？他一天到晚哪来那么多气可以生？

“你刚刚，”段白焰冷着脸，“不是叫小白叫得很开心？”

为什么一出门就成三个字了？

他原以为江连阙所谓的“温柔一点”真有奇效，兴冲冲地追下来，想在没人的地方把她按到角落里，再听她叫一声。

可她像只畏畏缩缩的小动物，他一旦伸手去碰，她就迅速缩回了壳里。

“我……我不是故意的。”姜竹沥愣了愣，有些蒙，“我习惯了……”

见他的脸色越来越难看，她赶紧发誓：“对……对不起，我以后会努力改的！”

段白焰喉头一紧。

“我……”

——我的上帝，我不是那个意思。

他难以启齿，心里生出一种强烈的挫败感，仿佛搬起石头砸自己的脚。

嗡——

他还想说什么，姜竹沥的手机突然振动起来，她手忙脚乱地想接，可是手里提着几个塑料袋，没有手去掏手机。

月光流泻，段白焰停住脚步，垂下眼，对上了一双略带乞求的眼睛。

他喉结微滚，叹口气，认命地把几个烤地瓜接了过来。

姜竹沥满眼感激，迅速接起电话：“喂，您好，明叔叔。”

来电显示是继父，她有些紧张。

刚刚回国时，她向他发过问候信息，但对方迟迟没有回复，似乎今天才看见短信。

“竹沥。”明叔叔笑着。

“我看你回来了？回来好，回来好啊……来看看你妈妈吧。”她离开的这些年，明叔叔迅速衰老，连声音也带着疲态，“她也上了年纪，腿脚旧伤一犯，整夜整夜地疼。”

“是我考虑不周，我应该早点回去的。”姜竹沥舌根发苦，“我周末就回去看望您和妈妈。”

一来二去，两个人实在没聊出什么话题。

“我妈妈她……”姜竹沥委婉又小心地问，“最近精神状况怎么样？”

“不乐观。”明叔叔直说，“你回来之后，多陪陪她。”

挂断电话，姜竹沥忧心忡忡地收起手机，走出去两步，还不忘把段白焰手中的烤地瓜接回来，乖巧地道谢：“谢谢你，麻烦你了。”

段白焰不喜欢听她道谢，想把她压在身下听她哭，想到快要发疯，却做不到。

所以他只还给她一个地瓜，想委婉地让她体会一下他的求而不得。

但姜竹沥的心思早就不在这儿了，任何与家庭有关的话题都能轻而易举地引起她的焦虑，夺走她的注意力。

段白焰嫉妒她的家人，想按着她的脑袋把他转过来，江连阙那句“你温柔一点”像把刀一样悬在他的头顶。

“那时候……”走到KTV楼下，段白焰舔舔唇，压低声音，决定再服一次软，“你非要出国，跟明含那件事有关系吗？”

姜竹沥一愣，她现在几乎听不到明含这个名字了，可每次听到，还是会难过。

略一犹豫，她摇头道：“不，我离开，只是因为想走。”

她想逃离母亲，逃离那个家，逃离时时刻刻被安排，逃离永远透明的时间表，逃离无处不在的监控与管制。

段白焰沉默一阵，垂眼：“我当时不知道。”

“什么？”

“不知道……你妹妹去世了。”

他用一副手铐把她困在身边的同时，大一刚刚入学，在迎新晚会上表演芭蕾舞的明含，在舞台上结束了自己年轻的生命。

他们分开的四年里，他偶尔会去猜测姜竹沥当时的想法，然后产生这样的疑惑——她是不是怨他把她捆绑在他身边，令她错过了最后一次与妹妹见面的机会？

姜竹沥一愣，瞬间明白他的想法，立刻抿唇摇头：“不，你不要那样想，明含的事跟你没有关系。一码归一码，我从来没有因为她的事迁怒于你。”

在明含的事情里，她更多的是后悔，后悔自己为什么没有多关心一下妹妹，她没有责怪过别人。

段白焰望着她纠结的样子，暗暗皱眉。

他好像猜错了，可是……他现在都已经这么、这么真诚了，她为什么还没有像过去一样，主动回到他怀里来呢？

两个人一前一后上楼，推门进屋，何筱筱正在笑眯眯地跟周围的人高谈阔论。

段白焰一言不发地放下烤地瓜，何筱筱立刻拿一个过去，撕开外壳，两眼弯弯：“段导，还记不记得高中的时候，我们一起逃晚自习，也是去吃这个？”

姜竹沥理智稍稍回来，微微一愣。

高中有段时间，班上的男生成群结队地逃晚自习，班主任怀疑他们组团去了网吧，将姜竹沥叫到办公室问情况。

问到段白焰，她矢口否认：“他肯定没有去网吧。”

老师问：“为什么？”

她想了半天：“没有为什么。”

没有为什么，十六岁的时候，她义无反顾地相信他。

可是现在……姜竹沥低着头碰碰茶几的桌布流苏，竟然有点难过。

分手之后，姜竹沥更多的是怅然若失。

段白焰静静低坐着，始终没有搭腔。

他还在琢磨江连阙说过的话，考虑自己下一步该怎么做。

“过去这么久了，我到现在还记得我们当时一起吃的地瓜。”他的沉默助长了何筱筱的气焰，“顶风作案的快乐，现在是体会不到了，但那个味道，可真是让人怀念啊。”

段白焰一顿，终于抬起头，睨了她一眼。

同学们陷入沉默。

段白焰和姜竹沥并不亲密，在场所有人都能看出来。

一开始大家还觉得他们可能是闹别扭，可结合林鹤的种种异常来看，也不是没有别的可能。大家屏住呼吸，纷纷搓着手等待吃瓜。

“我记得我们逃课那天晚上，风特别大。”何筱筱还在继续，“结果后来老师发现了，只罚我写检讨，却不罚你，真的超级过分……”

“有意思吗？”段白焰冷声打断她道。

何筱筱难以理解地眨了眨眼："什么？"

有爬床事件和那么多年同学情分在前，她觉得段白焰无论如何也会给自己三分面子。

然而，他冷嘲道："守株待兔在那儿等了我半个多月，你也真是有耐心。"

"而且，"望着她逐渐变难看的脸色，段白焰慢条斯理地道，"我跟你怎么会一样？

"班长家属都有特赦权，不用写检讨，你不知道吗？"

段白焰这话打脸打得啪啪响。

包厢陷入死寂，何筱筱的脸一阵青一阵白。

"我……"姜竹沥愣了一下才反应过来，然后下意识地想开口解围。

可她一抬头，就收到何筱筱扫过来的目光，怨恨、不甘、轻视，汇成一个隔空砸来的白眼。

姜竹沥顿时有点难受，对方跟她做了那么久的闺密，怎么就没看出她是个什么人呢？

"我做证，小白说的是真的。"

于是姜竹沥的话头临时一转，又变成了一句严肃的："对，家属就是有特赦权。"

何筱筱的表情彻底垮了下去，一动不动地盯着她。

段白焰视若无睹，单手撑着脑袋，手指意有所指地在他的膝盖上敲了两下："不服的话……"

姜竹沥一脸认真地接茬："憋着。"

程西西从出门开始狂笑，一直笑到上车。

"你们当初谈恋爱是天天抱在一起说相声吧？"她乐不可支，"这种魔鬼一样的默契，我和我男朋友都没有，你们都分开这么久了，怎么还跟两块吸铁石似的？"

姜竹沥喝了些酒，被风一吹，两颊发红。

她有些不好意思："我也不知道为什么……"

段白焰说那些话的时候，她心里浮现出一种前所未有的爽感，她想多爽一会儿。

“你就是个傻子。”程西西趴在车窗上，笑着戳她的脑袋，“因为你还喜欢他。”

姜竹沥温和地笑着，摸摸脑袋：“我知道。”

她一直很清楚，她对段白焰根本狠不下心。

“你之前告诉我，你们分手是因为他不喜欢你。”程西西想了想，“可我今晚觉得，他挺喜欢你的呀。”

姜竹沥微怔，眼中的笑意淡去两分，不知道该怎么形容。

程西西不了解段白焰，但今晚的他，实在和她记忆中的不太一样……

恋爱之后，段白焰的狗脾气其实没有丝毫收敛，依旧像个行走的炸药包。她长年累月地追着他跑，他偶尔回头牵她的手，也满眼凉薄一副不耐烦的模样。

她还是头一次见到不咄咄逼人的段白焰，简直温柔得让她胆战心惊。

“就算这样。”姜竹沥揉揉脸，小声叹息，“我们现在也没办法在一起呀。”

“为什么？”

姜竹沥抿抿唇，打算开启长篇大论：“我的大学老师告诉我，人和人建立亲密关系，首先必须得……”

“打住，我不听了。”

“……”

“竹沥小朋友。”程西西叹口气，好言相劝，“如果你还喜欢他，就不要放弃他。”

姜竹沥垂眼，最后两分笑意也慢慢消散。

晚风带动她的刘海，她低着头，像只手足无措的小动物。

“我知道你又想拿出你那套说辞来跟我讲大道理了。”程西西学她，“什么‘我是回避型依恋，他是焦虑型，我们在一起本来就只会相爱相杀，这是教科书告诉我的，我的督导也这么跟我讲过，我现在的状态根本不适合恋爱，也没办法去爱别人。’”

“可是，连我一个不学心理学的人都知道‘标签效应’。”程西西恨铁不成钢，“别再给自己找借口逃避现实了。

“我知道明含的死对你的刺激很大，可如果你和他都不去面对各自的问题，就因为这点小事错过了，你们将来一定会后悔的。”

这才不是小事……姜竹沥低着头，默不作声地想，这对她来说就是过不去的坎，是天大的事，也是程西西无法理解的障碍。

段白焰从服务员那儿拿了药，刚走出酒店，就看到了程西西的车。

他正要抬腿走过去。

“因为我不相信段白焰。”姜竹沥语气平静，“也不相信自己。”

夜风拂面，段白焰现在才察觉到凉意，他停住脚步，表情一点一点冷了下去。

“从我十六岁第一眼喜欢上他，到我二十二岁跟他分手时，重新审视这段关系。”姜竹沥说，“我那时就想改变他，可我失败了。”

这么多年过去了，她仍然喜欢逃避问题，害怕受到约束，而他每一次都想逼她妥协。

那是刻在他们骨子里的人格密码，他们天生被对方吸引，也受对方折磨。如果无法为对方做出改变，两人就无法契合。

段白焰一言不发，站在她身后几米外的阴影里，连程西西都没注意到。

直到两个人说完话，乘车离开。

他在原地站了一会儿，走到垃圾桶前，把手中的西瓜霜喷雾扔了进去。

“扁桃体发炎，还敢吃辣。”段白焰扯出一抹意味不明的冷笑。

他就说吧，温柔是没有用的，他从来就不是有耐心的人。

同学聚会结束后，餐厅开始忙中秋。

姜竹沥受到启发，学着做了些冰皮月饼。其中一半混着先前做好的黄油饼干和天鹅泡芙，寄给江连阙，另一半收进小玻璃盒，带回去给明叔叔和母亲。

国外读书的四年里，她几乎没有回过家。

明叔叔到小区门口接她，神情恹恹的，头发已经全白了："竹沥回来了，怎么也不来看看叔叔？"

姜竹沥心里有点苦涩。

明叔叔这话说得很委婉，事实上，明叔叔家和姜竹沥现在租的房子只隔着六站公交车的距离。

"因为我刚回国时到处投简历，不确定是不是真的会留在明里市工作。"姜竹沥礼貌地笑笑，"我怕万一被聘去外省，让您和妈妈白高兴一场。"

这当然是借口，真正的原因是……

"啪啦！"

他们刚刚走到卧室门口，一个茶杯重重地飞了出来。

姜竹沥下意识地侧身一躲，杯子砸到墙上，茶叶水染了一片墙面。

"我就出门十分钟，"明叔叔赶紧冲过去，"你怎么又摔东西？"

姜妈妈身形纤细，独自坐在阳台上，腿上盖着厚厚的毯子。

听见声音，她眨眨眼，浑不在意的样子："我叫了你几声，你没有应，我以为你没听见，就搞点动静。"

明叔叔叹口气，姜竹沥见他要处理碎瓷片，赶紧拦下："叔叔，我来吧。"

她躬下身，用卫生纸小心翼翼地把碎片一枚枚捡起来。

姜妈妈眯眼盯着她，看了好一会儿，才有些惊喜地问："竹沥？"

"嗯。"她没抬头。

"你什么时候回来的？"姜妈妈格外热情，"吃饭了吗？饿不饿？有没有照着我的要求去吃饭？"

"有。"姜竹沥从善如流，"妈妈的食谱很好。"

姜妈妈立刻笑开了眼："我当年学跳舞，也用这个食谱呢，老师们都说我是最有天赋的。"

可惜她后来在一次公演中不慎弄伤腿，后半生都不能再跳舞。

姜竹沥在她的脚边坐下，安慰她："妈妈一定跳得很棒。"

明含去世之后，姜妈妈的精神状况很不好，情绪化得像个小孩子，而且越来越记不住最近发生的事，反而对过去很久的事印象深刻，翻来覆去地说。

她猜，这一次母亲一定是把时间线跳到了很久很久之前，母亲教她跳舞的时候。

“沥沥。”姜妈妈摸摸她的头，“一定要努力，赢在起跑线上，不能被别人看不起啊。”

“我会的。”

姜竹沥乖巧地伏在她的膝盖上，安静地睁着眼，一动不动。

“我会努力，不会被别人看不起的。”

这句话从她出生伴随她到现在。

中秋当天，江连阙收到三个快递盒子。

他还没来得及拆，就被段白焰一把抢走了：“是我的。”

“你有没有良心？”江连阙好气又好笑，“我天天给你做心理辅导，借你直播账号，还千方百计地帮你追回前女友，吃你一块饼干怎么了？”

段白焰睨他一眼：“又没起作用。”

“你这人。”江连阙很忧愁，“看样子，我必须从头跟你讲了。”

段白焰手里拿着一台小平板电脑，没空搭理他。

江连阙自娱自乐：“你知道我为什么住在这儿吗？”

段白焰高贵冷艳地说：“嗯？”

“我未婚妻以前就住我对面楼上。”

“所以？”

“她出国那几年，我想她了，就坐在阳台上数窗格。”

段白焰沉默两秒，简单地在脑海中想了一下这个弱智的画面，然后用两个字做出评价：“呵呵。”

住在对面，还数窗格？如果是他，就算要徒手爬上二十八层楼，也要用命全垒打。

受到嘲讽，江连阙有些不服。他凑过去，看到段白焰的平板桌面像股票一样，竟还有红有绿。

他忍不住问："这是什么？"

"你看见这个小红点了吗？"

"嗯。"

"这是我的心上人。"

"……"

段白焰微顿，低声道："那天我抱了她。"

"然后呢？"

"在她包里扔了个追踪器。"

"……"

江连阙心情复杂，正想劝导他别一言不合就违法。

段白焰突然神情严肃，捞起外套起身："我出去一趟。"

"这么晚了，外面下这么大的雨，你要去哪里？"

那个小红点在地图上摇摇欲坠地走到江边，却没有停下来。

第五章

我喜欢你

中秋团圆夜，姜竹沥撑着伞，漫无目的地走在长长的江堤上。

雨水打在伞上，路灯昏黄，光晕之外冷冷清清。江面上大雾弥漫，另一侧街道上的店铺也关得七七八八的。

她靠在围栏上，脑子还有些混沌，连她自己也不是很清楚，本来是难得的团圆节，怎么突然就变成了这样。

起因似乎是一根菠菜。

明叔叔嘴上没有说，其实很开心她能回来，高高兴兴地做了一大桌子菜。

饭桌上，他习惯性地夹菜到她碗里，她没有多想，将菠菜根扔了出去。她不喜欢植物的根系，哪怕菠菜的根带着甜味。

姜妈妈目光一凝，放下筷子："为什么要扔掉它？"

姜竹沥的手一抖，她下意识地就想把那根捡起来吃掉。

这种语气，她太熟悉了。

为什么没有考好？为什么学不会那个动作？为什么不愿意按照她说的去做？

姜妈妈希望每件事的发展方向都完完全全地掌握在她手中，但凡哪个细节出乎预料，她都要问无数遍为什么。

"我……"

——我不喜欢。

姜竹沥不敢说。

她踌躇半秒才道："我错了。"

“你如果还想在这个圈子混下去，”姜妈妈看着她，眼底一片冷意，“就照我说的做。”

姜竹沥垂着眼，没说话。

她常常觉得母亲入戏太深，活在封闭的圈子里，降低了精神抵抗力，才会变得像现在一样脆弱、情绪化又神经质。

可这个人偏偏是她的母亲。

见她低头不说话，姜妈妈突然歇斯底里起来：“你为什么不说话？你认为我说得不对吗？”

姜竹沥一慌：“不是……”

“我这么爱你。”姜妈妈难以理解，一副被辜负的神态，“我已经把我最好的东西都给你了，你为什么不喜欢？为什么还要摆出这样勉强的表情？为什么……”

“我没有……”姜竹沥艰难地挣扎着。

“你一点都不听话。”她看着姜竹沥，失望至极，“你不像明含，明含比你听话多了。”

姜竹沥开始感到绝望，按照流程，姜妈妈接下来要开始批评人了。

她批评人的过程一直都很简单，就是把她能记住的陈年旧账都翻出来说一遍，然后在声泪俱下的结束语里，以“你做错了”为总结，逼迫姜竹沥低头。

明叔叔手足无措，从来拦不住她。

姜竹沥默不作声地听她说完，像过去二十多年一样，乖乖地认错：“对不起。”

低头的瞬间，她突然想起谢勉。

——你为什么没有成为心理咨询师？

她无力极了。

——因为我连自己都救不了。

雨越下越大，空中闪电乍现，如同游走的青蛇，路灯下，脚边的水花清晰可见。

姜竹沥低着头，又往前走了两步，仍然不想回家。

姜妈妈每次情绪爆发，都会展现出异常的疲态。明叔叔好说歹说将她送去休息，走出房门，叹着气点了一支烟："竹沥，含含已经不在了，你多陪陪你妈妈。"

她找不到反驳的理由，可她也觉得累。

她想找个人说会儿话，但程西西去跟男朋友过中秋了，她不好意思打扰。

段白焰匆匆忙忙赶到江边时，看到的就是这么一幅画面。

街道上人迹寥落，姜竹沥一个人坐在石凳上，撑着伞，仰着头傻笑。背后长街灯火，都在大雨中沦落为模糊的背景。

他的心一揪，心里生出怒意，他迈开长腿走过去："姜竹沥。"

她微微一愣，抬头看过来。

她眼中盛着路灯的光，亮晶晶的，像天上那轮失踪的月。

姜竹沥眨眨眼，有些惊奇："你怎么也在这儿？"

"你生病了。"段白焰居高临下，答非所问，语气还很强硬，"就不该坐在这儿淋雨。"

"噢。"姜竹沥轻声应了一句，然后漫不经心地转开目光，"你也是为我好。"

不等他开口，她又自顾自地嘀咕："你们都在保护我，都是为了我好。"

段白焰皱眉。

"你怎么了？"

他不知道她遇到了什么事，但他真心实意地觉得难受。

他一开始担心她出事，匆匆忙忙赶过来，见她安全无虞，本来还暗暗松了口气，可立刻就发觉，她太像一只无家可归的鸟了，这让他有种想把她扛起来带走的冲动。

"没事。"她垂眼否认。

"那就跟我回去。"

他走过去，想将她从冰凉的石凳上拉起来，却被她执拗地拒绝："我不。"

段白焰走近了，才看见她身后竟然还放着几个歪着的啤酒罐，其中三个已经空了，第四个被她刚刚甩手的动作碰倒，白色的泡沫不断流出。

他暗暗咬牙，真是长进了，不仅敢拒绝他，还敢自己躲起来喝酒了。

段白焰没好气地抢过她的伞扔开，将自己的伞塞进她怀里："拿好！"

姜竹沥酒劲上来，正发蒙，下一秒，天旋地转，陷进一个温暖的怀抱。

他的下巴近在咫尺，有青色的胡楂。她惊奇地睁大眼，脑子转动的速度变慢，像是看不懂他在做什么，却还是下意识地将伞举在了他的头顶。

段白焰抱着她，身体不由自主地绷紧。

她小心翼翼地眨着眼，语气十分憧憬："我能摸摸你的泪痣吗？"

段白焰："可以舔。"

"什么？"

"不准摸，用舔的。"他沉声道。

"你放开我。"

他当然不可能放开她，短短几步路，他的心情突然愉悦起来。

他的气息太温暖，姜竹沥有些迷茫："段白焰？"

"嗯。"

"活人？"

"……"

姜竹沥小声说："活着的坏人。"

段白焰："……"

他威胁说："你再说一句，我现在就把你扒光。"

酒壮尿人胆，姜竹沥一不小心说出真话："别胡说，你哪有那胆子。"

段白焰："……"

她说的好像是事实。

他没好气地拉开车门，扔小鸡似的把她扔进副驾驶座。

姜竹沥锲而不舍地爬起来："你要带我去哪里？"

"别乱动。"段白焰拧眉，帮她扣上安全带。

她的外套都被雨水打湿了，风衣贴在身上，小细胳膊小细腿的，娇小可爱。

“衣服脱了。”

姜竹沥瞪大眼：“这还在车上啊，禽兽！”

段白焰：“……”

他决定自己动手，可手指刚刚碰到她颈部的皮肤，就被烫得一缩。

段白焰心一紧：“你在发烧？”

也不知道姜竹沥听没听清他在说什么，只见她愣了愣，然后一脸茫然地摇头。

段白焰压着怒气，将她捞过来，放到自己腿上坐着。

她的刘海也被打湿了一片，整个人都蔫了。

他问：“到底怎么了？”

姜竹沥下意识地朝后缩，却被他不容置喙地掐住下巴：“说。”

两人四目相对，窗外大雨倾盆。

姜竹沥被他固定在怀里，愣愣地看着他，眼里突然就起了水雾。

她断断续续地控诉：“你为什么……为什么一直像我妈一样？”

检查她的手机，检查她的每一条短信和通话记录，甚至是社交网络的好友，颐指气使地干涉她生活的方方面面，允许她和某些人做朋友，不允许她和某些人往来。

“连每顿饭吃什么菜都管。

“我又不是你们的玩偶。”

姜竹沥语无伦次，想推开他又推不动。

“我想……我好想明含。

“只有她对我好，只有她喜欢我……不管我做了什么，她都不会讨厌我，也不会生我的气……”

段白焰的眼睛一暗，过去这么多年了，他仍然讨厌她说起别人。

他掐着她的下巴，强迫她转过来。

窗外的雨水疯狂地拍着车窗，他盯着她，良久，沉声说：“段白焰也喜欢你。

“喜欢的程度，远远超过明含。”

姜竹沥又做梦了。

临近六月，又一届高三的学生即将离校，资料向来是买得多用得少，于是他们将没有用完的书和练习册放在楼下的乒乓球桌上，由着需要的学弟学妹们取。

姜竹沥心里痒痒的，拽着段白焰去捡漏："我们很快就要高三了，去看看学姐学长们都在用什么书嘛，说不定能淘到宝贝呢。"

段白焰绷着下颌，没说话。

他重度洁癖，别人摸过的资料和练习册，在他眼里像用过的厕纸。

"而且，有个学姐跟我说，他们班很多人把笔记和错题本也放在楼下了，去得早的话，说不定还能抢到。"

段白焰紧皱眉头，更嫌弃了。

他完全无法理解，为什么会有人主动去买别人的笔记，就像在欢欣鼓舞地使用别人用过的厕纸。

然而就算在心里嫌弃到想把别人的练习册放在地上踩，他还是跟着去了，他怕姜竹沥拿不动。

走到田径场边，姜竹沥像条尾巴似的跟着他，还自说自话："你开心一点嘛，我听说这届高三有个学姐超级厉害，她的物理成绩特别好，我一直很想看看她的笔……嗯！"

她毫无征兆地往段白焰背上一撞，撞得他一个趔趄。

他不爽地回过头，见姜竹沥手足无措站在原地，捂着头，一副想哭又不敢哭的样子。

她低着头嗫嚅："对……对不起……"

段白焰皱着眉，正要问怎么了，就听见十米开外，传来一个男生的呼唤："喂！姜竹沥！把球给我踢过来啊！"

他微怔，偏移视线，才看见她脚边落着一个篮球。

所以刚刚……球是砸到了她的后脑勺？

段白焰的火一下蹿起来。

林鹤穿着球衣，一手夹着外套，见喊了两声也没反应，只好纡尊降贵自己走过来：“我叫你两声，你怎么也不理我？”

姜竹沥捂着脑袋，不想说话。

“真是，什么脾气。”林鹤自己捡球，还不忘借机损两句，“你这种女生，脾气这么差，以后嫁不出去的。唉，可怜。”

顿了顿，他仿佛才注意到她身旁的段白焰：“噢，你觉得自己有他了是吧？

“我跟你说啊，竹沥，病秧子同学呢，说不定他根本就不……”

“行”字还没说出口。

段白焰咬牙提腿，一脚踹到他的腰上。

林鹤毫无防备，惨叫一声，滚出去两米远。他捂住腹部，急红了眼，挥着拳扑了过来。

两个人迅速扭打成一团。

姜竹沥愣了愣，赶紧上前：“段白焰！你别打他……不是，林鹤！你不要碰段白焰……”

她死死掐住林鹤扣在段白焰胳膊上的手，指甲划出了血印。

林鹤惊奇极了：“你为什么要帮他？”

姜竹沥非常惊奇：“我为什么不帮他？”

段白焰：“去旁边站着。”

这场争斗的结果毫无悬念，林鹤打人没有章法，段白焰明显受过专人训练，每一拳都打在疼又不致命的地方，教导主任来拉架，在最后关头，段白焰还不忘送林鹤一只熊猫眼，为这场争斗的输家盖章。

夕阳西下，姜竹沥和段白焰并排站在教务处门口，默不作声，背脊笔直，两只手臂伸出去，与地面平行。

“看看！看看我儿子的眼睛！这是什么小孩才能打出来的啊？！把我儿子打瞎了怎么办？”

教务处还在吵。

教导主任点头哈腰，不断道歉。

走廊上很安静，夕阳斜斜地照进走廊，窗外竹影交错，一片宁静祥和。

姜竹沥头一次被罚站，才一会儿就胳膊发酸，她眨眨眼，企图靠交谈来转移注意力："喂，喂。"

"嗯？"段白焰漫不经心。

"你的胳膊酸不酸？"姜竹沥不敢大幅度地转头，只能偷偷看他的影子，"我的胳膊好酸啊，你说如果我偷偷放下来，教导主任会不会发现……"

"想放就放。"他无所谓。

反正他也只是因为陪她才站在这儿。要不是她被罚站了，他才不管教导主任说什么。

姜竹沥却有些沮丧，她想，可能这辈子都没办法从他嘴里听见安慰人的话了。

她舔舔唇，又想了想："那个，你以后能不能不再跟人打架了？"

他想也不想说："不能。"

姜竹沥："……"

行吧。

她思索一阵，曲线救国："可我向老师保证过，要保护你。"

"所以？"

她理所当然地挺胸："就算打，也该让我去打。"

段白焰道："你打得过？"

姜竹沥："……"

也是。

可她还是不服气："我……"

"以后。"段白焰打断她，"等我把他打趴下了，确定爬不起来了，你再去补上最后一脚。"

"这样四舍五入，人就是我打的了！"姜竹沥一点也没觉得不妥，"我就可以告诉老师，你是无辜的，这些事跟你没关系！"

"对。"段白焰从善如流，心里想的其实是，反正不管罚站还是写检讨，他都一定会陪着她的。“陪伴”像“我们”一样，都是轻而易举就能让人心动的词。

“拉钩。”说完，段白焰伸出小指。

他难得幼稚，姜竹沥感到好笑，却还是配合地伸出手。

夕阳里，相扣的小指像一把锁，将两个人的余生都锁到了一起。

段白焰垂着眼，默不作声地在心里许了一个天长地久。

姜竹沥醒过来，已经不知道几点了。

卧室里的窗帘很厚重，光线不能透进来，她四处摸也没摸到手机，只好爬起来拉开窗帘。

“唰”的一声，明亮的光线争先恐后地从落地窗涌进来，空中浮起尘埃。

昨晚雷雨大作，现在已经放晴了。

姜竹沥刚刚退烧，宿醉让她的脑袋发晕，有点想不起昨晚发生了什么。

她在江边遇见了段白焰，然后他把她带回了他家，他在车上，好像对她说……

“姜小姐，你醒了？”门锁轻轻转动，背后传来一声惊喜的询问。

姜竹沥转过去，看到一个端着托盘的阿姨。

“我还以为你得再睡一会儿呢。”她将托盘里的热水和药放到床头，热情地问，“现在饿不饿？想吃什么？”

姜竹沥赶紧谢绝：“谢谢阿姨，不用忙活了。

“不过……段白焰他人呢？”

“段先生上午有工作，他说很快就回来。”阿姨说，“他临走之前交代，如果你醒了，就在这儿等等他。”

姜竹沥拿出手机确认了一下，不是休息日，她当机立断：“我今天还要上班，就不等他了。他回来之后，请代我向他转达谢意，下个周末我再来拜访，当面感谢他。”

说完，她提起包就要下楼。

阿姨急匆匆地追：“可是姜小姐，段先生他说不让你……”

后半句话飘散在风里，姜竹沥没听见。

段白焰现在住的这套房子，离市区有点远。

姜竹沥坐公交车赶回城里再转地铁，仍然迟到，失去了这个月的全勤奖。

祸不单行，她下班回家，发现全城暴雨，有一道雷劈坏了她家的片区电网。而她租的房子线路老化，彻底短路了。

她没办法，只好自己拿着电笔，接了一条临时线路。

艰难地做完晚上的直播，姜竹沥脱掉衣服上床，想着终于能睡一会儿了，还没闭上眼，手机就振动起来。

程西西悲痛欲绝："呜呜呜，竹沥！你快出来，来陪我吃烤肉！我们吃穿这家店的后厨！"

"怎么啦？"

"前男友深情人设崩塌，带神秘女子回家过夜！程西西当场捉奸，哭成泪人！"

姜竹沥："……"

她头痛得捂住脸，只好重新穿好衣服，拿包出门。

她没有注意到的是，从她回家起，楼下就停着一辆陌生的车，见她下楼了，才重新启动，慢悠悠地跟上去。

姜竹沥在一家二十四小时烤肉店找到了程西西。

闺密面前摆着一大摞空盘，正打饱嗝。

艺人们都很注重形象管理，像她现在这么胡吃海喝，可能真的受了不小的刺激。

"说说吧。"姜竹沥叹气，"发生了什么事？"

"事情还挺简单的。"程西西一边说，一边往烤炉上放了一片五花肉，"我想给男朋友一个惊喜，就告诉他，我中秋节临时有工作，不能回去陪他了。"

姜竹沥扶额，已经猜到结局了。

她小心翼翼地问："身体出轨？"

"对。"程西西往自己嘴里塞肉，"是他同事，但我估计，也不是第一次了。"

姜竹沥不知道该说什么好。

程西西的男朋友不是圈内人，是位大学老师，姜竹沥只见过一面。她记得对方戴着金丝眼镜，衬衫一丝不苟，模样十分斯文俊秀。

想不到那人会劈腿。

“搞笑的是，他跟我说，他跟另外那个女人在一起，根本没有感情。”程西西开始烤新的食物，“他只是身体太寂寞了，他爱的仍然是我。”

“别吃了。”姜竹沥拦阻她，“以后减肥，你又要难过。”

“我去他的吧！可别侮辱爱情了！”

程西西突然摔下筷子，巨大的声响，引得店内其他客人纷纷侧目。

姜竹沥不忍地握住她的手：“西西……”

程西西的情绪抵达爆发点，崩溃地用手捂住眼。

她缓了一阵，深呼吸：“竹沥，你说，成年人是不是都这样？急功近利，一分也不浪费，连谈个恋爱都要抓紧时间上床？”

姜竹沥不知道该怎么回答，她唯一谈过的一次恋爱，是学生时代，跟那个高傲又漂亮的男生一起。

他同样重欲，但他也拥有从一而终的洁癖。

就是昨晚，那个人附在她的耳边，低声问：“我们重来一次，好不好？”

“我觉得……”姜竹沥犹豫了一会儿，“也不完全是。”

程西西不吃了：“那你给我举个反例。”

姜竹沥：“我……”

这一时半会儿，让她去哪儿找个至死不渝的恩爱传说出来。

“你知道他是怎么跟我说的吗？”程西西放下筷子，有样学样，“西西，我们都是成年人了，身体归身体，感情归感情。我们迟早要结婚的，可她不一样，她只是一个消遣啊，你犯不上跟她计较。”

程西西整个人气得快要变形：“他是不嫌弃！可他问过我吗？我嫌弃他啊！我只要一想到以后身边躺着这样一个人，我就恶心！”

姜竹沥沉默了一下，慢吞吞地说：“他说的可能……也有他的道理。”

“你竟然帮他说话！”程西西难以置信，一把夺过姜竹沥正打算下口的西瓜，“自助烧烤的钱还是我付的！别吃了，你滚吧！”

姜竹沥：“……”

“我不是那个意思。”她哭笑不得，安抚暴走的小闺密，“我的意思是，也许你们只是想法不同。”

程西西抬眼看她。

“我这些年也见了很多人……感情深厚的，或者濒临分手的情侣。”姜竹沥慢慢回忆，“一段感情里，两个人的意见很难处处达成一致。对他来说无所谓的事，可能对你来说非常重要，你们一旦产生分歧，就会想要改变对方，如果这种改变失败了，两个人的关系就很容易走向破裂。”

“所以书上说，维持一段亲密关系最好的方法，是不要对对方产生期待，也不要企图改变对方。”姜竹沥埋着头笑，“但……怎么可能做得到？”

程西西会这么生气，大可以解释为不甘心，但多多少少有在意的情绪作祟。

在意对方，才会想要改变对方，才会为“不一致”而沮丧。

“所以本质上来说，你们三观不一致。”姜竹沥想了想，“不过，既然你们的谈判失败了，那就意味着他不会做出改变，这个隐患将一直存在，你应该为他的下一任女友点蜡。”

程西西一动不动地听着，回过神才发现鸡翅烤煳了，赶紧手忙脚乱地去捞。

程西西用筷子挑开最外层有些焦黑的鸡皮，热气腾空而起，露出里面鲜嫩的肉。她撒了把孜然，香气四溢：“你说这么多，是希望我理解他？”

“对。”姜竹沥点了点头，“理解不意味着原谅，他那样的人也不值得被原谅，但是理解他，可以让你放过你自己。”

话里话外，暗示的意味非常强。

程西西听懂了，但她拒绝接受：“不行，我今天一定要吃。

“不过猪猪，你每天想这么多，谈恋爱会不会很累？我觉得你读书都把自己读傻了。”

姜竹沥以前没这么叨叨，喜欢就是喜欢，不喜欢就是不喜欢。追着人跑的时候，她愿意掏出一颗心去对一个人好，不会像现在一样犹犹豫豫，举棋不定。

“我……”

姜竹沥的心情一言难尽，她低下头：“所以我不谈。”

她在很久很久以前，也因为喜欢想要改变一个人，可她失败了。

作为代价……她失去了少女时代的勇气。

“可你跟我不一样。”像是猜到她在想什么，程西西轻声道，“你不能因为害怕，就完全不给对方机会。”

姜竹沥愣了愣，睁大眼。

“哈哈哈，你一定很奇怪，我怎么能猜到你的想法！”程西西笑得像只狐狸，“你从小胆子就小，当了那么多年班长，还尿得像只土拨鼠。”

姜竹沥的脸一下就红了。

“虽然不知道你到底在别扭什么。”程西西喝了口酒，眼睛逐渐变亮，“但段白焰不知道的事，你有义务让他知道啊。”

姜竹沥几乎陪了程西西一个通宵。

她们在烤肉店待到早上三点多，又散步去了江边。夜色美丽，波光粼粼，对岸的高楼大厦灯火通明，江上有渡轮来来回回。

她记起那个被段白焰捡回去的雨夜，想了想，觉得很有必要做个礼物，去谢谢他的街头捡尸之恩。

“我前几天发烧了，病还没有好全。”打开平板电脑，姜竹沥咳嗽两声，“所以今天做点简单的吧，法式焦糖酥饼。”

“甜甜，多注意休息呀。”

“甜甜，为什么你的屋子这么暗？我都快看不清你的脸了，呜呜呜。”

姜竹沥微怔，有些窘迫：“因为用的临时小灯泡……”

这几天餐厅接了几个室外派对和婚礼的单子，她白天几乎没有休息过。

短路的事物业不管，家里没人，她也不敢晚上约电工上门，只好等周末。

“看不清吗？”姜竹沥有些苦恼地想了想，灵光乍现，笑起来，“你们等等，我刚刚想起来家里还有个灯。”

她跑到储物间，翻出高中装书的纸箱，搬走压在上面的课本，掏出一个原木色的藤球灯。

这还是她回国之后，搬家时发现的。

高中同学总爱互送礼物，她会在包装盒外面记一个姓名，可这个盒子光洁如新，没有名字也没有其他标记，她一时半会儿竟想不起这是谁给的。

插在临时插座上，整个房间被温暖的光源填充，熠熠生辉。

“哇，这个灯好好看！”

“甜甜，求同款！”

“这个是朋友送的。”姜竹沥笑了，“我等会儿把购买链接和今天的食谱一起放到微博上，你们别又说我打广告。”

“我们巴不得你能接广告呢，你现在穷得连电费都交不起。”

姜竹沥在屏幕前笑成狗，她喜欢这种热闹的感觉，仿佛身边真的有很多陪伴的朋友，她不是独自被困在小小的厨房里。

然而下一秒，屏幕上发生暴乱——

“你们不觉得甜药越来越敷衍，做直播也很不认真吗？

“如果我是你们，绝对不会喜欢这样的主播。”

其他人的弹幕紧跟而上——

“我叫你一声小娇娇，你敢不敢答应？”

“这人怎么又换号重来了，就不能封她的账号吗？”

姜竹沥一愣。

这个黑粉也太执着了吧？都封她一次号了，竟然换号也要重来？

好在直播快结束了，对方没有过多地纠缠。

姜竹沥把做好的焦糖酥饼收进玻璃饭盒，塞进冰箱，洗完澡，缩在被窝里编辑微博，回复评论。

一眼扫过私信，她意外地看到一条节目邀请。

“甜药，你好，我是美食综艺《今天我也很甜呀》的导演，节目第二季的拍摄将由几位西点师协同完成，我代表节目组向你发出邀请，不知道你有没有兴趣参加？盼复。”

末尾附带了邮箱和电话。

姜竹沥抱着手机在床上滚了一圈。

她的微博有近百万的粉丝，跟明星比起来不算多，跟同行比起来也不算少。

最开始，姜妈妈不知道从哪儿听说她在做主播，气急败坏地在电话里破口大骂，说她不务正业。

没想到现在……

“反而成了半个正职。”

四周一片黑暗，她安静地睁着眼，看着天花板。

上一次她这么清晰地在黑暗里看天花板，是她十七岁时。

高中课业繁忙，姜竹沥熬夜熬得大把大把地掉头发，姜妈妈却无法理解。

她无数次在十二点准时拉掉家里的电闸：“效率高的人早在学校就把作业做完了，用得着熬夜？你看看明含，比你小的人动作都比你快。”

明含小声反驳：“可我作业少，而且是姐姐教我做的……”

姜妈妈只当没听见。

姜竹沥至今都想不明白，为什么偏偏那天会那么难过。

也许是因为年级排名掉了二十名，也许是因为林鹤又用圆珠笔戳她的后背，也许是因为何筱筱拜托自己别在晚上打电话打扰她。

可她太想找人说话了，后来也不知道怎么就按到了段白焰的号码。

早上两点，段白焰的声音清越沙哑：“你说。”

姜竹沥意外地睁圆眼，心一下子提到嗓子眼。

她根本没想到他会接。

“你还醒着？”

她屏住呼吸，小心翼翼的，怕被听出异常。

对面的人沉默两秒。

“别憋了，哭。”段白焰的声音一沉，“哭完就去睡。”

姜竹沥差点真的放声大哭。

但她还是矜持地憋了憋："你……你为什么知道我……"

然后她就喘不上气了。

段白焰从头到尾都安静地听着，没有说话，也没有挂断。

那年圣诞节，她收到了一件礼物，放在课桌里，写着给姜竹沥，却没有落款。

是一盏藤球灯。

第六章

小熊睡衣

姜竹沥吃了退烧药，睡得很死，后半夜却被热醒。

乍一睁开眼，她有些分不清梦境与现实，屋内很亮，超出寻常地带着温度与黑烟的亮。

着火了。

她扔开被子，迅速爬起来。

火从厨房里烧起来，不知道烧了多久。她醒过来时，屋内浓烟滚滚，火舌已经逼到了卧室门口，她被困在其中，竟然无法跨出去。

“601 有人吗？ 601 ！ 601 的住户！”

楼下传来扩音器的声音，姜竹沥的心跳加速，她努力让自己镇静，迅速回去开窗户：“有！有人！”

打开窗，沁凉的夜风兜头而来，浓浓的黑烟倾巢而出。

“火太大了！我们的消防员现在也进不去，你先跳下来吧！”

姜竹沥穿着睡衣赤着脚，颤巍巍地站在窗台上，长发被夜风吹乱。只是向下小心翼翼地看一眼，她就迅速收回目光，抓紧窗棂。

不行……她的腿发软。

“你下来啊！”楼下的扩音器还在继续，“你先下来！别管家里的东西了，命最重要！”

姜竹沥还真没想着要管家里的东西，就是感觉自己现在命也快没了，有点遗憾。

“我……”她死死攥着窗户，“我可以不跳吗？”

“不可以。”

夜风凛冽，她被风吹得睁不开眼，耳畔突然传来这三个字，她陡然睁大眼！

声音从下方传来，破开夜色与浓烟。

姜竹沥低下头，心头涌起巨大的惊奇，她几乎站立不稳：“段白焰！你怎么会在这儿？！”

段白焰仰起头，身后一片嘈杂，头顶的星空璀璨得望不到边。

他坐在楼下那户人家窗外的空调上，两只手钩住窗棂，一动不动地看着她。他高高大大的，穿着一件简单的 T 恤，像是从卧室中匆匆赶来的。

他嘴角微动：“就刚刚。”

他的监控显示异常，他第一时间赶了过来，却被告知消防车进不去，于是他只好曲线救国。

他背后星光满天，她背后火光冲天。

火舌席卷了半个卧室，姜竹沥身后的热气越来越近，她不敢说话，也不敢迈出一步。

他望着她，语气平静：“你害怕吗。”

怕。

姜竹沥难以启齿，她已经二十六岁了，没能成长为母亲期待的大树，仍然软弱，仍然无助。

这个认知让她难过得想哭。

“怕就闭上眼。”

他的声音轻而清晰，不远不近，刚刚好能让她听清楚。

姜竹沥的眼眶发热，她看着他，看了很久很久。

风将他的衣服微微吹起，他的眼神安静而专注。

过去这么多年，姜竹沥一直在想，到底是什么时候，她对段白焰动了心呢？

似乎是某个平淡无奇的星期五，班主任锁了教室的门，她走到半路，发现自己忘了带数学作业。

她回校去取，想像男孩子一样，爬上两米高的窗户，翻墙进教室。

可等她艰难地爬上去，才发现窗户比她想象中高得多，她……她下不来了。

于是她颤巍巍地坐到窗户上，小心翼翼地发出场外救援："段白焰，你……你还在学校吗？如果我没记错的话，你今天是不是约了男生打球？"

"……"他没有说话，十分钟后，他一脸不爽地赶到现场，抬起头。

那双眼经过十年，与现在的眼前人重合。

风拂过耳畔，背后越来越烫，姜竹沥看着他朝自己伸出的手，慢慢闭上眼，仿佛回到十七岁。

他说……

"跳下来。

"我接着你。"

千回百转，就这一眼。

——来我怀里。

——地狱我也陪你去。

小区里停着警车和消防车，警报灯闪啊闪。

这一晚姜竹沥过得手忙脚乱。

段白焰的哮喘犯了。

这些年，江连阙拖着他运动、游泳，好说歹说劝他加强身体素质，他的病症已经减轻很多。

可火场内灰尘厚重，他又在楼上与姜竹沥对峙了太久。他抱着她上车时，熊恪一看到他发紫的嘴角，脸色瞬间就变了。

"小少爷……"

"没事。"段白焰咬咬牙，放下姜竹沥，用毯子裹住她，"我带了药。"

姜竹沥有点蒙，她本来就没睡醒，现下死里逃生，还没反应过来段白焰怎么能第一时间出现在这儿，就被他抱着上了车。

姜竹沥扒开毯子，叫："段白焰……"

段白焰没有回头，他很久没有犯病了，这种感觉熟悉又可恨，好像肺被捅了无数个窟窿，新鲜的空气不断往外漏，怎么也填不满。

车上的空间很大，他冷汗涔涔，靠在座位的颈枕上，修长的腿朝前伸，一手扣住半张脸，拿着小瓶子吸药。

车窗外光影交错，车内安静得只能听到他沉重的呼吸声。

姜竹沥卷着毯子，毛球似的拱过来："我帮你把座位放下来吧？"

她很久之前就知道怎么照顾哮喘病人，他们犯病时，躺得低一些会比较舒服。

这话提醒了熊恪，他赶紧帮忙，把座位放下来。

"不用。"药是苦的，段白焰的嗓子发哑，整个呼吸道都被难以言喻的气息充斥，挤出的几个字依旧不容置喙，"我没事。"

熊恪不认同："小少……"

"这里就我一个外人，又不会到处乱说，你逞什么强？"姜竹沥也急了。

段白焰的身形猛地顿住，他的嘴唇抿得很紧，他死死地盯着她，目光凉凉的，像藏着怒意。

姜竹沥咽了咽口水，小心地朝后缩了缩。

也不知道哪句话又惹到了他，这个人真的好容易生气啊。

两人一路沉默，回到段家，灯火通明的宅子已经为主人准备好了热水和温暖的床铺。

段白焰提前在车上用过药，一路回来，基本已经平复了呼吸。熊恪还是不太放心，又叫家庭医生过来帮他检查了一下。

做完这些事，夜已经深了。

段白焰似乎在生闷气，脸色难看得要命，姜竹沥不敢招惹他，可环顾四周，又只能壮着胆子撞枪口："谢谢你今晚救了我，还给我提供住处。"

她主动凑过去，真心实意地暗示他："我的客房是哪间？可以现在过去吗？"

上次段白焰不在，她睡的是他的卧室，现在总不能还睡他的卧室啊。

段白焰没有说话，沉默了一会儿，淡淡地说道：“我家没有客房。”

姜竹沥难以置信：“你这可是三层别墅，一间客房都没有，这么大的空间，是拿来干什么的？”

他不假思索，声音低沉：“一室一厅一卫，其他房间全部打通，做室内溜冰场。”

姜竹沥：“……”

那可真是棒极了。

她张张嘴，忍了又忍，没忍住：“那我……”

“睡地上。”

段白焰平静地撂下三个字，冷着脸扔下外套，头也不回地走了。

姜竹沥愣了一会儿，问：“他的意思是，让我今晚就……盖着这个睡？”

虽然听起来有点惨，但比起睡大街，好像也不是那么难以忍受。

不过……

“他好无情啊，大熊。”她感到心碎。

“不，姜小姐，你误会了。”熊恪脸不红心不跳，“小少爷的意思是，让你睡在他卧室的地上。”

他一脸严肃，特别强调了那个“地”字。

姜竹沥一脸狐疑：“是这样吗？”

熊恪很肯定：“姜小姐，你有没有听过灰姑娘的故事？”

“嗯。”

“灰姑娘特地扔下水晶鞋，就是为了引诱王子去找她。”

“灰姑娘真这样想？”

“小少爷特地扔下外套，也是为了让你上楼还他。”熊恪转过来，认真地看着她，十分笃定，“请你动作快一些，千万不要让他等急了。”

庭院中翠竹笔直，设有水榭，隔着玻璃窗，能看到下面粼粼的波光。

风拂过，翠篁水榭的影子通过巨大的落地窗投射上来，映得屋内空寂如海。

段白焰坐在床上，身影被床头的灯光拉长，落在身后的镜子上。

他把柔软的家居服撩起来，看着镜子，青紫色的痕迹从他的右肩肩胛骨开始，长长地延伸下去。没有破皮，可看起来触目惊心，碰一碰也会疼。

两个人的冲击力太大，哪怕铺了气垫，他也还是受了伤。

他有些犹豫，要不要下楼拿跌打酒。他自认为伤得不算严重，不想兴师动众，再让熊恪和姜竹沥担心。

姜竹沥……想到她，段白焰的脸色瞬间冷了下来。

不对，她根本没有良心，她才不会担心。

“叩叩。”

下一秒，房门传来两声闷响。

姜竹沥扒在门上，小声地问：“我可以进去吗？”

段白焰愣了一下，眉头不着痕迹地舒展，迅速放下衣服。

他起身快步走到门边，手在碰到门的前一秒又停住。他抿着唇，站在那儿整整默数了十五秒钟，才假装漫不经心地打开门。

走廊上灯光流泻，温暖的光晕里，他居高临下，看到了姜竹沥的发顶。

她应该是已经洗漱过，连衣服都换了，长发蓬松地落在肩头，身上带着沐浴液的清香。浅棕色的小熊睡衣，粉白色的兔子拖鞋，再加上她个子矮，长得又显小，像一个还没成年的少女，让人想搂在怀里……

段白焰一脸冷漠地抱着手，喉结却不动声色地滚了滚。

他冷声问：“衣服哪儿来的？”

“大熊给的。”姜竹沥低头，摸摸胸前傻不拉几的熊脑袋。

“他说是以前不要的衣服，可我感觉明明是新的……”姜竹沥有些奇怪，忍不住拽拽衣服，“竟然还很合适，不大不小刚刚好。”

段白焰的表情绷不住了，变得不自然起来。

四年前，医生说山上的空气清新，更适合病情恢复，她就陪着他去山上住了一段日子，离开时，她带走了所有的衣物。

后来两人分手，他回到明里市，没忍住……照着她当年的衣服，购置了一遍。

只有她那套长颈鹿睡衣，他没找到一模一样的，只搞到一套同款，是毛茸茸的小熊。

段白焰觉得自己有点变态。

“你来干什么？”他强忍住摸她尾巴的冲动，冷声质问，“不是让你在楼下吗？”

“我上来给你送外套。”姜竹沥一脸乖巧，“还有，大熊说你晚上可能会犯病，让我多看着你点。”

“家里有别的阿姨会看。”话脱口而出，段白焰在心里反手给了自己一耳光。

熊恪那样的老实人都亲自下场助攻他了，他竟然开口就“连跪”，简直愧对列祖列宗。

“这样吗？”姜竹沥神情茫然，“可是大熊说，阿姨们今晚集体请假了。”

“她们……”段白焰的语调高高扬起，“玩忽职守”四个字跑到嘴边，他硬生生给咽了回去，“对，是我准的假。”

姜竹沥安心了，仰着脑袋问：“那我今晚能睡你房间的地板吗？”

她的眼睛很大，流光溢彩，像无辜的小鹿。

段白焰差点忍不住求和。

——你睡我头上都可以啊，小祖宗。

然而他开口仍然是一句冷冰冰的话：“外人不能进屋。”

姜竹沥微怔，突然明白了他生气的原因。

她解释：“我没想跟你划清界限，只是我觉得，对你来说我应该是个外人才对。”

段白焰无法辩解，又不能说，不是啊，在他心里，她就是内人。

那太奇怪了，岂不是所有心思都昭然若揭？

“但如果你真的不需要我，我就去楼下了。”见他不说话，姜竹沥决定搬出熊恪送她的撒手锏，小声道，“楼下的沙发很软，我一点都不委屈。”

她这才叫昭然若揭，不知道为什么，他有点想笑。

他一边觉得她坏，一边又觉得她真是可爱。

“对不起，打扰了。”按照套路的流程，姜竹沥态度颇好地朝他颔首，做出一副“此处不留人”的委屈模样，“那我就先下去了，祝你好梦。”

说完，她慢吞吞地转过身要下楼，但走出去没几步。

“回来！”段白焰气急败坏，“我分你一个床角！”

段白焰一点也不夸张，真的只分了姜竹沥一个床角。

他的床其实很大，可他霸道地张开手臂，就占了床的三分之二。

于是尿尿的“土拨鼠”只能蜷在小角落里，委屈巴巴的，不敢乱动，怕吵醒他。

黑暗里，她的眼睛不停地转动，担心自己滚下床。

这还不如睡在宽阔的沙发上……

姜竹沥漫无边际地瞎想。

下一秒，睡梦中的段白焰动了动，他似乎不太舒服，突然收起一条手臂，转身背对着她。

看着一下子空出的小半张床，姜竹沥乐坏了，往里面挪了挪。

段白焰闭着眼，哭笑不得。

他算错了距离，从躺下开始装睡，也从躺下的那一刻，开始担心姜竹沥会不慎滚下床。

转身的动作牵引右肩，他疼得差点呻吟出来，还好他忍住了。

黑暗里，姜竹沥一动不动地望着他。

秋天还未过完，屋子里也不冷，段白焰的被子只盖到腰。他有一对漂亮的蝴蝶骨，她有好几次产生错觉，以为那里要长出一对翅膀，带他去永无岛。

她想摸一摸，手抬到半空，又缩了回来。

不知道为什么，她的脑海中莫名其妙地浮现出一个恶俗的新媒体标题：“他有多久没在做完之后搂着你睡了？”

姜竹沥暗暗地想，他可能只是不想看见她的脸吧。

姜竹沥的身体往下滑，她安安静静地将整张脸都埋进了被子里。

在姜竹沥的记忆里，段白焰第一次犯病，是在高二军训时。

男生女生分成两个队列，一起顶着大太阳站军姿。

其他女生都在感慨好热好累，只有姜竹沥，注意力从始至终都不在自己身上，一直粘着段白焰。

那时他虽然还没犯过病，可班主任的形容实在太夸张，她真的很担心，怕他一不小心就英年早逝。

糟糕的是，怕什么就来什么。

姜竹沥一个不注意，男生队伍那边就传来教官训斥的声音："出列！"

哮喘犯病来势汹汹，段白焰脸色发白，嘴唇迅速变紫，短短几分钟，就已经快要说不出话来。

而教官还在等他报告情况。

"报……报告教官……"他磕磕巴巴，已经开始出现隐隐的急促呼吸声了。

"报告教官！这位同学是哮喘病犯了，需要立即治疗，我这就带他离开！报告完毕！"姜竹沥一咬牙，出队小跑过去，也不管教官同不同意，拽住段白焰就跑。

果不其然，她都跑出去一段路了，教官才反应过来："你给我回来！"

谁回去谁是狗。

姜竹沥只想赶紧想办法给段白焰续命。

"竹沥！"何筱筱细声细语，在她身后佯装焦急地大喊，"你现在走的话，就没有军训学分了！"

姜竹沥连头都没有回。

段白焰越跑越慢。

"离你的宿舍不远了！"她鼓励他，"我们马上就有药了，你再坚持一下！"

段白焰猛烈地呼吸着，无暇顾及她在说什么，缺氧减慢了他的思考速度，他无能为力。

姜竹沥突然反应过来。

"对啊，你连呼吸都困难，又怎么走得动？"

说着，她若无其事地伸出双臂揽住他，将他背在背上：“但你别怕，我跑得够快，不会耽误你。”

段白焰：“……”

他的理智终于艰难地回来了一些：“你放我下来……”

“你别说话了，留点力气吧，你信我一次。”

段白焰主要是觉得丢脸，他一个一米七几的男生，被一个身高不足一米六的矮子背着到处跑，像什么话？

于是他继续挣扎：“放……放我下来……”

“你怕被人看见是不是？”姜竹沥竟然猜透了他的心思。

大少爷的脸怎么比命还金贵？

“你等等啊。”

说着，她扒下他的迷彩外套，二话不说就包住他的头。

被遮得宛如一个戴面纱妇女的段白焰：“……”

“他们认不出你的，你放心吧。”

段白焰伏在她的肩头，断断续续地说：“等我拿……拿到药了，就把你灭……灭口……”

“那也等你恢复健康再说吧。”她一点都不害怕，“喘得像风箱一样的段先生。”

长夜寂静，玻璃窗上有光影不断晃动。

姜竹沥闭上眼的同一时间，段白焰缓缓睁开眼。

竹沥，性味甘寒，能清肺火，清热化痰，息风定惊，止咳平喘。

他抚上心口，他的“甜药”，他的姑娘，他的……心之所系。

他望着她安静熟睡的脸，许久，眼神慢慢变得深邃。

他再也不要让她从自己身边逃跑了，哪怕他下地狱。

清晨，薄雾在竹林间缓慢散开，阳光一路蔓延着，从屋外跳跃进来。

姜竹沥睡得不太安稳，躺在故人的床上，原本梦见高中军训，太阳毒辣得吓人，段白焰凶巴巴地威胁，说要把她灭口。

可之后画风一转，变成他埋在她的颈窝里，两臂像铁锁一样不依不饶地紧箍在她腰上，灼热的气息从她身后传来：“不准走。”

她动弹不得，难受极了，低下头，果不其然，又看见那副手铐箍在她细白的手腕上，像要一生一世将他们绑定在一起。

姜竹沥从梦中惊醒。

旭日初升，枝头胖鸟啾啾，阳光穿过高大的翠竹落进屋内，打下斑驳的光影。

睁眼的瞬间，她对上段白焰近在咫尺的胸膛。

他的心跳声“扑通，扑通”，一声一声落在她的耳畔。

震惊的姜竹沥：“……”

她难以置信，动一动手，发现自己整个人被段白焰死死按在怀里，连胳膊也抬不起来。

她咽咽口水，抬起眼。

他还没有醒，淡色的唇抿在一起，睫毛微翘，仿佛栖着一只沉睡的蝶。

她眨眨眼，又看到了青色的小胡楂。

姜竹沥想，他应该是半夜不小心滚过来，又一不小心把自己抱住了，他肯定不是故意的。

病人的内心都很脆弱，说不定他神志不清，忘了他们已经分手多年。她应该照顾他，让他多睡一会儿的，但是……

姜竹沥心里痒痒的，就碰一下，应该没关系的吧……

这样想着，她小心翼翼地伸出一只手指，试探地碰了碰段白焰的胡楂。

一触即离。

短短的，硬硬的，像刺猬未丰的刺。

静默三秒，他没有动静，呼吸仍然平稳。

姜竹沥搓搓手，莫名其妙地有点爽。

圈子里那么多人把段白焰吹上天，小心翼翼又不敢靠太近，生怕他动怒发疯。

她现在在这儿暗暗地摸他，有一种在老虎身上拔毛的快感。

她又小心翼翼地伸出爪子，慢慢靠近，慢慢靠近……

“你有完没完？”

他突然睁开眼，眼底光芒流转，目光落到她身上。

姜竹沥被吓一跳，手掌落到他的胸口上，猛地推开他。

“嗯。”段白焰猝不及防，疼得闷哼一声。

“你怎么了？”她也注意到了，赶紧探身过去，“哪儿疼？还是不舒服吗？要不要我帮你叫医生？”

姜竹沥到现在都记得，他第一次在她面前犯病时，只字不提难受，可她把他送回宿舍时，他整个背部都被汗浸透了，她最开始以为是天气热，很久之后才知道，他是疼成那样的。

段白焰抿着唇，没有说话。

“你别不说话呀。”姜竹沥急了，“生气归生气，你别总拿老命开玩笑。”

段白焰绷着脸，太阳穴突突地跳。

他昨晚太累，一开始是真的没有醒。可他迷迷糊糊，感觉到怀里的家伙不安分，在慢吞吞地动。她的手指软绵绵的，他不睁眼都能想象她认真又小心的表情，碰上来的瞬间，他整个身体瞬间绷直了。

这还能忍吗？一股邪火冲进脑子，他整个人都发烫了。

姜竹沥看他的表情越来越难看，以为他病入膏肓，伸手就要去掀他的被子：“你还能动吗？不能动的话，我叫大熊上来带你下去。”

他穿着家居服，她不担心看见不该看的东西。

段白焰脑子“嗡”的一声，厉声喝止：“出去。”

“啊？”姜竹沥的手停在半空。

“这是我家。”

他咬牙切齿地抬眼，眼圈微微发红，凶得不行。

姜竹沥有点无措，她也没干什么吧，他怎么就难过成这样？

真是情绪化。

“行吧，那我先下去。”

等她离开，段白焰坐在床上缓了一阵，才起身去卫生间。

两手捧着水，洒到脸上，他恨不得将整个人都浸入冷水。

段白焰啊……

哗哗的水声里，他想起他当初对姜竹沥说的那句“走了就别再回来”，以及江连阙对他的劝诫。

还真是天作孽，犹可恕，自作孽，不可活。

段白焰在楼上待了很久。

姜竹沥有些忐忑：“我早饭都做好了，他怎么还不下来……我们要不要上去看看？”

“应该没事，别担心。”

熊恪笑笑，安抚她。他觉得，段白焰八成是在楼上洗冷水澡。

只是……这个澡未免也洗得太久了，他昨晚才刚刚犯病，免疫力正岌岌可危，熊恪有点怕他感冒。

正想着，段白焰就下来了，看样子像是打算出门，他换了套西装，一边打领带一边走下来，气势迫人，仍然一副全世界都欠他钱的表情。

“早，小少爷。”熊恪打招呼。

段白焰抿唇，点了点头。

熊恪敏锐地注意到，他的发尾还是潮湿的。

“要出门吗？我现在叫人备车。”

段白焰平时的行踪会在前一天安排好，生活助理帮他准备日程表和车辆，但他的周末和休息日都是空出来的，一般不提前安排。

“嗯。”段白焰点点头，在餐桌前坐下，“去 JC 公司。”

江连阙给他推荐了一堆新的剧本，他想当面跟江连阙谈一谈。

交代完，段白焰漫不经心地拿起勺子，尝了一口粥。

粥很烫，表面结了一层薄薄的皮，滑嫩的皮蛋和切成丁的瘦肉都像冻在这层皮里，用勺子破开，滚滚热气蒸腾而上，香气沿着食道向胃里攀爬。

他微皱眉头：“这谁做的？”

私厨噤若寒蝉，欲言又止。

“是我。”姜竹沥连忙把锅背过来，“不好吃吗？”

段白焰面色微妙，没说话。

其实他吃出来了。

住在山上那段日子，她每天早上都给他熬粥。食材充足，她有本事做一个月不带重样的，时间一长，他记住了她的碎碎念，红枣桂圆补血养气，山药枸杞健脾养胃。

时隔四年，又尝到这个味道，他激动得讲不出话，偏偏还要假装喝不出来，假装自己根本不记得，假装自己一点也不在意她。

“一般。”段白焰嘴唇微动，面无表情地回了句。

“噢……”姜竹沥有些失望，却也没说什么。

他一向话少，从来不会主动夸人，这是他的生理缺陷，她不怪他。

吃完早饭，姜竹沥打开手机，接二连三的未接来电和未读短信，争先恐后地跳出来。

房东的、保险公司的、银行的……还有程西西的。

程西西那条最凶：“姜竹沥，你还活着吗？呜呜呜，你回我消息啊！你家都烧没了你怎么不来找我？你是不是傻？”

昨晚兵荒马乱，她都没来得及跟家人朋友报平安，也不知道他们从哪儿听见的着火的消息。

她赶紧把家人朋友安抚一遍。

等她安抚完，回过头，发现段白焰竟然还没走。他坐在沙发上翻看一本时尚杂志，正襟危坐，表情严肃。

姜竹沥犹豫了一下，问：“段白焰，你方便送我去市区吗？”

他的房子离城区有些远，住这儿的非富即贵，连地铁都用曲折的线路委婉地表达了仇富，没往这边修。这里坐车太不方便，她上次也是因为打不到车才迟到的。

段白焰沉默一会儿，然后高贵冷艳地反问：“凭什么？”

“我……”姜竹沥一时语塞，不明白他是怎么了，为什么处处为难她？

“那算了。”她思索一阵，觉得地铁除了有点绕路，其他倒也没什么，

“我自己坐车也行，不麻烦你了，谢谢你。”

三秒钟。

十秒钟。

她没有第二次开口求他。

段白焰忍了又忍，不到十五秒就破功了：“你要去哪儿？”

姜竹沥乖乖地答：“去跟保险公司和房东谈赔偿。”

火灾的原因已经排查清楚了，根源就是她自己接的那条线。

可停电短路和线路老化本该是供电局的事，而且消防通道被占用、耽误了黄金抢险时间，是小区物业的过失。

她觉得这事不会顺利。

段白焰抿唇：“我们不顺路。”

姜竹沥刚要说“好，没关系”。

下一秒，又见他绷着脸，挫败地道：“我让熊恪另外安排车送你过去。”

高架桥上车流如蚁，阳光照下来，楼顶的太阳能折射出白色的光，像齐刷刷的电路板。

段白焰坐在副驾驶座上，手指抵住下唇，沉默了一路。

熊恪明显感觉到段白焰的情绪不大好。

熊恪觉得奇怪，又有些好奇，昨晚他都助攻到那个份上了，难道小少爷临时又萎了吗？

虽然这厮不是他的弟弟，可他真的觉得这厮好不争气啊。

“熊恪。”他突然开口。

熊恪吓一跳，差点以为自己不小心把心里话说了出来：“嗯？”

“保险公司对于火灾……”段白焰有些犹豫，“就像昨晚这种，一般都处理多久？”

“保险公司很擅长打太极，三天的事也能拖成半个月。”熊恪思忖，“何况这次的事不仅关系到保险公司，还关系到小区物业和供电局，姜小姐又不是户主，可能时间会更久。”

“如果我联系保险经纪呢？”段白焰微顿，赶紧为自己辩解，“我不是想帮姜竹沥的忙，我只是问一问类似的事。万一以后……以后遇到类似的事，我也能预估一个时间。”

熊恪在心里“呵呵”，他出门时，还听到家里的阿姨小声跟私厨说，很久没见段先生早餐吃这么多了。

死鸭子嘴硬，迟早死在这张嘴上。

“如果有保险经纪从中周旋，”熊恪在心里叹了口气，给了个比较折中的时间，“一周之内，应该能稳。”

段白焰不假思索：“太快了。”

“啊？”

他沉声说：“跟我的助理说一声，让他们拖进度，这事要是敢在三个月内处理完，就自己去递辞呈。”顿了顿，他又严肃地说，“两三年也可以。”

姜竹沥突然打了个喷嚏。

程西西一脸担忧：“你的病还没好？”

发烧感冒不分家，姜竹沥好不容易退了烧，又感冒了。

她吸吸鼻子，摇头：“没事，我吃过药。”

程西西跟她并肩走进屋。

火势在昨夜就被扑灭了，房子里弥漫着一股怪味，厨房的墙被熏黑一片，客厅也灰飞烟灭了一半，好在姜竹沥没有贵重物品，财物损失不算大。

“我早就说过，你一个人住真的很不安全。”衣柜设在卧室里，没有被殃及。程西西打开柜子，帮她挑拣还能穿的衣服，“还好你住的楼层不高，要是住十几二十几楼，消防车又进不来……”

她止住话头，突然意识到：“这是小区物业的责任吧？”

“嗯，我约了房东，打算叫他们一起过来谈。”姜竹沥低咳一声，“不过当务之急，是我得赶紧找个住处。”

“等等……不对啊，那你昨晚住在哪儿？”

小闺密出了事却没有第一时间来找她，她耿耿于怀。

“我……”姜竹沥有些局促，“在段白焰家。”

程西西顿时懂了，一脸暧昧地凑上来：“你们和好啦？”

“也不是。”姜竹沥不知道该怎么说。

段白焰的确说过喜欢她，想要重新在一起，不过是趁着她喝醉时，掐着她的下巴，不容置喙地说的。

等她清醒过来，他的脾气比之前更坏，导致她总怀疑自己是不是在做梦，也许他的态度根本没有变化。

唯一让她感到放松的是，他的控制欲似乎有所下降。以前她每次单独出门，他恨不得派十个黑衣大汉明里暗里跟着她，可早上他虽然不情不愿，但也没有多言。

听她叙述完，程西西提议：“不如你先来我家住几天？”

程西西算是看透了，他们这场拉锯战，比的就是谁先跪下。

在程西西眼里，小闺密是仙女，根本没有男人能配上她，姜竹沥在她家住一辈子她都养得起，凭什么去向男人求和？

“可以吗？”姜竹沥有些担心，“你男……”

“朋友”两个字跑到嘴边，她突然想到什么，顿时停住。

程西西大笑：“不用担心打扰我，我现在已经单身了。”

姜竹沥还要说什么，手机突然振动起来。

“喂，您好。”来电显示是房东先生，交谈几句，她一愣，“来不了了吗？为什么？”

对方叽里咕噜说了一大堆话。

姜竹沥耐心地听完，无奈道：“这样啊，那好吧，请您节哀顺变。”

姜竹沥挂断电话，程西西问：“怎么了？”

“房东说他家突然有亲戚去世，要去外地奔丧。”姜竹沥十分茫然，“快则半个月，慢则一个月。”

“什么时候？”

“今天上午。”

“这么突然？”

姜竹沥也无言以对。

“不管怎么说，今天下午的事是谈不成了。”她当机立断，“我跟周进老师说一声，下午去见他吧。”

周进就是综艺《今天我也很甜呀》的节目导演，他科班出身，早年拍过几部武侠电影，今年才开始做网络综艺节目。接手的节目不算大红，但因为为人随和又照顾新人，在圈子里的口碑很不错。

前一天姜竹沥联系过他，周进想约她和另外几位嘉宾先在 JC 见个面，定了个下午茶时间。

她之前不知道保险的事要谈多久，不确定是否能准时到，就只给了待定答复。

程西西抱起纸箱：“正好，东西也差不多收完了，我开车送你过去。”

姜竹沥感激地点了点头，拿起钥匙，正要走，突然想起什么，她又折回厨房看了一眼。

她站到窗前，目光透过玻璃，落到对面那个空荡荡的房子里。

她之前问过物业，那套房子在四五年前就卖出去了，一直没有人住，而且户主不姓段。

微风吹拂，房间里的白色窗帘一起一落，她微微眯起眼。

那里好像有什么，又好像什么都没有。

吃过午饭，程西西带姜竹沥去 JC。

“我跟物业和保险说一声，让他们今天先别过来了。”姜竹沥有些困，强打起精神，“不知道临时爽约会不会被骂，啊，先想想怎么道歉。”

她打好腹稿，小心地拨通电话，刚说明意图，物业和保险竟然就非常开心地答应了。

对方欢欣鼓舞：“房东先生家里亲戚过世了吗？那真是太遗憾了，等他回来，姜小姐一定要记得再联系我们哦。”

姜竹沥一脸疑惑，她怎么没听出遗憾？

不等她开口，对方又快乐地道：“我们对这次的事件深表痛心，但是姜小姐，过去的就让它过去吧，我们活着，不就是要珍惜眼前的人……不是，珍惜没被火灾摧毁的东西吗？提前祝您新年快乐、阖家幸福。”然后啪地挂了电话。

姜竹沥：“……”

这可真是太邪门了。

周进将约谈地点定在JC公司的茶座，姜竹沥走出电梯，在路上调整出得体的微笑，一推开门，就见周进对面坐着两个言笑晏晏、花枝招展的女人。

不是别人，正是何筱筱和夏蔚。

坐下来的半小时里，段白焰第三次松领带。

江连阙看不下去了：“系着不舒服的话，就解了吧。”

段白焰没说话，他不是不舒服，是躁得慌。

“这才九月……”段白焰低头看剧本，语气冷淡，“你的办公室就开空调？”

江连阙愣了一下才反应过来，毫不留情地嘲笑他：“我的办公室有浴室，你要不要现在去洗个冷水澡，冷静一下？”

段白焰不屑。

“我说你今天怎么一直一副欲求不满的样子？”江连阙起身接水，飞快地摸摸他的下巴，“也没有剃胡子。”

“女朋友喜欢。”段白焰嘴角一扯，骄傲地炫耀，“留着给她摸。”

“啧。”江连阙闻到了恋爱的酸臭味，“你们复合了？那你真得好好谢谢我。”

段白焰的手一顿，眼中仅有的三分笑意也消散了：“没有。”

“你没有说实话？”

“说了。”

“她什么反应？”

“她没有反应。”

江连阙："……"

最初撺掇他去告白，说心里话的人是江连阙，现下方法不奏效，他感到费解："不应该啊，正常女生就算拒绝也会把话说清楚的，何况你这个是前任，如果她想跟你撇清关系，肯定会直说。"

话一出口，江连阙突然想到什么："等等，你是怎么跟她讲的？"江连阙一脸狐疑，"你不会是把她绑起来，或者铐起来……然后再告诉她，你喜欢她吧？"

段白焰没好气地翻白眼："我没有。"

江连阙松了口气："哦，那就还好……"

"我趁她喝醉时说的。"

江连阙："……"

"之后我一直在等她回复。"段白焰冷着一张脸，"可她一直没有反应。"

他等啊等，等啊等，姜竹沥为什么还不来告诉他，她也喜欢他呢？为什么还不来找他复合呢？

如果她朝他招一招手，他一定会摇着尾巴扑过去的。

"你真的活该单身一辈子。"江连阙大开眼界，世界上竟然有这种男人，"我现在感到费解的是，你的前女友怎么能看上你呢？她的眼神应该挺不好的吧？"

段白焰一动不动，面无表情地看着他。

"那我就勉为其难，再给你讲讲道理。"江连阙十分嫌弃他，"且不论她当时喝醉了酒，到底有没有听见你说话……你永远不能指望一个姑娘先向你低头。"

"为什么？"

江连阙被难住了，为什么？哪有为什么？

在段白焰的意识里，语言是苍白无力的，是无效的。比起深情款款的句子，他更喜欢干脆利落的做法，他的世界是非分明，非黑即白。

这种风格被沿用进电影里，他的风格简洁明快，情感浓烈，没有一丝多余，受到追捧。

可放到现实里，江连阙只觉得他太过偏执，丝毫不懂变通，也永远学不会妥协。

“因为你现在是在进行求偶行为。”江连阙只好搬出教科书，“雄孔雀为了繁殖后代，也要辛辛苦苦地开屏比美呢，你作为一个男人，服个软能要你的命吗？”

能要掉半条……

段白焰张张嘴，说不出话。

他心里有道过不去的坎，午夜梦回，反反复复，天亮之后却难以启齿，无论是对江连阙，还是对姜竹沥。

“我试试看。”

不过，如果奖励是她回到他身边，那妥协好像也没有那么难以忍受了。

“我们今天先到这里吧，我大概了解你们的情况了。”

下午四点，周进收好桌上的文件，随和地笑道：“安排敲定下来，我会另外再给各位发通告。”

夏蔚眉眼弯弯：“谢谢周导，您辛苦了。”

姜竹沥也礼貌地道谢。

“我还约了另外一个公司的几位明星，得在晚饭前赶到。”他笑着起身，“就先失陪了。”

简单地告别后，他推门离开。

茶话会只进行了一个多小时，比姜竹沥想象中要短暂很多。周进像传闻里一样温和耐心，不管她提出什么问题，都会得到解答，她很期待跟这样的人共事。

周进一离开，夏蔚和何筱筱明显放松下来。

桌上还放着没吃完的茶点，何筱筱用小叉子切下一块抹茶大福，托着腮笑：“这年头网络综艺节目真是不值钱，一个十八线的小网红也敢来参加。”

“这年头连分不清高低筋面粉的人都敢报名参加美食节目。”姜竹沥漫不经心地说，“我又有什么不敢的？”

她也是刚刚听周进介绍完才清楚状况。

现在美食节目不大好做，《今天我也很甜呀》的第一季是典型的小投入高回报，边播边放，意外地小火了一把，这才趁热打铁想做第二季。

程西西是第一季的成员，原本没有签约第二季，可节目开启第二季之后，粉丝让她回归的呼声一天比一天高。她的片酬水涨船高，周进犹豫不决，是劝她回归，还是找个人替换她的位置？

何筱筱听说了这件事，主动带着夏蔚见缝插针。

姜竹沥这人遇强则强，倒也不怕呛人：“你没必要阴阳怪气，也不是没撕破过脸，有什么话直说。”

何筱筱把叉子一扔：“这个圈子没你想的那么简单，你连公会都没有，拿什么跟我们争？趁早退出吧！”

公会相当于主播的经纪公司，但凡平台上有点名气的主播，都签了公会，他们从中抽成，帮忙控评、公关、刺激“土豪”打赏。

姜竹沥是JC有点名气的主播里，唯一一个单打独斗的人。

“我喜欢，你管我？”她毫不在意，“你们两个人如果加起来都抢不过我一个，不更证明我能力卓然？”

何筱筱气急败坏：“你！”

“不过，”姜竹沥话锋一转，“你没必要把我当成你的竞争对手，因为我不是来抱大腿的。”

她抬眼：“是周进自己邀请我来的。”

言下之意，她们根本不是一个段位。

何筱筱气得全身发抖。

“筱筱姐，你消消气。”夏蔚赶紧打圆场，“别跟新人一般见识。”

说实话，夏蔚有些忌惮姜竹沥，她没想到周进心心念念的那位主播“甜药”，竟然就是姜竹沥。

那次砸书事件后，她就找人查过，这姑娘没什么背景，家庭条件中产，有个很厉害的妹妹，学芭蕾拿过不少奖，可在四年前就去世了。

这两年直播正火，像她这样的小网红主播一抓一大把，没什么特别的地方。

但那天段白焰当众将姜竹沥带走，激起了夏蔚的好奇心，让她很想一探究竟，看看这两个人是什么关系。

于是她半遮半掩地向外放了一点点消息，隐晦地提到段导和那个小网红。

八卦营销号都是狗鼻子，最擅长捕风捉影。按照她原本的想法，她根本不用放什么“实锤”，营销号就能把姜竹沥的十八代都扒出来，然而事情走向完全出乎她的预料。

她向外放消息，消息发多少删多少，还没传到营销号手上，就被人中途截断了。

夏蔚这才警惕起来。

姜竹沥背后一定有人，是她连名字都查不到的那种大佬，至于那人是段白焰还是 JC 直播一直在捧她的江连阙，她不敢确定。

“不吃了！心烦！”何筱筱想来想去，越想越气，“蔚蔚，我们走。”

夏蔚起身，临走前忍不住回头看了姜竹沥一眼。

二十出头的女生，长发如瀑，专心致志地坐在那儿，拿着小叉子吃抹茶大福，眉梢有着一股灵动的感觉。从头到尾，她连头也没有抬一下。

对于“夏蔚是何筱筱的艺人”这件事，姜竹沥觉得不是一家人，不进一家门。

不过没关系，来一个她杀一个，来两个宰一双。

心满意足地吃完大福，姜竹沥还觉得不够，又打包了一份。

她也做过几次大福，可总调不好抹茶粉的比例，成品总是发苦。她想带回去好好研究一下，JC 公司是怎么做的。

姜竹沥慢悠悠地走到电梯间，何筱筱和夏蔚竟然还在。

冤家路窄，这电梯可真是慢。

夏蔚主动上前打招呼：“姜小姐，你不是科班出身？”

“不是。”姜竹沥摇头。

“你也没有签经纪公司？”

“没有。”姜竹沥还是摇头。

“那你……”

“别问了。”仿佛看透夏蔚的心思，何筱筱冷笑，“人家还是高中生的时候，就懂怎么抱大腿了，这是天赋，咱们可学不来。”

“高中？”夏蔚不解。

“你知道段白焰？”

夏蔚点了点头，她怎么可能不知道。

这名字如雷贯耳，就算不谈那些国际大奖，他的名字也一直在类似“你认为哪位幕后的颜值最该出道”这种问题里高票徘徊，想不知道也难。

“高中的时候，我们是同学，段白焰不喜欢她，她巴巴地上赶着去追。”林鹤告诉过何筱筱，他们是真的分手了，她才敢这么讲，“最后还不是被人抛弃了。”

姜竹沥忍无可忍，扯掉耳机，正想呛她。

“叮咚”一声，电梯的门缓缓打开，她们的目光不约而同地转过去，看见后面有一个人影。

段白焰身形颀长，样子清俊。他正低着头回消息，抿着唇，大概长期居于上位，眉梢眼角都散发着迫人气势。

夏蔚微怔，心头一跳。

段白焰漫不经心地抬起眼，目光猝不及防地落到姜竹沥身上。

没想到她竟然会在这儿，他十分意外，愣怔三秒，逼人的气场陡然柔软下来。

两人安静地对视一阵，他突然轻声开口：“竹沥。”

他的声音柔和，怎么听都像是在撒娇。

夏蔚和何筱筱瞪大了眼。

别说她们了，连姜竹沥都没见过他这个样子，这比走在路上一根电线杆突然长出五官对着人狂笑还要可怕。

她像见了鬼一样：“你……你们坐电梯吧，我去走楼梯。”

姜竹沥刚刚转身，就被人拎小鸡似的拽进了电梯。

段白焰握着她细白的手腕，微微低头，专注地望着她。看了一会儿，他抬起手，手掌落到她的脸颊上，拇指缓缓地从她的唇畔刮过，擦落几粒糖粉。

段白焰的声音好听，像温柔的大提琴："你背着我偷吃了什么？"

电梯太小，姜竹沥退无可退，背上直冒冷汗。

"我……"

太可怕了，这到底是什么噩梦啊？

要不是被他按着，她都想抽自己两耳光，让自己醒醒。

"这是送给我的吗？"见她不答，段白焰指指她手里的小盒子，"你吃到了好吃的，所以也想跟我一起分享？"

姜竹沥不明白："你被什么附身了？"

她认识他快十年了，从没听他一次性说过这么多话，语气还这么怪异。

段白焰有些受伤："你不喜欢我这样？"

"也不是，就是感觉……"她想了半天道，"糟糟的。"

天哪，段白焰快窒息了，她为什么这么可爱？

"叮咚"一声，电梯终于到达一楼。

姜竹沥想跑，结果像只虚弱的树袋熊，被段白焰强行挂在身上。

夏蔚觉得不该再看下去，拽着何筱筱想走。

何筱筱不甘心，望着站在角落里的两人，只觉得扎眼。

"段白焰。"何筱筱指着姜竹沥，"你喜欢她？"

段白焰没理她。

"你知不知道她在做直播？这四年来，JC 直播的老板江连阙几乎没有落下她的任何一场直播，次次捧场，次次高额打赏。"何筱筱冷笑，"他投进去有小几百万了，说她跟金主没什么，你信吗？"

姜竹沥正想反驳，江连阙确实约过她，她没答应，她喜欢钱，但没到那种程度。

然而段白焰先她一步，他没有看何筱筱，语气冷淡，整个人的气场瞬间释放："有什么关系？"

何筱筱难以置信：“你被‘绿’也没关系？”

他明明是那么骄傲的人。

“那本来就是我的账号。”

何筱筱愣住，反应过来之后，顿时脸色煞白。

“不过，要论执着程度，我可比不了你啊。”段白焰没有温度的目光扫来，“你说呢，佛挡杀佛小娇娇？”

第七章

想见你啊

姜竹沥睁大眼，猛地转过头：“直播间里一直咬着我不放的那个人，是你？”

何筱筱的脸色很难看，她狼狈地别开目光，没有反驳。

“你有病吧？我哪里得罪你了？”姜竹沥难以理解，心头涌起的不是愤怒，而是委屈。

哪怕已经过去这么多年，现在对着何筱筱这张脸，她还能想起当初两人亲密无间、并肩上体育课的样子：“从我出国骂到我回国，被封了一次号还要继续骂，我又没有挡你的财路，你凭什么这么对待我？”

何筱筱的身形一顿，她愣愣地抬起头：“我没有……”

自己没有在她出国时黑她啊！

“不要看她了。”段白焰没给何筱筱解释的机会，两手把姜竹沥的脸转回来，强迫她看他，“她有我好看吗？”

他的手很凉，常年接触摄影器材，指腹长着小小的茧，在她的脸颊上来回摩挲时，弄得人心脏发麻。

“不是……”

姜竹沥陷在他的气息里，脑子里接二连三地炸开烟花，整个人都晕乎乎的：“她好像有话没说完。”

“就算有，也是废话。”段白焰的声音很温柔，“别看她，看我。”

姜竹沥不知道他受了什么刺激。

他微微低头，双臂落在她的身体两侧，看着她的眼睛，滚烫的气息近在咫尺。他以“壁咚”的姿势把她困住，似乎她只有“抬头看他并与他深情对视一分钟”才可以逃脱束缚。

姜竹沥屏住呼吸，视线慢慢向下滑。

她是个矮子啊，矮子怎么可能被“壁咚”困住呢？

段白焰的嘴角一动，他跟着她的动作，慢慢向下挪。

她挪一寸，他就跟着挪一寸。同速运动的物体相对静止，等她蹲到地上，仍然被他困在怀里。

逃脱失败的姜竹沥：“……”

他可真是长进了，以前她用这招，百试百灵，竟然会有被攻破的一天。

“你没说完。”段白焰凑近了，竟然连眼神也是柔和的，“你想让何筱筱怎么跟你道歉？”

他的声音很低，嗓子有些哑，极具诱惑力。

姜竹沥微怔，理智逐渐回笼，赶紧拒绝：“别，不用，你……你别打她！”

她至今还记得，他把林鹤按在黑板上摩擦的样子，就是因为他的战斗力太强，她才不敢让他碰任何与打架有关的事。

“我今天已经呛过她了。”她用只有他们两个人能听见的声音，小心地说，“她被气坏了。”

她想证明，她不是高中时的土拨鼠姜竹沥了，她一点都不胆小。

姜竹沥的皮肤很好，白里透红，眼睛亮晶晶的，却努力将自己缩成团，可爱得令人发指。

段白焰顿了顿，想到江连阙此前的话，决定顺着她：“不打。”

说完，他起身，将她也一并提起来。

“走。”然后他顺理成章地握住她的手，往外走去。

何筱筱站在原地，被他们这种亲密的举动刺痛，还没回过神。

夏蔚站在电梯口走也不是留也不是，见段白焰走出来，连忙欣喜地迎上去：“段……”

擦肩而过的瞬间，他瞥来一眼，止住了她的动作。

那目光凉凉的，眼神幽暗，深不见底。

夏蔚一个激灵，人生第一次，这样清晰地读懂一个人的目光。

——你和她，都给我小心点，可别栽了啊。

姜竹沥也不明白，这到底算个什么事。

不管她承不承认，何筱筱确实让她感到伤心了，她们的关系曾经那么好。

可当她晕乎乎地被牵着坐上了段白焰的车，才突然反应过来："江连阙的账号，是你在用？"

段白焰自己爆了"马甲"，现在再否认也没意思："嗯。"

"为什么？"姜竹沥一脸茫然，"为什么要这么做？"

算算时间，他从她出国起，就在看她的直播，并锲而不舍地为她打赏。

可她明明记得，他很不喜欢她做直播。

段白焰的性格别扭，什么话都爱憋在心里，偶尔挤一下，他才会往外冒一点点。

她那时不明白，只觉得直播露脸都是小事，以为他并不介意。

直到她逐渐有名气，被 JC 签约，他才终于暴露出一点点真实想法。他利用亲密关系来发泄情绪，一遍又一遍地逼迫她，重复同一句话："说，说你喜欢我。"

她累极了，迷迷糊糊的，不确定自己有没有照他说的做。

她只记得将醒未醒时，他从背后锢住她的腰，在她耳边发出叹息："一想到要跟别人分享你的脸，就想把那些人揍一顿。"

姜竹沥现在想想还觉得很可怕。

段白焰抿着唇，没有说话。

为什么要这么做？因为除了直播，他根本见不到她。不能把她抱在怀里，不能跟她做最亲密的事，也没办法在午夜梦回时喊她的名字。远隔重洋，他只能透过这么小的屏幕，得知她那里的天热天晴。

"想见你啊。"他没有看她，倚靠在椅背上，又重复了一遍，"想见你。"

语气轻缓而平稳，他像一只被抛弃多年的小动物，一直守在原地，等主人回来。

姜竹沥愣愣的，尽管不愿意承认，但她的的确确像过去无数次一样，再一次对他心软了。

姜竹沥没有回程西西家。

段白焰只提了句“睡衣总不能再还给熊恪吧”，她就非常乖巧地跟着他回了段家。

程西西恨铁不成钢：“你怎么就不长记性？”

姜竹沥默默听着，不反驳。

她从来没有否认过她对段白焰的喜欢，所以哪怕他只是抽风似的给她一点点甜头，她也无法招架。

“他受伤了，是因为我。”姜竹沥给自己找借口，“于情于理，我都应该留下来照顾他。”

“可你们的问题，还一个都没有解决。”程西西叹气，“竹沥，我从来不反对你们复合，可你们如果就这么莫名其妙地重新在一起，一定还会出问题的。”

“我们没复合。”姜竹沥虚弱地狡辩，“只是碰巧我家里出了事，他又受了伤，我就来短暂地照顾他一段时间。”

何况，他已经跟过去不一样了啊，哪怕这种转变太过突然。

更深层的原因，姜竹沥宁愿不去多想。

晚饭过后，她上楼帮他上药。

他受伤，还是她无意间发现的。

段白焰偷偷拿走了跌打酒，一个人在楼上抹药，可他的手臂又有够不着的地方，恼羞成怒踢了一脚床头柜，姜竹沥刚好路过，听见动静，连忙推门进去。

没穿上衣的段白焰：“……”

不知道应该直接进去，还是假装害羞捂脸跑掉的姜竹沥：“……”

但两个人迅速达成了共识，不告诉熊恪。

段白焰的父母婚姻不和睦，母亲不怎么喜欢他，生下他没几年就跟别人组建了新家。几个家族之间的利益纠葛像蛛丝一样缠绕在一起，只有段爸爸一人，从头到尾爱得真心实意。

可这世上求而不得的人实在太多了，不缺他这一个伤心人。在认清这个现实之后，段爸爸深表痛心，拍拍屁股也跑了，把儿子甩给了段爷爷。

所以放眼整个段家，唯一能让段白焰收敛戾气的人，就是从小将他养到大的爷爷。

“我懂。”姜竹沥表示理解，“大熊是你爷爷那边的人，如果他告诉了你爷爷，你爷爷也会担心。”

段白焰默认。

屋内窗户大开，花香从窗外飘来。

他裸着上半身，等她上药。

“如果觉得疼，记得告诉我。”姜竹沥把药酒倒入手心里，搓热了才往他身上按，看到他光洁肌肤上触目惊心的红痕，忍不住在心里感慨，这人的皮肤真是白，真像牛奶里泡大的小少爷，“我以前没怎么给别人用过这个，下手尽量轻点。”

段白焰沉默着，整个身体都无声地绷紧。

姜竹沥的手掌软软的，落在他的肌肤上，一冷一热，对比鲜明，让他有种想抱住她，在她身上蹭一蹭的冲动。

“你是不是冷？”姜竹沥十分细心，注意到他的动作，“把毯子盖上吧。”

段白焰微微垂眼：“好。”

他不喜欢身体接触是真的，但姜竹沥身上有种奇怪的魔力，他喜欢得不得了，一眨眼就喜欢了这么多年，也是真的。

一物降一物。

“你还和以前一样，不会照顾自己。”姜竹沥习惯了一边做事一边碎碎念，把毯子拉过来，将他裹成圆筒，“下次受伤不要再敷衍熊恪了，让周围的人帮帮你。”

哪有受了伤自己躲起来的道理。

段白焰没说好也没说不好，他身形一顿，抬起头，目光很柔和。

“怎么了？”

他认真地问：“你会帮我吗？”

姜竹沥哭笑不得：“我现在不是在帮你，是在干什么？”

“我是说这个。”

他握住她的手，放在毯子上。

姜竹沥一愣，好半天才后知后觉地脸红起来，又羞又恼：“流氓！”

四目相对，她不知道，其实刚刚他一个人坐在黑暗里，不是在偷偷擦药酒。

他拿着手机，点开JC直播的软件，将账号切换成“今天开始佛挡杀佛”，然后按了右下角的“注销”。

屏幕上弹出一句提示——注销账号将无法恢复，是否注销？

他顿了顿。

点击“是”。

他有一种预感，姜竹沥正在向他靠近，会像过去无数次一样，回到他的身边，她会妥协的。

姜竹沥逃离了段白焰的卧室。

家里的阿姨帮忙安排客房，她就在他隔壁的隔壁，玻璃落地窗前，风景极佳，能看到窗下摇晃的翠竹。

不用睡溜冰场，她十分欣慰。

躺在床上，姜竹沥却有些失眠，不知道段白焰怎么了，像一场毫无征兆的精神分裂。

在她的记忆里，段白焰连毕业照都是绷着脸的，仿佛天生就那副面瘫样，对谁都不耐烦，对谁都不上心。

两个人在高中毕业后决定在一起，那时并肩走在大学的校园里，看到别的女生坐在男生的车后座上，言笑晏晏地交谈着，骑车穿过水杉树下婆娑的光影。

幼稚的姜竹沥十分心动：“教学楼离宿舍区好远啊，每天走路就要走好久，我也想去买辆自行车代步。”

段白焰听出她的意思，不屑一顾：“十年前的电影就不演这种剧情了。”

更重要的是，他有跑车，为什么要用这种愚蠢的交通工具？

“那好吧，我自己买一辆。”姜竹沥有些失望，却不想这么快放弃，“以后我们一起去上课，我骑车走在前面，你就自己在后面跑。”

段白焰：“……”

他无法想象这个画面：“你有没有良心？”

十八岁的姜竹沥会撒娇，所以她无辜地眨了眨眼。

“想都别想。”段白焰不为所动，烦躁地皱眉，“不骑。”

姜竹沥决定生他三个小时闷气，为什么别人家男朋友都温柔可爱、善解人意？

气人。

第三个小时零一分，段白焰在她的宿舍楼下打她的电话：“下来拿吃的。”

姜竹沥本想说不去，可是大夏天的，外面热得要命，他如果等太久，就会成为蚊子的食物。

上次他被毒蚊子咬一口，脚踝都肿起来了。

姜竹沥想啊想，想啊想，决定先拿完吃的，等他回到了有空调的屋子，再专心致志地生气。

姜竹沥拿到东西，才发现竟然是一盒点心，他绕小半个城市，去买了姜竹沥心心念念却一直没吃到的那家网红店的黄桃蛋挞，挞皮松脆，松软可口。

她故作矜持：“别以为你拿这个收买我，我就不生气了。”

多大的事，不就是“作”吗，谁还不会？

“你爱要不要。”段白焰冷笑，“本来也不是特地给你买的，顺路而已。”

幼稚的姜竹沥还真信了他的鬼话：“你就……就不能哄哄我吗？”

段白焰身形微顿，目光落回她的身上。

他顿了很久，用可怜她的语气说：“人不能什么都想要。”

隔了这么多年，姜竹沥还记得那句话。

她把脸埋进被单。

段白焰这个人，表现出来的态度永远矛盾又纠结。

恋爱前他总是一副不耐烦的样子，她猜来猜去都猜不到他的想法，可等两人真正建立起亲密关系，他又表现出让人望而却步的控制欲。

所以她一直很容易被满足，也很害怕重来一次。

段白焰这晚睡得不好。

他做了一个可爱的梦，梦见他将她抱在怀里，浴室里水汽氤氲，他抬手擦去玻璃上的水雾，映出她手足无措却又挣脱不开，陷在他怀里，皮肤粉白，眼圈委屈得发红的样子。

他微微低头，吻落在她的脖颈间。

这种刺激的梦，让他的起床气都变重了。

“早上电影试镜，至于《止战》的演员安排，我前一天已经发到您的邮箱了，您可以初步把……”

“早餐呢？”他坐在餐桌前，沉郁着脸，突然打断助理的话。

正汇报日程表的助理一愣：“嗯？”

“我的早餐呢？”

段白焰垂眼看着桌上这一堆食物，又重复了一遍，表情变得更加难看了。

早餐不合主人的心意，私厨有些尴尬：“段先生，早餐是按照您以往的习惯做的，如果有什么不合心意的地方，或是特别想吃的东西，都可以告诉我。”

“我没问那个。”段白焰神情冷淡，“我是问，昨天做早餐的人呢？”

天哪，原来是这个。

私厨长长舒了一口气：“姜小姐的感冒没好，还在楼上休息。她说如果段先生问起，让我们代为转达，她病得很轻，也已经吃过药，想多睡一会儿，让您别去打扰。”

段白焰当作没听见，放下筷子，起身上楼。

姜竹沥不知道自己是怎么了，怀疑她有些水土不服，从回国起身体就不太好，明明以前那么棒的体格，现在站在江边吹吹风，都能烧上好几天，更烦人的是，一病就病得没完没了。

早上她爬起来，竟又发起低烧。

她向餐厅请了半天假，从包里抠出两颗消炎药混着冷水喝掉，又躺回被窝。迷迷糊糊的，她感觉有一只温热的手，落在她的额头上。

姜竹沥能猜到来人是谁，她将脸又朝被子里缩了缩，没有睁眼，瓮声瓮气地说："感冒，离我远点。"

带着一股薄荷味的气息慢慢逼近。

段白焰没说话，俯身用额头碰了碰她的额头，激得她无意识地一缩。

她生病了，体温升高，嘴唇的颜色更加鲜艳。

段白焰动了动喉结，慢慢扒开她的被窝的一角——

"嗯……"姜竹沥若有所觉，在他的嘴唇落下来的瞬间，若无其事地翻个身，避开他的亲吻。

段白焰的手僵在半空，她的身体在拒绝他。

他不明白，他已经按照江连阙教他的方法尝试着去做了，他已经用最大的耐心，试着妥协了。

她想要的不是这个吗？她为什么还没有变成过去那种温柔可爱的样子？

段白焰微顿，低声问："你接了周进的通告？"

"嗯。"姜竹沥眼睛半睁，小声地问，"怎么了？"

"为什么？"

"为了钱。"

她做网络主播收入其实不低，只不过这些年漂泊在外，大多数的钱寄回了家，她名下没车没房，不动产为零。

没有谁会拒绝钱，姜竹沥也不例外。这个网络综艺节目开出的酬劳，实在让她心动。

段白焰沉默一会儿，然后说："那你好好休息。"

许久，被窝拱起的那一小团里发出一声闷闷的"嗯"。

他离开卧室，关上门。走到楼下，沉默许久。

"如果她出门，像往常一样，找人跟紧她。"

段白焰垂下眼，藏住眼中翻涌的情绪。

“不管她去见了谁，见了多久……

“我都要知道。”

室内气温适宜，姜竹沥睡得熟，直到下午被何筱筱的电话吵醒。

她的烧退了大半，但脑子仍然不太清楚：“喂，您好。”

对方沉默了很久。

姜竹沥等了一会儿等不到回应，还以为是打错了，半闭着眼嘟囔：“您是不是打错……”

“姜竹沥。”

何筱筱突然开口，声音冷静而商务化，没有一丝飞扬跋扈的味道。

姜竹沥醒了三分，揉揉眼：“怎么？”

“我承认，同学聚会之后，我情绪不好，确实在你的直播间里发过不正当的言论。”何筱筱冷静地说，“但我也确实没有在你出国的时候黑你。”

姜竹沥不想听了，心烦。

“你想想，那时候你人都在国外了，我就算讨厌你，也不至于特地去外网黑你吧？更何况你那时候摆出一副不再回来的样子，我都以为你不回国了，干吗还费闲工夫去黑你？”何筱筱见她没反应，有些急了，“我不怕承认我做过的事，可我没做过的事，我一件都不会认。”

姜竹沥打了个哈欠，又困了。

“所以能不能拜托你劝一下段白焰，别把同行的路都堵死？”

姜竹沥很果断：“不能。”

自作孽不可活，何筱筱和她手底下的艺人都不是什么省油的灯，她吃撑了才管这种事。

“可你不想知道，那个一直追着你的黑粉是谁吗？”何筱筱咬唇，仿佛下定了决心，如果自己不顺心，也一定要给别人添点堵，“我有证据。”

姜竹沥问：“是谁？”

何筱筱挣扎一阵，压低声音，神秘地说：“段白焰。”

她话音刚落，电话里：“嘟嘟嘟……”

何筱筱：“……”

“信你个鬼。”姜竹沥直接关机了。

关机之后，她反而睡不着了，想起清晨，段白焰似乎想吻她。

姜竹沥垂下眼，莫名地感到无力，不知道该怎么处理这种突飞猛进的关系。

对于段白焰，程西西说的是对的。

她没有自信也没有勇气，踩着玻璃碴重新建立一段摔碎过的亲密关系。哪怕心想向他靠近，身体却还是不自觉地后退，她踌躇、徘徊，最终仍然选择逃避。

也许“你的身体倒很诚实”是真的，能阻止人做出不明智的选择。

她发了会儿呆，起床想做点吃的。

段白焰家的厨房是半开放式的，流理台明净漂亮。私厨看她起床，主动迎上来：“姜小姐，你饿不饿？想吃什么？”

姜竹沥受宠若惊：“不用不用，我自己来吧。”

私厨不知道她是美食主播，以为她是个漂亮的小明星。

“你不用跟我客气。”见姜竹沥开冰箱要拿鸡蛋，私厨连忙迎过来，“段先生的一日三餐都是我在做，不会太难吃的。”

姜竹沥知道，私厨这话没有别的意思，可她的手还是不自觉地顿了顿。

就一个愣神的工夫，私厨走过来想接她手里的鸡蛋，她下意识地朝后躲，手一滑，鸡蛋一下掉到了地上。

两个人为这个鸡蛋默哀了三秒钟。

私厨去拿扫帚，姜竹沥按照她指的方向去找拖把。

“楼梯拐角的小黑屋……”别墅很大，她一路向前走到楼梯拐角，环顾四周，只看到一间关着门的屋子，没有挂门牌，可门锁金光闪闪，散发着金钱的气息。

姜竹沥：“是这间吗？”

怎么不太像小黑屋？

她犹豫一下，试着拧了拧门锁，竟然拧得动。

姜竹沥推开门，被乍现的阳光刺得眼睛疼，抬手挡了挡。待适应了光线她才发现，头顶竟然是玻璃，阳光四散，折射出彩色的光。

她的视线向下，这似乎是间书房，房间不大，正中放着一张桌案，背后设有书柜，桌上的文件乱七八糟的，地上也飘着纸。

她看了看，确定没有拖把，正打算转身离开。风卷起一张纸，在空中打个旋，落到她的脚边。

她漫不经心地低头一瞥，看见上面的字。

——好喜欢甜甜。

不是一句话，而是一整页。

字体工整，整页纸密密麻麻，全部都是同一句话。

姜竹沥愣住，颤抖着攥着那张纸，走进屋。

每一张掉落在地上的纸，都跟这张一样，写满了——好喜欢好喜欢好喜欢……

在书案上堆起厚厚一沓，风吹过时，轻如蝉翼的纸慢慢落下，被吹到屋子里的各个角落。

姜竹沥的呼吸逐渐变得艰难，她在书案的另一摞纸上，看到了不一样的句子。

——你为什么追着我不放，你为什么追着我不放……

——有病，有病，有病……

一样密密麻麻地抄了一摞，让人眼花缭乱。

“今天开始佛挡杀佛……”她难以置信地捂住嘴，这是她和“那个人”的聊天记录啊。

——你为什么追着我不放？

——需要理由吗？

——有病。

确实不需要理由，因为这人是段白焰。

姜竹沥坐在书案后，心跳得快要蹦出来，脑子里一片空白，没有一点思考能力。

下一刻，她听见开门的声音。

慵懒、冷淡、带着点危险的声音响起："竹沥。"

含着她熟悉的、山雨欲来的气势，尾音微微上挑，明明是问句，却一点也不意外："你怎么在这儿？"

姜竹沥的脑子嗡嗡响，她下意识地说："我……我不是故意的……"

她迟疑着，背脊僵硬："我刚刚找拖把，不小心就进了这间屋子……"

段白焰的下颌绷紧，目光落在她身上，眼神深不见底，他一步一步走过来。

他刚刚回家，西装笔挺，领带打得一丝不苟，鞋踩在木地板上，发出沉稳的响声。

姜竹沥的手死死扣住椅子的扶手，突然不受控制地颤抖起来。

他现在这副胸有成竹慢慢靠近的神情，像极了四年前，他将她绑在卧室，在暧昧旖旎的光线下亲吻她，用低沉的声音在她耳边说："你是我的，这辈子也别想跑。"

她那时候喜欢他喜欢得瞎了眼，竟然连逃跑的念头都不强烈。

可是眼下，她痛恨自己的心软，不该留下来照顾他。

"你看到了。"段白焰不急不缓地在她面前停下，声音低沉。

他躬下身，手掌扣住她的手，慢慢凑近："害怕？"

"我……"

姜竹沥抬头对上他的视线，心跳快要突破极限。

何止是怕，她简直想夺门而出，把看见的东西全忘掉，当作什么都没发生，假装他一点也不偏执，一点也没毛病。

因为她总觉得，知道了就要负责，看见了就逃不掉了。

虽然她早就知道，段白焰没有安全感，从小到大对身边的事物控制欲很强，但时隔四年，她以为他已经好很多了。

他不再像过去一样自闭，愿意告白，愿意说想她，愿意表达，甚至是演技拙劣地模仿别人来撩她。

然而没有，一切都只是她以为。

他心头那把火从没有灭过，他骨子里仍然燃烧着让人战栗的控制欲。

她被骗了。

“我看到了那些字。”在他极具压迫感的沉默注视下，姜竹沥深吸一口气，努力放缓语气，小心安抚他，“你拿我的名字练字，我真的很开心，也很荣幸。”只字不提他用“今天开始佛挡杀佛”骂她的事。

段白焰微微眯起眼，故意问：“只是开心？”

姜竹沥脸上的笑容僵住了。

下一秒，她又见听他问：“没有特别想我吗？”

姜竹沥茫然无措，脸庞白净小巧，未退尽的低烧为两颊刷上一层浅粉色，睡衣毛茸茸的，一副人畜无害的模样。

段白焰的脑子里“轰”的一声，她这瑟缩的样子，激起了他的破坏欲。

“我……”

他掐住她的下巴，眼幽深得如同夜色：“我不喜欢听人撒谎。”

姜竹沥那句“我想你”跑到嘴边，又生生咽了回去。

段白焰了然地冷笑，既然被发现，那也没有必要继续装下去，何况她的身体不会骗人，她仍然在拒绝他。

“如你所见，我有一个这么漂亮的书房。”他将她按在铺着软垫的椅子上，强迫她抬头看他，“你是不是觉得，这样挺吓人的？”

“我没有。”视线交接，姜竹沥的背上冷汗涔涔，表面她仍故作镇静，“喜欢什么，是你的事。”

“好啊。”他微微低头，手扣在她细白的腕上，食指来回摩挲，说得随意，“我喜欢你，那你留下来陪我。”

姜竹沥的脑子里仿佛有什么东西一下子炸了。

她想立刻跳起来：“我不要！”却被他按在身下，动弹不得。

此情此景似曾相识，她装出的冷静瞬间瓦解：“段白焰，你别这样，放我走行不行？”

“你听话一点。”他置若罔闻，凑近她的脸，双臂一用力，就将她捞起来，放到了沙发上。

姜竹沥心里的不妙扩大，她不动声色地后退，他一点点地逼近，膝盖落到沙发上，留下两个小小的坑。

下一秒，他慢条斯理地解开领带，脱下外套，俯身压了上来。

他的呼吸声近在咫尺，姜竹沥恐惧极了。

他在她耳边低声说："我喜欢你，想你，想重新跟你在一起……我都告诉过你了。

"我甚至学了别人的方法。"

虽然模仿拙劣，撒娇撒得像大型精神分裂症发作现场。

"你为什么还是要走？"

姜竹沥颤抖着，说不出话来。

现在的段白焰跟四年前在山上治病时的他一模一样，冷漠、偏执、对认定的事抱着超出寻常的固执，没有任何人能说服他，任何一件事的发展超出他的预料，他都会变得阴晴不定。

"为什么我已经做到这种地步了，你仍然要拒绝我？"他叹息，为她的不清醒，也为自己耗尽的耐心，"我越来越无法想象，你出门的时候，有可能跟周进，或者别的男人在一起。"

他付出的越多，想要得到的回报也就越多。

可她没有给他想要的回应。

姜竹沥觉得他失去了理智，她的腿被他压住，她努力往后退，想避开他。

他欺身上前，低头，沉默地咬在她白皙的脖颈间，力道不算重。

"说。"但他垂下眼，还是看到了她脖颈落下明显的红印，"你喜欢我，以后不管发生什么，都不会离开。"

姜竹沥气急败坏，想推开他，可他的肩膀坚如磐石，她推得越用力，自己的肩膀就被他握得越疼。

她看着他，语气认真："我讨厌你。"

第八章

我也很疼

段白焰的身子顿住了。

“我给你一个机会。”他微微起身，面无表情，“收回上一句话。”

姜竹沥不想看他，可脑袋刚刚转过去一点，就被他强硬地掰住下巴，用力转回来。

段白焰看着她，目光幽暗，越来越危险：“收回去。”

“我……”姜竹沥倒吸一口气。

她退无可退，后脑抵住沙发，小声地说：“段白焰，你弄疼我了……”

他手上的力道丝毫没有放松，还在执拗地重复前一句话：“收回去。”

姜竹沥咬住牙关，沉默而倔强地看着他，抵在沙发上的双手无意识地握成了拳。

“你觉得疼吗？”他垂眼看她，眼睛深处有暗流涌动，嗓音发哑，“我也很疼。”

从段白焰有记忆起，他的生活就与疼痛和药物绑定在一起。

他是天生的过敏体质，又太早接触异种蛋白，得哮喘的概率本就比别人高，偏偏还遇上一对不负责任的父母，一场普通的感冒，就将他彻底击倒。

寒潮过境的第一天，老师提醒他们回家添衣，而他的母亲将一份文件砸到玻璃茶几上，拉开了那场漫长的离婚拉锯战的序幕。她与父亲争论不休，哪怕他躺在二楼，也能听到摔东西的声音。

他晕乎乎地听着，沉默着，反反复复地发烧。不知从什么时候起，他从药箱里拿出的那些胶囊和白色药片开始失去效用，肺里凭空生出一只无形的手，仿佛扼住他，不想让他呼吸。

他大口大口地呼吸，呼吸到脑子一片空白，背部也被扯得痛。他在床上蜷成一团，无论换成什么动作，都无法摆脱那种如影随形的痛。

段白焰在疼痛里失去意识，被送往医院时，心脏几乎衰竭。

段爷爷雷霆大怒，紧要关头仍然克制着怒气，询问他的意见：“你爸妈要离婚，你跟谁？”

他神情淡漠，目光微微向上移动，他那高高在上的爹妈，此时此刻正神情紧张地站在床前，等他做决定。

他想也没想地翻过身去：“都不要。”

他睚眦必报，放弃他的人，他一定也要放弃对方。

从那时起，段白焰开始频繁地进出医院，接触各种各样没听过名字的药物，时不时地去做雾化。

进入青春期之后，每次做完雾化，他都会做梦。

梦里的场景千奇百怪，光怪陆离，他受到启发，伸手捕捉那些光与影。

这些游离于现实边际的梦境，在很多年后成了他创作的素材，那些人夸他拥有“鬼才般的创造力”，于是记者也问：“段先生，您这些奇妙的想法，都是从哪里来的？”

他说：“来自疼痛。”

进入少年时代，这些怪异的梦开始褪色，他走过终年不散的大雾，第一次在梦中见到现实里的人。

一个女孩，一个精致好看、皮肤白皙的矮子。

她被他困在身下，声音偶尔带着哭腔，指甲也会不受控制地陷入他的肩膀。

她的眼睛很漂亮，蒙着一层干净的水雾。用力时眼眶发红，一不小心就显得委屈，好似在撒娇：“你还没记住吗？我的名字，在中药里是治咳嗽的呀。”

他在梦里喘着气，一遍又一遍地看清她的脸。

从那个时候起，他开始感受到疼痛带来的快乐。

“我做了很多事……”

意识回归现实，梦境中的脸和眼前的人慢慢重合，段白焰眼神幽深，他突然松开她的下巴。

他抬手，指尖落在她的额头上，顺着她的脸颊一点点向下，眼角、颧骨、下巴……勾勒出这条线。

最后手指落在她微微颤抖的唇上。

“你好像都没有感受到。

“疼痛很好。”他慢慢说，“它能让不愿意清醒的人，重新活过来。”

他的手指太凉，姜竹沥全身发烫，她很想挣脱他，可手腕已经被捏出红印，他仍然没有放松力道。

“竹沥。”段白焰察觉到她的挣扎，低声叹息，“乖一点。”

姜竹沥刚刚皱眉，段白焰就凑过来，咬住她的下唇。他咬得很用力，口腔中慢慢弥漫淡淡的血腥气。

姜竹沥的脑子“轰”的一声，提腿就要踢他。

“之前又不是没吻过，”段白焰嘴角微动，好像在嘲笑，“现在不行？”

姜竹沥气得眼眶发红：“怎么会一样？我们那时候……”

段白焰按住她的后脑，吻了上去。

她的后半句话都被他吞进腹中，她徒劳地挣扎着，唇齿相依，听见他极低的叹息。

“姜竹沥。

“你不该这么对待我……”

姜竹沥的心跳加速，无用地抵住他的胸膛，手脚慢慢失去力气。

氧气稀缺，她恍恍惚惚地听见另一个声音。

——你知不知道，我为你放弃了多少？我放弃了我的芭蕾舞梦，放弃名留青史的机会，放弃了更好更高的舞台。

——你怎么能用这种成绩回报我？你怎么能这么对待我？

——姜竹沥，你一点都不听话，你对不起我。

姜竹沥的眼前陡然漆黑，她像被放了气的气球，软绵绵地倒进他怀里。

她再醒过来，已经是晚上。

天一片漆黑，月光如同流水，斑驳的光影在床单上游移。

姜竹沥睁开眼，太阳穴仍然突突地跳，她像是被人吊起来打了一顿，累得连胳膊都抬不起来。

屋内没人，她微微抬眼，今晚的月亮格外明亮，银白色的光芒透过竹影滑进来，落在点滴的金属架上，细软的管子连着她的右手手背，袋中的药物已经滴完一半。

可真是妙极了，她讽刺地想。

她从一只畏缩的土拨鼠，成功成了一个连接吻都会昏过去的“弱鸡”少女。

姜竹沥口干舌燥，想起身倒杯水。

突然听到门锁“咔嗒”一声，她赶紧重新躺回去。

黑暗中，姜竹沥的五感变得敏锐，她察觉到一个黑影缓慢靠近。

他似乎站在床边，盯着她看了一会儿，然后抬手调了调点滴的流速，在她身边坐下。

床榻微微下陷，姜竹沥有些紧张，一动也不敢动。这样对峙了几分钟，她有些坚持不住，想抬手挠挠脸。

突然有人伸出手，碰碰她的睫毛，饶有兴致地上上下下，拨来拨去。

她痒得难以忍受，猛地睁开眼：“摸你自己的啊！”

屋内月光流散，段白焰换了件常服，白色的T恤，质地柔软的浅色长裤，他仍然神情疏淡，让人难以招架。

段白焰收回手，嘴角微动，不知是讽刺还是笑意：“它在抖。”

姜竹沥：“……”

他故意的吧。

他言简意赅：“饿不饿？”

“……”

“说话。”

“不饿。”她大半张脸埋在棉被里，声音细如蚊蚋。

段白焰微微点头，没有过多纠缠。他起身拔掉一旁刚刚充满电的热水袋，掀开被子爬上床，按住暴动的姜竹沥，动作一气呵成。

下一秒，热水袋不远不近，落到距离她小腹半掌宽的地方。

姜竹沥愣了一下，例假前两天，她总是会肚子疼。忙着跟段白焰斗智斗勇，连她自己都忘了身体的信号。

这股热气恰到好处，可他的双臂在她腰间，侵略性太强，仍然令她畏惧。

她试着动了动，就立刻得到段白焰的沉声警告："别乱动。"

姜竹沥不敢动了，可过了一会儿，她又实在忍不住："明天……我要出门。"

"去哪里？"

"去工作。"

"做什么？"段白焰神情闲适，胸腔微动，"跟周进去做他愚蠢的美食综艺，还是回 JC 做直播，或者去西餐厅接单子？"

"都要。"

"现在你的手机在我手里。"他冷静地提醒她，"所以你再也不用去了。"

姜竹沥愣了一会儿，才反应过来他在说什么。她睁大眼，瞬间气炸："你凭什么替我做决定？"

"你需要休息。"他不容置喙。

她的身体状态很糟糕，免疫力低下，精神状态差，高烧反反复复，感冒一直不见好转。

"那我也要工作啊！"跟段白焰的关系里，最让姜竹沥心碎的是，她每天都在固化这个"自己跟他无法沟通"的想法，"你完全不在意我的想法？"

"工作不就是为了钱吗？"段白焰的声音透着冷意，"你喜欢劳动，可以来演电影。"

她做他的女主，戏少，薪酬高。

"我不想。"

他比她想象中固执，她比他想象中倔强。

段白焰低声道："今年我没有过中秋。"

姜竹沥身子一僵，怒意渐渐消散，心情复杂地想起往事。

高中时有一次，中秋节大家是在学校里过的。班主任很兴奋，买了月饼、甜点和一箱乱七八糟的小零食，在班上举行小型的猜灯谜活动。

姜竹沥帮忙布置教室，提前看到了所有灯谜的答案。活动开始时，每公布一条谜面，她就对应着小声念一条答案。

段白焰奇怪道："你全都知道，为什么不去抢奖品？"

"我提前看过答案呀。"虽然凭她的能力也能猜到谜底，但她还是觉得自己应该避嫌，"还是不参加活动比较公平。"

段白焰没说话，公布下一个谜面的时候，他突然起身，平稳地念出一个答案。

班主任和同学惊奇地睁大眼。

他平日里独来独往惯了，上课提问从不举手，集体活动都能逃就逃，没想到会来参加这种幼稚的小游戏，而且他给出的是正确答案。

不止这一个谜面，之后的每一个谜面，他都能猜到答案。

班主任大笑："段同学猜谜这么厉害，今晚要十连击了。"

抢答游戏拼的是速度，他的脑子转得快，赢得根本毫无悬念。

他指着装零食的纸箱问："能拿多少？"

"就那一箱零食，"班主任笑道，"能拿多少拿多少。"

众目睽睽之下，段白焰面无表情地走出去两步，突然又回过头："你喜欢什么？"

姜竹沥一愣："啊？"

段白焰没有多说，转身大步走到讲台上，抱起整个纸箱。

班主任想拦："那个……"

当着所有人的面，段白焰神情寡淡地走回姜竹沥面前，把所有的零食和糖果，一股脑倒到她的桌子上。

姜竹沥一脸错愕地抬起头，见他居高临下，一如既往地不近人情。

这个人，就是这个人。

他停在十六岁的她面前，语气低沉："给你挑。"

姜竹沥至今记得她当时挑的零食，是一种尖尖的酸角糖，长得像她那颗不听话的小虎牙。吃起来酸酸甜甜的，一袋能装很多个，她周围的每一位同学都被分了一把。

她也想分给段白焰，只不过手还没伸出去，就被对方冷声制止：“我不吃糖。”

她有些失望地“哦”了一声，收回手，想了想，不死心，趁他去办公室拿书，偷偷地往他背包的夹层里塞了两颗。

结果被他发现了。

他捏着那两颗糖，放在指尖转了转，似笑非笑地说：“这是在表达感谢？”

姜竹沥原以为他会生气，结果他没有，于是乖巧地点了点头：“嗯。”

段白焰胸前微动，她猜他发出了一声冷哼。

他拿着两颗糖，思索了一下，慢慢道：“那帮我打一周午饭吧。”

姜竹沥很喜欢那袋糖，所以她没有拒绝。

他将自己的校园卡交到她的手上，她每天中午都很顺路，打包两份一模一样的饭，带回教室一起吃。

最后一天，段白焰临时被召唤去参加省里的物理竞赛颁奖仪式，一直到中午都没有回来。

姜竹沥有些犹豫，发短信问他：“今天还要帮你带午饭吗？”

一直到食堂的队伍由长变短，他都没有回复。

姜竹沥犹豫不决，想来想去，用自己的卡刷了两份饭。

回教室的路上，她遇到程西西，交谈几句，对方笑道：“管他干什么。”

“我刚刚从办公室回来，听到班主任在跟物理老师打电话，让他带获奖的学生顺路去外面聚餐。”她一副理所当然的表情，“所以，他肯定吃过饭了啊。”

姜竹沥又纠结起来，按照段白焰的性格，会不会觉得她很烦，或者很多事？

她一个人吃完午饭，直到快要上课，都没有收到段白焰的回信。

打过第一遍上课铃，姜竹沥默不作声，将外卖纸盒放到垃圾桶旁。

“他不喜欢别人擅作主张。”她小声说，“让我们一起假装这一切都没有发生过。”

下了下午第二节课，段少爷终于来了，他的表情不太好看，一点都没有得奖该有的样子，坐下来的第一件事就是检查抽屉，然后脸色又黑下去两个度。

姜竹沥正趴在桌上补觉，半梦半醒间，见段白焰举着电量耗尽的手机和充电宝，低声问：“我的午饭呢？”

“你们不是去聚餐了吗？”姜竹沥一下子清醒了，又觉得奇怪，“这都下午三点半了……你没有吃午饭吗？”

段白焰绷着脸，没说话。

“你没有回我消息。”姜竹沥解释，“我不知道你到底需不需要，所以就没有……”

“我吃过了。”

他语气冷淡地扔下四个字，转过去，一副不愿意理她的样子。

姜竹沥：“……”

那他还生什么气？这个人真是莫名其妙。

夜色深沉，姜竹沥背对着他，被他按在怀里，他的气息灼热。她一动不动地睁着眼，想起自己当年的想法。

段白焰这个人从一开始就是这么无情无义、无理取闹，可真是宇宙第一讨人厌。

清晨六点半，段白焰准时醒过来。

他工作日的行程通常排得很满，平时起床也很早。

可这天似乎不太一样，他一睁眼，就发现怀里窝着一团有温度的东西，背对着他，逃避现实似的缩在被单里，睡衣毛茸茸的，露出的耳朵白里透红。

段白焰的喉结不自觉地动了动，一条胳膊还挡在她的小腹前，他前一晚起身换过两次热水袋，不知道是他的动作太轻还是她睡得太沉，她一直没有醒。

他的身体一顿，突然不想动了，他能不能旷工？

不等他做好决定，姜竹沥也醒了过来。

段白焰是起床气重，她是刚醒来时脑子发蒙，她正在脑海中搜索自己目前的状况和所在地，背后就响起一个冷淡的声音："醒了？"

她眼前的画面逐渐清晰，人也慢慢清醒过来，动动手指，企图假装没醒。

于是段白焰又说："起来。"

姜竹沥沉默两秒，慢吞吞地说："嗯。"

"来。"段白焰很自觉，穿好衬衣，朝她张开双臂，"打个领带。"

"我只会系红领巾。"

"那就系红领巾。"

早知道她就说自己只会系蝴蝶结。

于是，段白焰戴着一条被系成红领巾样的领带，去参加了业界大佬的摄影展。

他大学时辅修摄影、重视构图，这个习惯被沿用进电影，画面总是漂亮方正。所以对于这场圈内前辈的摄影展，他十分上心。

姜竹沥新鲜极了，她平时自己一个人，没什么机会去参加这种展览。

原以为段白焰已经丧失神志，没想到他竟然带着她出门了，她惊奇且欣慰，盯着每张照片仔细看。

段白焰站在她身边，默不作声地听着旁人解释这些摄影图的结构与立意。

解说的人兴致高涨，他沉默地看着专心致志的姜竹沥，突然有点烦。

她的目光又被别人吸引走了。

"别说了。"段白焰沉声道，"我自己看。"

解说的人悻悻地离开。

这家伙一天到晚跟个小姑娘似的，连生气都没有理由……

"姜小姐？"

她正在心里碎碎念，背后响起一道男声。

场馆内限流，游人不多，长长的走廊上光影寥落。

她微顿，转过脸，竟然是周进。

“没想到在这儿遇见你。”周进的眼睛一亮，“有段时间没见你了，你还好吗？我给你打过电话，你是不是没接到？”

段白焰看过来。

周进欣喜万分，像是没有看见姜竹沥身边面色不虞的男人：“我前几天想跟你聊聊综艺的事情呢，第二季要在第一季的基础上拓展地图，不知道你有没有什么新的想法……基本上确定了第二季的成员名单，很想听听你的意见。”

姜竹沥也很想告诉他，她现在被一个神经病监视，怎么可能接到他的电话。

“我……”她正要开口。

“周先生。”段白焰打断她道，“我记得竹沥说过，不想参加你的综艺。”

姜竹沥：“我没……”没有不想参加。

“我想当面确认一下。”周进抬眼与他对视，笑道，“这年头了，手机短信怎么能信。”

他意有所指，却丝毫没有对段白焰和姜竹沥的关系表现出好奇。

段白焰目光微沉。

“姜小姐。”周进见段白焰不说话了，对姜竹沥摆出一个“请”的手势，“我们找个地方坐下来聊吧。”

姜竹沥差点就点头了。

“不准。”段白焰眉峰微聚，扣住她的手，“跟我回去。”

他带她出来，本就是临时起意。

姜竹沥的精神状态很差，偏偏她自己一点也不知道。他徘徊在纠结的边缘，不知道该不该帮她。

也许他不帮她……她对自己的依赖性会更强。

成年之后，唯一一件让他有信心的事情是，他有能力完完全全负担起另一个人的人生。哪怕她什么都不会，他一样能让她生活得很好。

所以他巴不得她什么都不会。

周进笑了："我没有问你。"

他四两拨千斤，段白焰的每一拳都打在棉花上。

周进将目光落回姜竹沥身上："姜小姐？"

姜小姐正在想，怎么才能暗示周进，让他集结力量来拯救被软禁的小网红？她尝试了几个表情，周进一头雾水。

但段白焰注意到了，他面无表情，死死地扣住姜竹沥的手，是一个十指相扣，决不让步的姿态。

"段……"她想甩甩不开，"你别这么用力……"

段白焰没再管周进，拽住她转身想离开。

姜竹沥有些跟不上他的脚步："你能不能稍微……稍微……"

——稍微放开我一点，稍微宽容一点。

"不能。"

姜竹沥掰不开他的手，这种被束缚的无力感熟悉无比，如潮水般将她包围，她急得想哭。

下一秒，温热的液体坠落，掉到他的手上，不是眼泪，是一滴血。

很快，第二滴、第三滴……

姜竹沥低下头，鼻血一滴一滴地滴到他的手上和地板上。

段白焰愣了愣，回过头，看到手背溅起血花，心里一惊，扶住她的肩膀，想让她抬头。

"竹……"

"我没事。"姜竹沥低着头用手背抵住鼻子，拽住他，"你不要为难周进。"

段白焰的眼神深不见底，她竟然猜透了他的想法。

"我们……"姜竹沥低着头，深吸一口气，"段白焰，我们谈一谈。"

段白焰感到新鲜，认识姜竹沥这么多年，她在人前永远积极向上、乐于助人，表现得活泼乐观无可挑剔，装得跟真的似的。就连他们分手，他威胁她，要是敢走就再也别回来，她也一句话都没有多说。

仔细回忆一下，她还真是头一次这么认真又平静地跟他说："我们谈一谈。"

可他不想谈，也没有放手，只是皱着眉，吩咐熊恪去开车："车开过来，去医院。"

"我不去。"姜竹沥一只手挡着鼻子，血一滴一滴地顺着指缝往下流，她想要挣脱他，"你放开我。"

段白焰的火气上来了："你都这样了，不去医院还想去哪里？"

"我去哪里……"她无力摆脱，气得眼眶发红，"关你什么事？"

周进一路追上来。

"姜小姐，你包上的挂坠掉了。"

他伸出手，想把那只懒洋洋的毛绒兔子还给她。

段白焰皱着眉，一把抢过来，作势要将它扔远。

姜竹沥连忙趁机抽回自己的手，往后退了两步。

"姜小姐？"周进有些讶异，这才看见她手上的血渍，连忙抽纸递给她，"你还好吗？"

"我……"

她后半句话没说完，头就被一股大力按住。

他强迫她抬头，眼底有燃烧的怒意："不关我的事？"

"段白焰。"姜竹沥和他平静地对视，"你清醒一点，我们分手很久了。"

段白焰被气笑了："自欺欺人有意思吗？那你为什么要回来？"

鼻血迅速浸湿了周进递来的纸巾。

姜竹沥微微仰头，安静地看着段白焰，目光仿佛穿透了十年光阴，望见十年前那个乖张叛逆的少年。

那时候他也是这样，被她追着跑，摆出不耐烦的模样，真正建立起恋爱关系之后，却又把她当成他的所有物，表现出不同寻常的控制欲。

反正先动心的人是她，先说喜欢的人也是她，那无论他怎么对待她，都没有关系。

她不会离开的，她只会一遍又一遍地妥协。

出国之后，姜竹沥一直在猜测他是不是真的这样想。

那段恋爱关系里，段白焰从没说过喜欢她，却很喜欢干涉她的生活。上一个这样对待她的人，是她的母亲。

姜妈妈总说为竹沥付出了很多，姜竹沥认同她的说法，于是活得战战兢兢、小心翼翼，为了几句无关痛痒的夸奖，不敢出一点差错。

这种刻在骨子里的感觉被带进恋爱关系里，她变得不敢违背段白焰，哪怕他的某些决定让她感到不悦。

她知道根源，却无法改变。

以明含的死为契机，她决定永远离开这段关系，可重逢时，他只是将态度稍稍软化一点点，她就无法招架。

她仍然喜欢他，也仍然无法改变他，二者遥相呼应，构成她无可救药的原罪。

“对不起。”姜竹沥沉默了一下，疲惫地叹息，“是我误会了你。”

误会他不再那样强势，学会了交流，懂得了如何尊重她，误会他发生了改变。

她想起自己曾对程西西说，维持亲密关系最好的方法，是不对另一半产生期待，可真正落到她的头上，她同样无法制止自己对段白焰产生期待。

她希望他宽容，希望他大度，希望他变得温柔，却一次又一次地落空。

段白焰不明白，双眼一眨不眨地盯着她：“什么意思？”

“意思就是……”她轻声道，“对不起，我还是喜欢你。”

段白焰一动不动。

她深吸一口气：“但我以后会很努力很努力地学着不再喜欢你。”

“你……”

“对不起。”姜竹沥第三次道歉，嗓音柔软，态度谦和。

落到段白焰眼里，却怎么看怎么刺眼，他想让她闭嘴。

“很抱歉，我还是在期待你能跟我交流。”但“交流”作为一种手段，本身也是为了达成“改变”，“你既然不喜欢，那我们以后都不做了。”

“我……”

段白焰的感觉很糟糕，哪怕四年前，他都没有这样强烈的感受，仿佛一旦这次放她离开，她就再也不会回头。

“佛挡杀佛的账号已经封了，何筱筱短时间内也不会再来找我麻烦。”血小板缓慢地凝结，姜竹沥的鼻腔内残留着一股血腥味，“你以后不用再精神分裂用两个账号想方设法地给我送钱了。”

段白焰的身体一僵。

“跟踪器和望远镜，也没必要再放在我这儿。”她轻声道，“让房东也回来吧，他手上还拿着我的押金。”

段白焰彻底陷入沉默，像第一次见面一般，重新打量眼前的人。

这个姑娘，这个洞若观火的姑娘，从一开始就把他的欲望与企图看得明明白白。

他想占有她、控制她、拥有她，以一种获胜者而不是陪伴者的姿态。

可她仍然愿意靠近他。

“你说你喜欢我，其实你喜欢的只是想象吧。”姜竹沥轻声说，“你喜欢你想象中的那个玩偶，那个任你摆布的洋娃娃。”

就像他从小到大都在期待的，万般顺从、绝对不会有任何意外的安全感。

哪怕他短暂地退步，表现出妥协，也只是为了最后的胜利。

一旦他尝试着改变，却没从她那儿得到想要的回应，就变本加厉，想将自己的付出讨要回来。

“可我不是洋娃娃，也没办法活成你想象的样子。”

姜竹沥目光平静，想起大学时老师说过的话。

家庭的魅力在于，人们总是想逃离，又总是被困其中。

她从来不能下定决心，不管对待母亲，还是对待他。

段白焰舌根发苦，他尝试过很多种方式接近她，无论是开车跟踪，还是在她家对面放望远镜，都没有用。

他一遍又一遍地被迫面对这个事实，她曾经属于他，也愿意接近他，但现在不是了。

他身边所有的东西都像流沙，他握得越紧，就走得越快。到头来，他无能为力，什么也留不下。

姜竹沥的胳膊一点一点从他的手中抽离：“段白焰，我的话说完了，放我走。”

不！

段白焰死死地盯着她，脑袋里只剩这一个字。

他被打回原形，仿佛回到遥远的童年。母亲执意要走，父亲苦苦哀求，而他坐在二楼的走廊上，沉默地看着，听见母亲冷笑着说：“你怎么这么贱？”

段白焰的嗓子发涩，他张不开嘴，说话也变得艰难：“如果你现在走……”

——就不要再回来。

后半句话，他无论如何都说不出来。

他希望她回来，四年前就希望。

姜竹沥停了一下，轻声打断他：“段白焰。”

他抬起头。

“你也就会欺负我。”她的声音很轻，有些委屈。

她像四年前一样，没有回头。

段白焰一个人在画廊里坐了很久，从阳光热烈，坐到日暮黄昏。

他这个样子，熊恪简直不能更熟悉了。

仿佛一夕穿越回了四年前，他红着眼眶赶姜竹沥走，人家真走了之后，他又回到病房门前，坐在她坐过的地方，面无表情、一动不动地待到深夜，仿佛要羽化登仙。

熊恪纳闷得不行。

按理说，段白焰吃的亏也不少了，怎么一点长进都没有？

“大熊。”

段白焰突然开口，把他吓一跳：“嗯？”

“我做错事了吗？”

熊恪有些犹豫：“想听实话？”

“嗯。”

“你活该，自找的。”

段白焰："……"

"四年前，你们分手，你在病房里吸氧，姜小姐就一个人坐在外面哭。"

熊恪回忆当年，仍然感到手足无措。熊恪没安慰过女孩子，站在旁边不知道该怎么办，索性打电话把自己的弟兄全叫了过来，一排黑衣大汉，排着队给姜竹沥递纸。

她哭得神志不清，上气不接下气地感谢他。

"我那时候搞不懂她在哭什么。"熊恪道，"现在想想，也许能明白了。"

那应该是她第一次这样清醒地认识到这段关系，选择权看似在她手上，其实他步步紧逼，他一直在逼她低头，逼她妥协。

偏偏她又舍不得放手。

段白焰有些错愕："我从没听你提起过。"

"你也没问过。"熊恪提醒他，"你从不在别人面前，提'姜竹沥'这三个字。"

段白焰的占有欲夸张到不想让别人知道她，这样的爱情经不起推敲。

段白焰突然感到难过："我是不是没有机会了？"

这么多年，熊恪看着他从一个志得意满的少年，成长为一个可以独当一面的男人，却从没见过他流露出这样茫然的神色，茫然到无助。

熊恪心里一软："那倒也不一定。"

"毕竟我们……还有这个。"他犹豫片刻，拿出了姜竹沥的手机。

程西西在第二天清晨，收到一个同城快递。

是姜竹沥的手机。

程西西感慨："段白焰也太'狗'了，莫名其妙地把人带走几天，病恹恹地送回来，连部新手机都舍不得送？"

姜竹沥有些意外，以为他不会还，甚至打算买新的，不过这样正好，又省下一笔买手机的钱。

去医院的路上，程西西一只手撑着下巴，上下打量她，半晌，得出结论："你瘦了。"

姜竹沥不信。

“你现在这个样子，上镜肯定比我好看。”

“你还在减肥？”姜竹沥笑了，“真是执着。”

“有没有听过名言？要么瘦，要么死。”

这话姜竹沥不赞同。

程西西早年做吃播弄坏了胃，时不时要犯病，姜竹沥怕她节食节出命案：“按时吃饭。”

小闺密笑眯眯地应下。

姜竹沥去医院做了个体检。

她的烧差不多全退了，只是扁桃体仍然又疼又痒。头疼的是她此前流鼻血，且高烧与感冒都反反复复，她很担心自己命不久矣。

好在体检报告出来，没什么大碍，只是病毒性感冒。

医生看了她的用药史，给她开了几味清热降火的药，特别叮嘱：“有空的话，多运动一下，不要想太多。”

她讷讷地应下：“嗯。”

拿出手机，她正想记药，屏幕上突然弹出一个对话框，继而接二连三地跳出清热降火的菜谱。

“欸？”她愣了愣，点进去，发现是微信上一个陌生人发来的。

白色头像，名字是原始代码，朋友圈里什么都没有，一个三无小号。

这部手机虽说在段白焰手里待了几天，可他除了企图帮她辞职并推掉周进的综艺节目，并没有动过其他的数据。

姜竹沥实在想不起这人是谁，试着问了问：“你好，请问你是？”

对方迟迟没有回。

她猜可能是个卖保养品的人……于是改完密码，删除了对方的账号。

段白焰在床上辗转反侧，不是很明白，床为什么突然变得这么大？

他好难受啊，忍无可忍地坐起来，挠挠头，心想，这是个什么事，熊恪出的都是什么鬼主意？

别说给姜竹沥发菜谱了，他就是死在外边，从这里跳下去，也不会再向她低一次头。

下一秒，放在桌上的手机一阵振动。

段白焰蹿起来，心想，姜竹沥一定很感谢他。他一定会坦然地接受感谢，不骄不躁，再接再厉。

他按亮屏幕，弹出一条：“甜药开启了好友验证，你还不是他（她）好友。请先发送好友验证请求，对方验证通过后，才能聊天。”

第九章

大话骰

姜竹沥向餐厅请了长假，综艺录制要全程跟组，拍摄地在琢光山度假区。

程西西帮她收拾行李，叮嘱来叮嘱去，还是有些不开心："夏蔚和何筱筱竟然都在，这是什么魔鬼综艺啊？早知道我也留在第二季了，万一她们发疯闹事，还能多一个人帮你打架。"

姜竹沥笑了："我也不是小孩子了，见招拆招嘛。"

她这一走一个月，程西西也有自己的工作，要跟组拍电影。这段时间家里没人，怕房间里的东西落灰，索性将她的摆件都收了起来。

"你看看还有没有漏掉的……"打包好行李，收拾完摆件，程西西环顾四周，十分眼尖地捕捉到漏网之鱼，"等等，你床头柜上还有个球。"

姜竹沥回头，看见摆在床头的藤球灯，她踌躇一会儿，拿了起来。

着火时，这盏灯被放在厨房，没能幸免，几乎烧掉了整个底座。

程西西帮她收拾出租屋时，差点当垃圾扔掉，还是她手疾眼快拦下来。

小闺密超级嫌弃："它都被熏成炭了，连底座都没了！你怎么这么抠，再买一个不行吗？"

而今看着这个丑陋的球，姜竹沥仍然不知道该怎么解释。

她用旧报纸包起来，轻轻放进箱子里。

"就放这儿吧。"反正也不能用了，好歹她喜欢他那么多年……

她垂眼看着它的纹路，默不作声地想，就当是给自己留个念想，以后再也不回头了。

“长平一战，俘虏三十九万。”

取景器上，白起身着战袍背对营帐，语气和缓：“大王下旨之前，给俘虏的口粮尽量少，无论如何，先保全我们自己的兵士。”

“白将军。”另一位将军问，“我们不能从这些降俘中挑出一些，补充自己的队伍吗？”

《止战》的拍摄现场，空气中热气流动。

饰演白起的演员正要开口。

“卡。”

段白焰一脸焦躁地打断，这是他今天上午第十七次喊“卡”。

剧组上下人心惶惶。

“段导段导。”助理抱着保温杯小跑过来，“要不要歇一会儿？”

秋老虎热得厉害，水中有冰块，还加了降火的茉莉花、冰糖和枸杞。

可段白焰仍然浮躁，他捏了捏眉心：“今天先到这儿，夜场不拍了。”

多拖一天多烧一天的钱，助理抬起头，求助地望着熊恪，后者眉梢微挑，无所谓地摇了摇头。

反正段白焰有钱，让他尽情“作”，能帮的熊恪都帮了，一点没藏着掖着。可惜小少爷是个“注定孤独一生”的命，他拦都拦不住。

助理没办法，只好重新修订日程。

段白焰坐在原地，倍感疲惫，闭目坐了一会儿，低声道：“大熊……”

“我在。”

“我……”他怎么办啊？

他欲言又止。

熊恪努力不笑得太明显：“这才刚开始。”

你作多少孽，就会得到多少孽力反馈。

“耐心一点。”他轻声道，“也许，你能找到适合你的方法，把她追回来。”

段白焰感到郁闷，他好像在一夕之间回到了先前的状态，衣服渐渐变大，床慢慢变宽。他一个人坐在藤椅上，对着后院的竹林整宿整宿地发呆，许愿一觉醒来，可以忘记没有良心的姜竹沥。

可愿望从没实现过。

他只能情真意切地小声感慨："我一定是全天下最可怜的人。"

熊恪正想给他一耳光，让他认清眼前严峻的形势与残酷的现实。助理风风火火地又跑了回来："段导段导。"

段导岿然不动，稳如老狗。

"刚刚周进导演打电话过来，问您有没有兴趣参加他那个综艺节目。"助理说，"他说他们第二季的基本形式定下来了，其中几个单元可能会邀请一些圈子里的明星大腕过去互动，问您有没有兴趣。"

段白焰想也不想，没好气地说："没有。"

其实早在入圈之前，他就知道周进，没什么复杂原因，这人跟他同校，是他的学长。

可是过完昨天，周进身上又多了一个恶毒的评语：多管闲事的野男人。

要不是周进那条导火索，没准儿姜竹沥不会走。一想到这个，他就对这位学长恨得牙痒痒。

"好。"助理点了点头，"我这就去回他。"

下一秒，段白焰突然想到什么："等等。"

"嗯？"

"周进的综艺，是《今天我也很甜呀》？"

"对，正打算录第二季。"

"拍摄地在哪儿？"

助理微怔："琢光山度假区。"

段白焰掐指一算，自己在那儿好像还有套房。

他突然有了新想法。

"走。"他站起身，拿起外套，"天凉了，该让周进破产了。"

姜竹沥第一次录制节目，对什么都感到新鲜。

琢光山隶属彼西山群，枕山面海，风光俱佳。民宿建在半山腰，再往上，种植着大片大片枫树林，连同林中那几座幽静隐匿的小院，都是某些富豪的所有物。

她拿着小望远镜偷窥山上的尖顶小房子，倪歌站在案板后切莲藕："竹沥姐，来看看，有没有你想吃的东西？"

倪歌是她录制期间的室友。

这档综艺除了邀请包括姜竹沥在内的几位西点师，还带了两个流量明星，一个是夏蔚，另一个就是倪歌。

夏蔚是什么人，姜竹沥早就见识过了。

有意思的是倪歌，别人在圈子里顺风顺水，要么是有后台，要么是实力硬又顺风，而她……她顶着"学霸"的名头走红，除了深厚的古典舞功底和讨喜的脸，还拥有外挂一样的好运气。

她进圈子之后，想什么就有什么，人称"微博许愿池"，是靠锦鲤体质火起来的。

"我来切年糕吧。"姜竹沥接过菜刀，"你去休息一会儿，等等周进老师。"

倪歌没走，坐在旁边捧着脸看她。

在姜竹沥的余光里，倪歌身上那条红裙子像是有生命一样，不断地随风微动。而她一脸乖巧地坐在旁边的小凳子上，不停地眨眼睛，眼里好像有一小团燃烧的火焰。

姜竹沥好笑："一直盯着我做什么？"

倪歌一本正经："作法呀。"

"……"

"作法吸走你的美貌。"

姜竹沥被逗笑了，虽说倪歌年纪小，也算不上圈内人，可流量大得吓人。

姜竹沥本来还有些担心她会不会像夏蔚一样难相处，想不到接触到本人后，竟然意外随和。

"金针菇、培根、五花肉、牛肉、韭菜、豆腐皮、年糕片……"姜竹沥整理出一大筐食材，"我们先把它们拿到院子里去吧。"

节目录制还没开始，大家提前一天进组，周进约大家晚上一起烧烤。

倪歌答应得很爽快，帮她把筐抬进院落，又从橱柜里翻出两箱菠萝啤。

周进就是这时候进来的。

民宿小院里花团锦簇，有些花都开败了，粉白的花瓣落得一地都是。

姜竹沥低着头，一边搬箱子一边打趣："周老师再不回来，倪歌饿得要吃炭了。"

周进眼里带笑，没有说话。

姜竹沥身体微顿，若有所感，正要抬头，就感觉一个高大的人影压了下来，微微躬身，一言不发地接过她手中的菠萝啤扛到肩上，转身就走。

是段白焰。

酒过三巡，姜竹沥仍然感到恍惚。

那次摄影展之后，段白焰消失了一小段时间。

在她的认知里，他向来骄傲，眼高于顶又目下无尘，事不过三，他们之间的破镜又破了一次，不会再有转寰的余地了。

她没想到他会以这种方式……重新出现。

姜竹沥拍拍脸，努力忽略段白焰的目光，盯着面前烧烤摊的火光看。

"来玩吗来玩吗？"倪歌吃饱喝足，摆出一副十足的小姑娘姿态，摇着骰子拽着周进玩游戏，"来玩大话骰。"

有人插嘴："这玩意儿怎么玩？"

"简单地说，就是我们每个人拿着五个骰子摇号，然后报数。"倪歌解释，"报完数之后，让下家猜，在场所有人的骰子点数加起来，有没有这么大的数字。如果下家觉得没有，就开骰子进行验证；如果觉得有，就继续报更大的数字，谁输谁罚酒。"

姜竹沥懂了："所以，这其实就是一个坑上家的游戏？"

倪歌笑着夸赞："真聪明！"

沉默了一整晚的段白焰突然站起身："让让。"

倪歌还没反应过来，就被他强硬地挤开，插在了她和姜竹沥之间。

他面无表情，坐的是姜竹沥的下家位。

姜竹沥和倪歌："……"

他没有看她，可是身上气息很热。

姜竹沥不敢挨得太近，她忐忑不安，惶恐极了。

段白焰这个人，心眼不比针眼大。

她抛弃了他两次，她觉得，他今晚可能会把她灌酒灌到哭出来。

然而她来不及反抗，第一局游戏已经开始了。

在场有十来个人，叫号的数字只能更大不能更小，轮到姜竹沥时，她苦着脸，已经预见到了被灌醉的结局：“三十八个六……”

每人只有五个骰子，三十八个六，相当于在场的每个人至少要摇出三个或四个点数“六”，怎么可能有这么多？

姜竹沥安静如鸡，等待死亡的宣判。

然而一秒、两秒……半分钟过去了，她都没等到段白焰那句“不信，开”。

段少爷波澜不惊，报了一个更浮夸的数字：“四十二个六。”

结果毫不意外，被他的下家开了。

他默不作声地举起杯子，喉结滚动，喝完一整杯酒。

不知道为什么，姜竹沥的心情有些微妙。

第二局，又是同样的状况。

姜竹沥怀疑其他人故意把大数字留给她：“三十九个五。”

倪歌叫嚣：“这么大，你不开？”

“不开。”段白焰波澜不惊，继续报数，“四十五个五。”

然后又被下家开了。

第三局也……

倪歌：“竹沥姐报的又是大数字，我要是你，我肯定开。”

段白焰：“不开。”

毫不意外，又被他的下家开了。

就这么玩了一个多小时，姜竹沥一口酒都没喝，段白焰倒喝得有些上头。

连她自己也看出不对，正想说话，旁边传来倪歌的感慨：“游戏终结者。”倪歌看明白了，“你就是不想让竹沥姐喝酒吧？”

姜竹沥的手指微动，她觉得，段白焰肯定不是因为她，而且这种事情，众目睽睽之下，还有这么多圈子里的人都认识他，他怎么可能对她……

“嗯。”

段白焰突然点头，声音冷淡，于无声处，却仿佛有惊雷落地。

“对，就是因为她。”

所有人的目光，都在一瞬间聚集过来。

倪歌八卦得两眼发光，夏蔚无意识地攥紧手中的玻璃杯。

段白焰一动不动，语气平静：“扁桃体发炎的人，应该少喝酒。”

段白焰的想法其实很简单。这游戏坑的是上家，那也就意味着，只要他坐在她的下位，死活不开她的骰子，她今晚就一滴酒都喝不到。

其他人神色各异。

倪歌嗅到了八卦的味道，兴奋地拽住姜竹沥的袖子，企图用唯一一只没烤煳的鱿鱼贿赂她，换取凄美动人的爱情故事的完整版本。

周进若有所思，嘴角噙着笑，替姜竹沥倒了杯柠檬水。

上午，周进突然接到段白焰的电话，他吓了一跳。

对方语气强硬：“周进，我要参加你的综艺。”

他这位学弟是圈子里有名的凶神恶煞，哪怕当年在学校里，他也不敢靠得太近，生怕一不小心就被对方身上的黑暗能量吞噬。

然而横行多年的黑暗能量，竟然跑来求他了。

周进突然起了玩心：“叫我一声，周进师兄。”

段白焰陷入沉默，过了三秒，周进偷偷猜测，他肯定是在打腹稿，准备长长的恶毒的话要狠狠地骂他。

段白焰却平静地问：“你在琢光山度假中心？”

“对。”

“不叫师兄就不让我去？”

“对！”

“那你准备好，提前联系 119。”段白焰的声音平静无波，“我今天心情不好，打算从名下的产业里挑一座山来烧。如果不幸挑到琢光山，一定会优先烧掉你住的地方。”

周进：“……”

他就不明白了，彼西山群是度假胜地，琢光山更是寸土寸金，山顶一套房比市中心的地价都贵，这人抱着半座金山，无聊起来敢烧着玩，到底图什么？

周进现在才明白，原来是在这儿等着呢。

那天他们在展厅里都闹成那样了，段白焰竟然还是为了她。

姜竹沥抿着唇，没有说话。

夏蔚咬住下唇，死死攥着水杯，脸色越来越难看。沉默一会儿，她成了第一个开口的人：“对不起，我的身体有点不舒服，想先回去休息，大家明天见。”

说完，她有些潦草地鞠了个半躬，转身走了。

有两个西点师小姑娘是她的粉丝，声音清脆亲昵，一口一个“夏蔚姐”，见正主走了，也赶紧匆忙鞠躬致歉，追了上去。

“都走了？”倪歌拿起一串面筋，含混不清地数数人头，“我们还剩八个人呢，要不要玩点别的？”

周进低声提了句：“少吃点。”

倪歌没理他，端起酒杯：“要不来玩‘猜牙签’？”

“你今晚都喝多少了，”周进低斥，“还喝？”

倪歌连眼睛也没眨一下。

“今天时间不早了。”姜竹沥看看表，已经快十一点了，提议，“要不我们也都回去休息吧，如果明天有机会，再约到一起玩游戏。”

“好呀好呀。”倪歌喜欢姜竹沥身上的气息，乐呵呵地附和她。吃完面筋喝完酒，她迅速往嘴里塞两颗梅子糖，“不过竹沥姐，你得跟我讲个感天动地的爱情故事，就你和你身边那个小哥哥的。”

微顿，倪歌又提醒：“记得讲得夸张点。”

她最喜欢浮夸的爱情故事了，越夸张越好。

姜竹沥不假思索地道：“你误会了，我们没关系。”

段白焰全身绷直。

倪歌不信："那他为什么要千方百计地帮你挡酒？"

姜竹沥很认真："他喜欢喝。"

倪歌完全不信，此路不通，她就问段白焰："小哥哥，你是竹沥姐的家属吗？"

段白焰冷着脸，没说话。

"你是做什么的？"她锲而不舍，"不过，你来参加综艺了，那你也是新人吗？"

倪歌不是科班出身，平时又很佛系，加上她自带锦鲤效应，对待一切人际关系都很随缘，所以几年下来，她连圈子里有哪些出名的新生代演员都不清楚。

在这之前，她其实不认识段白焰。

段白焰还是没说话，目光落在姜竹沥白皙的脖颈上，想象自己在圆月之下长出白色的獠牙，惩罚地咬破她青蓝色的血管，她哭着喊不要，甜美的血液流淌在他的舌尖上。

"他是编外人员。"周进知道学弟不会搭话，肆无忌惮地唬她，"全职霸道总裁。"

"好厉害！"倪歌亮起星星眼，"是总裁！"

她从没有用这种语气说过"好厉害，是导演"！

周进顿时很不爽："哪里厉害？"

"我看书上说，"倪歌向他科普，"现在的总裁，都体力很好，一夜七……"

周进："……"

"超厉害好吗？要是搁在正常人身上，坟头的草都三尺高了。"

周进："……"

见多识广的周进导演，第一次露出了难以置信的表情。

两个人打嘴炮的工夫，段白焰已经在脑子里演完了两场《血族的新娘：甜妻小乖乖，今晚别想逃》《誓不为血仆：伯爵大人轻点咬》。

他舔舔唇，起身："那我先走了。"拿起背包，他又补充道，"我也住在山上，你们要是有事，可以来叫我。"

周进："好。"

段白焰喉结微动，又说一遍："你们要是有事，可以来叫我。"

倪歌也应了一声："好。"

下一秒，他像个失忆的小可怜一样，又不急不缓地重复了一遍："你们要是有事，可以来叫我。"

这人是复读机成精吗？

段白焰顿了顿，第四遍重复："你们要是有事，可以……"

"知道了知道了！"姜竹沥忍无可忍，被他搞得心烦意乱。

她知道他那话是说给她的，根本不是"你们"，他想说的其实是"你。"

风吹动段白焰的刘海，他抿唇在原地站了一会儿，始终不见她回头，半晌，他小声道："我怕你没听见……"

他的声音很低，不知怎么，竟然透出一点点委屈，很快飘散在风里。

姜竹沥坐在马桶上，捧着脸，一动不动。

洗手台那边传来两个女生交谈的声音。

"我说那个姓姜的……她在网上叫什么？甜药？她的专业不是这个吧？野路子，也敢来参加美食综艺？"

"对啊，就是一个十八线小网红……不过 JC 的总裁好像一直在捧她，直播那个打赏排行榜，她从没掉出过前三。"

"不就抱了个金大腿吗，也太夸张了吧？"

"何止呢，你有没有看到今晚……"女生顿了顿，煞有介事地压低声音，"今晚坐她下位的那个人，就是那个超级有名的导演段白焰。这人很少在公共场合出现，我还是前几年在一个特别大的私人宴会见过他一面，实打实的超级富二代，就我们脚底下踩着的这琢光山，从山腰往上，都是他的地盘。"

"那她不是跟两个人都……贵圈真乱。"

姜竹沥有点烦了，这两个人到底什么时候才能说完？

说实话，她并不在意两个小姑娘的看法，敢在卫生间和茶水间小声议论别人的女生，反而没什么心眼，因为但凡有脑子的人，都会考虑到隔墙有耳。

像现在这种情况：要么是她们知道她在里面，故意说给她听；要么是真的没有脑子，段位低得不值得她出手。

她开始纠结，要不要开门骂人。

下一秒，倪歌大大咧咧地从外面走进来："呀，这么多人？你们在厕所里开茶话会？"

两个女生谈话被打断，有些尴尬地朝倪歌打招呼，然后匆匆离开。

"竹沥姐。"倪歌试探着敲了敲门，"你在哪一间？"

姜竹沥轻轻叩门："这里。"

倪歌往前两步，从门缝里递过去一袋卫生棉，顿了顿，又有些不放心："你生理期还喝了酒，会不会不舒服？"

"没关系。"

倪歌的眼睛转啊转："你扁桃体也还在发炎？"

"嗯……有一点。"

"那太好了，我就知道，这肯定是给你的。"倪歌欢欣鼓舞，摇晃手中的盒子，"我刚刚一出门，就看到房间门口放着两盒药，是薄荷含片和西瓜霜喷雾，跟你的病也对得上。"

"啊。"

"你怎么一点都不惊喜？"倪歌还在期待姜竹沥添油加醋地给她讲故事，于是循循善诱，"你都不好奇吗？是哪个小天使这么可爱，给竹沥姐送了药呢？"

姜竹沥语调温柔，从善如流："可能是藏在山里的鬼哦。"

倪歌："……"

呸。

姜竹沥垂下眼，默不作声地想，不会错的，一只藏在山里的色中饿鬼。

姜竹沥和倪歌一起回的楼上。

她们的住处有点像酒店的标间，但更精致一些。两床一卫，落地窗外的视线颇好，单独配了阳台，能看到遥远的山景与磅礴的日出。

刚刚是倪歌在洗澡，占用了卫生间，她才会跑到楼下上厕所，没想到遇见那两个女生。

“她们可真烦人。”倪歌也听见了那两人的谈话，她在地毯上助跑两步，飞扑进柔软的棉被，“一起听波澜壮阔的爱情故事不好吗？就算段白焰不跟你在一起，也不会爱上她们啊。”

这逻辑真好玩。

姜竹沥一乐，下意识地道：“对啊，他又不会爱上她们。”

话一出口，才发现不对，她好像被套话了。

果不其然，倪歌下一秒就搓着手转了过来：“那你给我讲睡前总裁故事吗？”

“我……”姜竹沥被她逗笑，无可奈何。

她凑过去，摸摸小朋友：“别一天到晚想听故事，早点睡，明天要早起呢。”

倪歌趴在床上，穿着一件粉白色的长袍睡衣，长裙曳地，一路裹到脚踝。她头上戴着浅粉色的毛巾发箍，碎发被揽上去，整个人看起来软绵绵的。

她一动不动，姜竹沥有些奇怪，正想凑过去看看她在干什么。

她一下跳起来，两眼冒绿光：“竹沥姐，你说，怎么我们的房间也有这种小卡片？”

姜竹沥草草扫了一眼，看见小卡片上的性感男女，问：“你这是在哪里捡的？”

倪歌露出神秘的笑：“床缝里抠的，藏得可隐秘了。”

“节目组真的很不专业。”她非常严肃，“万一哪个女明星忍不住打了电话，又不幸出了事，那怎么办？”

姜竹沥：“……”

只有她会忍不住吧？

“为了避免惨案发生，”倪歌舔了舔唇，“不如，我们先打一个试试？”

“……”姜竹沥无力地捂住脸。

最初见到倪歌，她还觉得，这姑娘有点像她妹妹，现在觉得普通人家，小门小户，可真是养不出这种神仙妹妹。

她正想劝倪歌不要作死。

下一秒，门突然发出三声闷响，紧接着，是一道低低的男声：“开门。”

倪歌兴奋地抬起头，一脸期待地问：“是……是不是，接我电话的男人来了？”

姜竹沥强硬地把倪歌按进被窝，拉掉床头灯：“睡觉。”

十几秒的时间，门又轻轻响了三声。

姜竹沥穿上拖鞋，走到门前，在猫眼里确认了一下来人，才拉掉安全闩。

灯光垂下，段白焰的模样从暖色调的光影中缓缓浮出，他穿着熨帖的黑色衬衣，眉眼清俊，微微低着头，发梢沾了点深夜的露水。

他低声喊：“竹沥。”

姜竹沥没看他，也没说话。

“你的嗓子好点没？”

她还是没说话。

“我刚刚下山去买了一袋盐。”说着，他翻过手心，露出一小袋食盐，“你刷牙的时候，倒一点在水里，可以用它清洗嗓子。”

姜竹沥没有接，她扶着门框，站了一会儿，突然想到什么，有些意味不明：“以前也不是没喝过这么多酒。”

那是高三毕业之后。

她和段白焰刚刚正式在一起，还没来得及体验初恋，就被妈妈歇斯底里地骂了一顿。

姜妈妈怀疑姜竹沥高中早恋，并且不愿意听她解释。

姜竹沥红着眼眶去找段白焰，他天生不会安慰人，牵着她的手在公园转了一圈，在游戏厅转了一圈，在化妆品店转了很多圈。

她依然情绪低落。

段白焰索性带她去了酒吧，把点单上能点的鸡尾酒都点了一遍，说：

“来，喝。”

姜竹沥看着那堆五颜六色的东西，心里七上八下的：“你带我来这里干什么？”

“来吃屎。”

她：“……”

为了转移她的注意力，他教她玩酒桌游戏，很巧，他们那晚玩的也是“大话骰”。

姜竹沥学着他的样子摇骰子，段白焰想把骰子悬空起来摇，结果没弄好，一颗骰子直直地飞出去，砸在她的胳膊上。

姜竹沥愣了愣，后知后觉地笑起来。

段白焰心里一松，仍然凶巴巴的：“笑，有什么好笑的？”

最后他板着一张脸，还要她反过来安慰他。

姜竹沥不知道的是，段白焰晚上也一直在想，如果能重来一次，他一定要大声地笑，要陪她一起笑。

“嗯……”想起这事，段白焰心里发虚，不知道该怎么把话接下去，只好强行转移话题，“你的微信把我删了？”

姜竹沥眉头微皱。她删了他吗？什么时候？她正想开口说没有，突然想起那个三无小号。

她立刻抬头，大义凛然，供认不讳：“对，是我删的。”

虽然他只是没话找话，但见她答应得这么干脆，他还是有点难受。

姜竹沥见他不说话，突然觉得他好烦，大半夜跑到她的门口来提她的伤心事，戳她的眼睛。

“你特地来找我说这个？”一想到他拿走她的手机还企图将她关起来，她就有点气，“是觉得我不该删吗？”

“没有。”段白焰抿了抿唇，低声说，“只是，我喜欢你。”

所以如果被删了，他会不开心。

姜竹沥没有多想：“但我觉得你很烦。”

“我喜欢你。”

“我不喜欢你。”

她可是前几天才发过毒誓。

段白焰不说话了，垂眼看着她，缓了几秒，只是说：“我喜欢你。”

“你能不能收回前几天的话？”顿了顿，他哑着嗓子，小声乞求，“不要……不要放弃我？”

段白焰这个人，也不知道是什么清奇体质。

姜竹沥认识他快十年了，永远猜不到他在想什么。忽冷忽热，占有欲强，又非常难以亲近。

她现在觉得，段白焰是弹簧，她弱他就强。

“我……”见她半晌不说话，他又低声道，“从来没有人教过我，该怎么去喜欢一个人。

“我试过别人的方法，但总觉得很别扭。”

他不是没有试过江连阙的套路，可姜竹沥表现得比之前更加惶恐，他不知道问题出在哪里。

要段白焰去回忆童年，其实他记不起几件事。可那些经历与记忆，无处不在地让他成为现在的自己。

离开对他时冷时热的爸妈之后，他与段爷爷住在一起，接受着老人家无底线的溺爱式照顾。此后他做什么事也都顺风顺水，养出天不怕地不怕的性子，到了姜竹沥的事情上，妥协的仍然是她。

哪怕重逢，他都认为，只要他想，她会像过去无数次一样，无条件地向他妥协。

熊恪说得对，他从来没有吃过亏。

“也一直都不知道……”他垂下眼，“应该怎样正确地表达喜欢。”

在“表达喜爱”这件事情上，好像并不存在绝对正确的方法。

他得意太久了，等他开始试着去找自己的问题时，却感到一头雾水，不知道该怎么办。

“所以，”段白焰拿出这辈子最大的耐心，低声问她，“你能不能……”

教教他，救救他，不要离开他？

姜竹沥将手扶在门上，沉默了很久。

穿堂风带着凉意，送来林中草木的清香。直到走廊上的声控灯暗下去，她才如梦初醒："很晚了。"

姜竹沥抬起头，却跳过了前一个问题，眼底一片平静："早点睡吧。"

段白焰的身体微微一僵。

姜竹沥的目光与他对视，电光石火的一瞬间，清晰地在他眼底捕捉到一道一闪而逝的暗沉的光。

她心里一紧，手疾眼快，赶紧"砰"的一声关上门。

碰了一鼻子灰的段白焰："……"

屋子里暖意融融，倪歌还没睡着，缩在被子里探头探脑的地问："怎么了？"

"你叫的男人太丑，我让他回去了。"

姜竹沥靠在门上，回忆他刚才的眼神，心怦怦跳。

她已经上过很多次当了，谁知道他现在摆出这副姿态，是不是只想骗她回去，然后她一旦接受了，他又要露出獠牙……

既然做了决定……

姜竹沥闭上眼，就要狠心一点，她实在不想再被锁起来。

"你们知道吗，我昨天晚上回住处的时候，看到姜竹沥和倪歌的房门口，站了个男人。"

"天哪，这还是在节目组……"女生微顿，脸上又挂起一抹暧昧的笑，"你猜猜，他是去找谁的？"

"那还用问吗？"前一个女生笑得一脸内涵，"倪歌出道几年，你见她跟谁传过绯闻？另外那位小姐姐可就不一样了，现在不还在跟两个大佬纠缠不清？"

"啧，说不定人家大佬口味清奇……"

等两个小粉丝"内涵"结束，夏蔚端起茶杯，微微一笑："天色那么暗，会不会是你看错了？说不定，只是工作人员呢。"

“我用人头担保，肯定没有看错！”女生连连摆手，像模像样地压低声音，“我站了好久，虽然没看到他的正脸，但民宿的工作人员绝对不会有那种气场。”

另一个女生感慨：“天，她到底跟多少个男人不清不楚啊？”

夏蔚正要说话。

“我就算跟两百个男人暧昧不清，也跟你们没关系吧？”

姜竹沥从楼上走下来，声音明亮清和，有些好笑：“怎么，嫉妒我？”

倪歌没睡醒，亦步亦趋地跟在她身后，杏眼泛出慵懒的水光，她懒洋洋地打着哈欠：“就是因为自己没有，可是又很想要，才会得红眼病啊。”

两个女生交换了眼神，脸色微妙地闭上了嘴。

这才第一天，阵营就划分得这么明显。

姜竹沥感到头疼。

直到周进进门，他笑吟吟地说：“早啊姑娘们，来干活吧。”

《今天我也很甜呀》的背景，是一群西点师合开了一家售卖甜点的神秘小店，能在各个空间里穿越，竭尽所能，为有需求的客人完成他们的愿望。

第二季延续第一季的主线，第一个单元的任务，是穿越回（二十世纪）七十年代，为一位小镇上的少数民族青年庆祝成年生日。

“我先给你们发一下徽章。”周进一边说，一边从口袋里掏出一堆徽章，“摄影大哥脸盲，你们戴着这个，他就不会跟丢了。”

姜竹沥接过来，看到巴掌大的圆形徽章上，写着巨大的“今天我也很甜呀”。

她忍了忍，没忍住：“有点蠢。”

倪歌随口接话：“他就是一个蠢货。”

周进没听见。

按照惯例，一行人要抽签分工，确定自己的任务。

姜竹沥抽到的是“采购食材”。

“哎哟。”周进眼睛一亮，“你走运了。”

周进神神秘秘地拽住她的袖子，把她拉到没人的角落，在自己身上摸啊摸啊，摸了半天，抠抠搜搜地拿出一百块钱："省着点用。"

姜竹沥："只能用这个？"

周进："嗯！"

这能干什么？

"你别小看一百块钱啊，"周进严肃得很，"我们……不是，他们那个年代，一两百块钱都够买辆自行车了，自行车啊！那时候多金贵啊！"

姜竹沥："……"

可她采购的是2018年的食材啊！

拿着这昂贵骄矜的一百块钱，风中凌乱的姜竹沥踏上了她下山的征程。

她走到小院门口，一个高大的人影挡住她的去路。段白焰戴着黑色鸭舌帽，背对着小院，身形颀长，靠着辆沧桑古老的自行车。

自行车的车头上，还挂着一朵愚蠢的大红花。

姜竹沥现在一看见段白焰，腿肚子都是软的，下意识地想转身逃跑。

她有气无力地说："这是什么？"

周进笑嘻嘻地回答："你今天的司机。"

在周进原先的剧本里，段白焰是后几期的特邀嘉宾，是小店的"客人"。可他死乞白赖地非要黏着来，不让进组就烧山，周进索性给他加了场戏。

天上掉下来的免费劳动力，不用白不用。

更何况，段白焰的流量随随便便就能碾压当红小生，他又不用付报酬，也乐得镜头里有这么个装饰物。

姜竹沥十分绝望："还有别的交通工具吗？"

周导遗憾地摇头："七十年代，这就是宝马。如果你不愿意，那就只能靠你的双腿，徒步走出大山了。"

姜竹沥开始认真地考虑，要不要用自己的双脚，丈量一下祖国大地。

段白焰听见两个人的对话，抿住唇，忍不住转过来。

摄像机对上他的脸，阳光洒下，周遭花团锦簇，篱墙上攀爬着蜿蜒的青藤。他穿着件方便行动的连帽卫衣，面容清俊，眼下的泪痣增添了少年感，带点不自知的愁绪，像初入人世的小神仙。

姜竹沥还在跟周进掰扯，企图甩掉令人瑟瑟发抖的前男友。

段白焰抿着唇，安静地扫视一圈，目光陡然一紧。

他突然发现，每个人身上都戴着一个巨大、愚蠢，但一看就是一伙人的徽章。

他有点难受，那是什么东西？怎么别人都有，就他没有？

他怀疑那个徽章是姜竹沥负责分发的。她一定是故意的，谁都给，就是不给他。

倪歌注意到他千变万化的表情，主动上来打招呼："小段哥哥。"

段白焰微怔，收回目光。

"这是刚刚剩下的徽章。"倪歌从周进的口袋里摸出两个圆圆丑丑的东西，"但是蓝色的刚刚发完了，只剩下几个粉色，你介意颜色吗？"

他当然介意。

段白焰绷着脸没说话，心情本来就不好，现下更加不好了。

"我是蓝色的。"夏蔚听见了，脸上漾起温和的笑，立刻主动起身，将徽章取下来，"我跟你换吧。"

段白焰看着她手心里的徽章，没有接，下意识地目光偏移，看了姜竹沥一眼。

姜竹沥站得离他不远，难得地梳了长马尾，穿着一件牛仔长外套，徽章戴在左手的袖子上，是粉色的。

他瞬间变了想法，越过夏蔚，从倪歌手里接过徽章："粉色挺好的。"

夏蔚的手悬在半空，她尴尬地站在原地。

"但是，"当着两个小迷妹的面，她的脸上有些挂不住，她强笑道，"之前接受采访，你不是说不喜欢粉色的东西吗？"

"爱好变了。"段白焰睁眼说瞎话，后半句话说得缓慢又大声，努力装得不刻意，"尤其喜欢粉红色的草莓盒子蛋糕。"

然而一秒、两秒、三秒……半分钟过去了，一分钟过去了。

姜竹沥没有反应。

段白焰强忍着不去质问她，为什么没有反应？为什么不看他？为什么不送他徽章？

天人交战一番，他颓丧地败下阵来，看着沧桑的自行车，他想，他应该很快就会愁白少年头了。

姜竹沥最终还是妥协了。

下山的路太远，哪怕最近的小镇超市步行一个来回也要两个钟头。食材是一切的开始，她耗不起。

她竭尽全力地与段白焰保持着距离。

山中空气清新，满山枫树都在晨光中抹上火红的光影。百物待新，晨雾还未完全散去，空气里充满迷蒙的水汽。

段白焰推着车走出去一段路，清了清嗓子，没话找话："你知道七十年代，这车是拿来干什么的吗？"

姜竹沥有些心不在焉："嗯？"

她正在心里计算，要怎么花这可怜巴巴的一百块钱。她都还没成家，就要开始操心怎么省钱做饭了，真是让人头秃。

"就，"段白焰舔舔唇，"拿来结婚啊。"

"哦。"她应了一声，然后就没话讲了。

在过去很长一段时间里，姜竹沥担任着话痨的角色。她永远能找到话题——你饿不饿啊，想吃什么要不要我去给你做啊，你今天的作业有没有写完，需不需要我来做你的拍摄对象啊……

段白焰身形一顿，突然意识到，好像一直以来，她都是在关心他。她其实很少在他面前讲她自己的事。

段白焰顿觉嘴里干涩。

树梢摇晃，绿色的叶子抖落阳光。

"前面还有好长一段路。"段白焰低声提议，"你坐上来吧。"

姜竹沥的脚步一顿，她狐疑地回头看他一眼，没有说话。

段白焰竟看懂了这道目光，他张了张嘴，仍然难以表达，说得磕磕巴巴。

"以前我……"他要死要活不管怎么样都不愿意骑车带她，是因为，"我不会骑车。”

“嗯。”

“小时候学过很多次……”但这种工具实在是太愚蠢了，不适合他这种聪明的人学，所以他学了很久都适应不了它。何况后来他有跑车了，这种交通工具，实在是让他觉得非常丢脸。

姜竹沥仍然只是：“嗯。”

段白焰抿唇，哑声说：“以前不会……”

山风拂面，空中飘来不知名的花香，她微微眯起眼。

他低沉的声音随风散开：“但我现在会骑了。”

——是为你学的。

姜竹沥晃了一下神，他的话像是在她心脏上方悬了一颗青柠檬，一只手攥着它，汁液一滴一滴地滴下来，她心里发酸，很想说点什么，可是张张嘴，嗓子发干。

“那你骑快点。”沉默一阵，姜竹沥坐上车后座，熟悉的温热气息一靠近，段白焰的身体瞬间绷直。

她一无所知，两只手扣在座位下，小心翼翼地攥紧，尽最大的可能跟他保持距离。

然而，过去三秒钟。

过去十秒钟。

过去十五秒钟。

段白焰还停在原地。

天空中聚着巨大的云团，山风拂面，带起他卫衣帽子两条长长的带子。

姜竹沥：“你倒是走啊。”

段白焰的喉结滚动：“我在等你。”

“什么？”

“摸我。”

时隔四年，段白焰终于后知后觉地体会到了自行车这种交通工具的乐趣和好处。

因为她的手一旦找不到可以扶的东西，就会来摸他的腰啊，这么伟大的发明，以前一定拯救了不少关系破裂的恋人吧。

他还在开心地想。

背后的摄影大哥突然捂心倒地，爆发出奇异的笑声。

“……”愣愣的姜竹沥终于反应过来。

她冷漠无情地松开手，跳下车，一言不发，转身独自往前走。

段白焰突然慌了，赶紧骑车追上去，车轮碾过林中的落叶，哗哗响。

山中空寂，虫鸟啁啾。

整座山都回荡着——

“别……

“不是……

“不摸也行……

“你走慢点。”

山中藏着小镇，小镇上有超市。

姜竹沥挑着黄桃、葡萄、哈密瓜和巧克力碎，每样买了一点点。

她原本想再买点车厘子，可是一百块钱捉襟见肘，她还要买一点点淡奶油和一点点低筋面粉。

节目录制之初，收走了大家的手机。

她没有计算器，只好想象自己面前摆着一张草稿纸，掰着指头算半天，小声嘟囔：“我好穷哦。”

段白焰跟在她身后，探头探脑，欲言又止。

大学时两人也经常一起逛超市。

姜竹沥挑食材很仔细，但她有点选择困难综合征，一旦纠结起来能纠结很久，不知道该在同类食物里挑哪个。

起先，段白焰还会财大气粗地告诉她：“都买。”

后来发现，她还是会纠结很久，所以慢慢地，他变成了替她选“波罗蜜还是榴梿”“圣女果还是小番茄”的那个人。

然而现在……

姜竹沥全程当他不存在，他觉得很别扭，也异常悲伤。他打了个长长的腹稿，走过去，想要再挽救一下这段濒临死亡的感情，刚刚跨出去一步，腹部传出欢快的咕噜声。

姜竹沥的耳朵一动，她飞快抬起头看着他，意有所指地眨眨眼。

段白焰有些尴尬："那个……"

"你没吃早饭？"她的语气非常温柔。

"嗯。"他顿了顿，诚实地点头。

姜竹沥他们几个是在民宿一起吃的早餐，但段白焰是匹孤狼，住处远离大部队，早上出门又很早，连口水都没来得及喝。

"那你肯定饿了吧？想吃东西吗？"姜竹沥说着，摸摸手上那张一百块，暗示的意味非常明显，"我刚刚过来的时候，看到小镇上有很多早餐店。"

不知道为什么，段白焰觉得她不怀好意。

他犹豫一下，决定顺着她的话茬往下答："嗯。"

"可是段白焰。"姜竹沥语气柔和，"人不能什么都想要。"

段白焰一口老血哽在喉头，恍惚感到一把八十米大刀穿胸而过，击碎他的五脏六腑。

他活了二十多年，从来没有受过这种委屈。

他的目光一沉，戾气陡生，他想掐着她的下巴，让她把话收回去。

可是随即想到自己也对她说过这种话，他比她过分多了。

他陷入了沉默。

姜竹沥嘴快说完，闭上嘴，开始等他冷哼等他反驳。

等了半天，没等到。

她有些惊奇，转过去，看见段白焰垂着眼，站在原地一动不动。

"我没有什么都想要。"

他的声音很小，像一个明明没有偷吃糖，却被家长错怪的孩子："我只是想要你。"

——要你回来，回我身边。

姜竹沥又心软了。

五分钟后，她和段白焰一起出现在了早餐店里。

店内人不多，上餐很快。

面前是一笼热气腾腾的灌汤包。

“一笼八个，赶紧吃完赶紧走。”她低着头确认食材，担心出现漏网之鱼，“山上天气不稳定，等会儿可能会下雨。”

段白焰沉默着点点头，夹起一个包子。

深山老林，他原本对食物不抱希望，想不到夹起来尝一尝，竟然很美味。

他的牙齿轻轻咬开灌汤包的皮，鲜润的汤汁破皮而出，顺着唇舌流进口中，攻城略地的香气迅速在口腔里蔓延开来。

他推推笼屉：“给你吃。”

姜竹沥头也不抬：“我不吃。”

他很固执：“给你。”

姜竹沥放下小票，眼珠黑白分明，平静地看着他：“我不想吃。”

段白焰又开始感到不开心了。

以前两个人一起吃饭，姜竹沥偶尔起玩心，会表现得像个小姑娘，张嘴要他喂。

他一边嫌弃，一边把虾仁去壳、去虾线，再三确认剥干净，蘸完酱料，再假装毫不在意地放进她的口中。

然而对现在的她来说，他不再是可以撒娇的对象。

段白焰垂下眼，失落得像一只被遗弃在热带的北极熊。

“喂。”姜竹沥不明白，这人怎么随时随地一副她对不起他的样子，“我吃一个，你就会少一个啊。”

“吃。”段白焰戳戳笼屉，言简意赅。

姜竹沥万般无奈地夹起一个，还没下嘴，背后传来一个男生的惊呼，下一秒，她的手臂一热，感到一阵火辣辣的痛意。

“嘶……”

滚烫的热粥从男生手中脱手，直直泼到了姜竹沥的手臂上。

段白焰眼神一冷，动作利索地把她的袖子捋开，拽着她被烫红的手臂去冲冷水。

男生蒙了半天，反应过来之后，赶紧跑来道歉："对不起，对不起，我不是故意……"

"道个歉就想了事吗？"男生话还没说完，就被段白焰攥住手臂，恶狠狠地打断。

他个子高，气场全开时格外有压迫感。

"那，我……"男生怯怯的，"我送你们去医院吧……"

"不用了。"姜竹沥赶紧道，"没关系，你走吧。"

段白焰转眼看着她，眼中暗涌翻动。

姜竹沥突然觉得心好累。

她叹息："你放开他。"

男生闻言，挣了挣手臂，段白焰手下力道一松，他赶紧跑了。

姜竹沥关上水龙头，擦掉外衣上的米粥。

他的手臂向前，落在洗漱台上，无形地将她困进怀中，声音发哑："为什么放他走？"

"不然呢？他本来就不是故意的。"

"可他……"

"段白焰。"姜竹沥打断他，抬头与他对视，眼底一片清明，"我不喜欢你刚才的样子。"

他一愣。

"从前是这样，现在也是这样。"姜竹沥有点难过，又有些好笑，"你说什么就是什么，你想怎么样就怎么样，企图控制你身边的所有东西，包括我在内。"

段白焰沉默着，眼睛一眨不眨地望着她。

他自己没有察觉到，他其实厌恶任何超出掌控的事物，无论身边的人还是事，但凡走向与他原本的预料不一样，他就会暴怒。

到最后，他只想把她锁起来，藏在他的房子里，不让她见别人，不让她接触外界，每天只能接受他一个人的爱。

四年前也是。

他享受那种冲昏头脑、令他爽到神经颤抖的掌控感。

“我们其实，是完全不一样的两种人。”姜竹沥轻声说，“所以我……”

她攥紧拳头，指甲刺入掌心，想到要当面说这些话，还是很难受。

“我们分手之后，不要再在我身上下功夫了。”她心里发酸，又有些局促不安，“我本来不想跟你说这些话，因为你跟我没关系了，分手之后再去说前任的不是，也很不好……”

“没事。”他低声打断她，“我喜欢的。”

这种感觉，会让他觉得她还没有放弃他，他还有机会。

姜竹沥沉默一会儿，决定暂时不跟他理论。

采购完食材，两人原路返回。走到门口，却发现自行车没了。

姜竹沥：“……”

此情此景，凄惨异常，她难以置信：“你……没锁车吗？”

“我……”

段白焰实在是没想到，这么破的车都会有人偷。

肯定是周进让节目组干的，好恨哦。

两个人只能徒步走回去，还没走出小镇，天空就飘起了雨。

这到底是什么魔鬼运气？

山中天气阴晴不定，大多是一朵云下就藏着一团雨，等云飘过去了，雨也就停了。

所以姜竹沥没打算买伞，这场雨下不了多久，她若无其事地继续往前走，发尾迅速被打湿。

段白焰僵硬地拽住她：“回去，买把伞。”

姜竹沥有点生气，想发火，却硬气不起来：“我哪有钱？”

段白焰陷入沉默，他孤独寂寞地站在雨里，像一个收入无法撑起一个家、每天回家都要被妻子语言暴力的窝囊男人。

半晌，他低声问：“我们很穷？”

“对！”姜竹沥愤怒地抹掉额头上的水珠，“而且你刚刚弄丢了我们最贵的动产！”

段白焰想来想去，发现自己反驳不了。

如果真是在七十年代，他们的婚姻可能已经因为他的蠢，破裂得粘都粘不起来了。

“那，”可他还是不死心，哑声问，“我们现在这个，是不是就叫……”

“嗯？”姜竹沥要被他烦死了，“快说！”

段白焰舔舔唇，不怕死地看她一眼：“贫贱夫妻？”

“你闭嘴。”

最后，姜竹沥在水果店捡了两个不要钱的纸箱。

自己动手丰衣足食，她在上面抠出两个洞，套到段白焰的头上，不多不少，只露出一对眼睛。

姜竹沥拍拍箱子，敲山震虎：“你看这个箱子上的杧果。”

乖巧如小机器人的段白焰：“……”

“像你一样，从皮黄到心。”

“……”

走出小镇，面对七拐八绕的山路，自称铁血硬汉的摄影大哥开始自我放弃：“别让我看，我找不到路的。”

姜竹沥既没有手机，也没有定位。

之前自行车上装了一个罗盘，拿来定大致方向，可是就在十五分钟前，它连着车一起被偷了。

她决定瞎走。

段白焰无所谓，跟着她走。

走出去一段路，雨势渐渐减小，水雾中沉默的青山远远近近，漂亮得像泼墨山水画。

头上的箱子吸足水，越来越重。姜竹沥有点抬不动头，段白焰还在执着地没话找话：“不黄。”

“什么？”

"只对你。"

——只对你有冲动。

姜竹沥默默地放下头上黄黄的纸箱。

山中空气清新，水雾弥漫，一抬头，就看到逐渐变蓝的天空。

她的脚步轻快起来，再往前走，道路越来越窄，她抬起眼，看到枝头泛光的果子。

她微怔，眼睛一点一点亮起来，惊喜地跑过去："青苹果！"

也不知道这是哪里，路旁矮矮的篱笆里，种着一棵接一棵的苹果树。

果子绿绿的，圆圆胖胖地挂在枝头，被水洗过，干净得泛光。

"你……你拿着这个，"姜竹沥把刚买的食材递给他，跃跃欲试，"我上去摘两个。"

段白焰皱眉："我来。"

姜竹沥想也不想："行，你来。"

她不会爬树，她知道，他也不会爬。

段少爷骑虎难下，神色有些不自然，略一踌躇，开始挑战自我。

苹果树不高，他找到几个攀爬点，竟然还真上去了。

"要几个？"

"多摘几个！"

免费的食材，不要白不要。

姜竹沥开心得想放烟花，原本还在担心没有多余的水果做夹心酱，现在突然多出来这么多。

段白焰沉默着，摘下果子，往她的附近扔。

她一边捡，一边忍不住抬眼看他。

平心而论，段白焰真的长了一张极其招人的脸。

姜竹沥记得，他少年时被哮喘折腾得厉害，嘴唇常年不见血色，又总是独来独往不爱说话，久而久之，阴郁又孱弱。

他那时未成年，医生用药谨慎，他经常要跑到医院打点滴，时间长了，手臂上就全是针眼。

这些年似乎好一些了，段白焰褪去眼角那层少年的稚气与张扬，逐渐生出属于男人的侵略性，却也更加阴郁内向，难以捉摸。

他这个人……

山风轻拂，姜竹沥看着他的卫衣，突然意识到，似乎天气再热，段白焰都要穿长袖。

今天也不例外。

姜竹沥正出神。

树梢剧烈晃动，一个黑影从树上坠了下来。

她心里“咯噔”一声，颤着手抬起头——

第十章

你在意我

断裂的树枝和段白焰几乎同时坠落，一起滚下来，重重地摔进草丛。

他的脑袋先着地，甚至来不及出声呼救，她只听见一声落地的闷响。

姜竹沥愣了愣，心凉了一半，颤着手扑过去：“段……段白焰？”

他双眼紧闭，嘴角发白，一动不动地躺在草丛里，身上和头上都沾满草屑，额头蹭到了泥土，周身散落着刚刚一起掉下来的青苹果。

“段……”她轻轻拍拍他的脸，他仍然没有反应。

姜竹沥的脑子嗡嗡作响，强迫自己立刻冷静。

她两指并拢，试着摸一摸他的脖颈，仍然能感受到血管跳动。

人是活的。

姜竹沥微微松了一口气，半跪在地上，手臂从他的腰间穿过，想将他抱起来抖抖土。

离得近了，她温热的呼吸打在段白焰的脖颈间，他的身体微不可察地一僵。

姜竹沥抱着他，正要抖。

“别动他！快快快放下！”摄像大哥见两人不知怎么抱在一起了，赶紧小跑过来，极力劝阻她，“你先看看他伤到哪里了，千万别碰到他的脊柱！”

姜竹沥被吓了一跳，差点撒手把段白焰扔出去。

随即意识到自己险些犯错，她才忧心忡忡地把他放平。

身边温暖气息突然消失的段白焰：“……”

好恨。

姜竹沥小心翼翼地把他脸上的土擦干净，看来看去，找不到外伤。

她摸着他的脸，又开始着急："陆老师，这怎么办？"

"我……我也不知道啊。"从他们找不到返回的路开始，剧本就开始超纲了，摄像大哥的手机没有信号，他比他们还茫然。

段白焰想跳起来扇他，没有想法就敢乱出主意。

"那，要不……"仿佛听到他的内心活动，摄影大哥为难地支着，"就，就地埋了吧？"

姜竹沥忍不住提醒："陆老师，他还没有死。"

"我不是那个意思。"摄像大哥赶紧解释，"我的意思是，我们把他藏得隐蔽一点，然后在这儿树个牌子，等回去搬了救兵，再来找他。"

姜竹沥想也不想："不行。"

等他们回去搬完救兵，段白焰就真凉了。

何况……她微微垂眼，看着枕在自己腿上的脑袋。段白焰睡着的时候，总是一副不设防的样子，戾气敛尽，像是回到婴儿时期，谁都可以肆无忌惮地伤害他。

她轻声道："不可以抛下他不管。"

这是她很久之前就说过的话，发过的誓，她从来没想过要违背当初的想法。

段白焰的手藏在袖子里，无意识地攥成了拳。

他想跳起来，想把她按在地上亲。

"那行吧，我自己回去，帮你带救兵来。"摄像大哥只好悲伤地放下摄像机，"如果我不小心迷路了，在山里撞上熊瞎子，你记得帮我立个碑。"

姜竹沥："你太夸张了。"

摄影大哥还真走了。

但她并不信任这位刚刚还企图把段白焰毁尸灭迹、就地掩埋的大哥，她想找点别的方法。

"段白焰，段白焰？"姜竹沥又喊了两声，他还是没有反应。

她低下头，将耳朵贴近他的心脏，在脑子里回忆急救知识。

段白焰的心跳突然加快。

装是装不下去了，段白焰慢慢睁开眼，状似虚弱地扣住她落在自己胸膛上的手腕。

“竹沥。”他的声音很轻。

丹桂飘香的季节，漫山遍野果树郁郁葱葱，更远一些的地方，红枫遍野，交织成片。

他睁开眼，看到的就是这样的景象。

肤色雪白的姜竹沥从他胸前抬起头，与他目光相会，她还有些发愣。

“我没事。”他揽住她的肩膀，轻声安抚，“你在担心我？”

姜竹沥看着他，一言不发。

“你在担心我。”她没有反驳，他的目光安静而执着，“你在意我，你不讨厌我。”

他说得真情实意，姜竹沥还是没说话，一动不动地看着他。

“竹……”

他揽住她的肩膀，作势想抱她。

姜竹沥手疾眼快，“啪”的一声拍在他的小臂上，响亮而无情，他的手臂迅速浮起一团红印。

“白痴。”她站起身拍拍草，面无表情、头也不回地走了。

他好……好像玩脱了？

风吹过山林，草木清香飘散。

两个人一前一后地走出果林，漫山遍野的枫林又回到眼前。山风一层一层地卷起枯叶，林间落叶哗哗作响。

姜竹沥一言不发地在前面走。

“竹沥。

“竹沥，你走慢点。”

段白焰抱着一堆苹果，走几步跑几步。

他不知道自己做错了什么，他觉得，他只是玩个小情趣，诈了诈她而已。

更何况她并没有像他预想中那样，像王子吻醒吃了毒苹果的小公主那样低头亲他。这样想，她也没吃什么亏吧？

他不懂她在气什么。

姜竹沥不理他。

“姜竹沥！”他的耐心耗尽，微皱着眉快走几步拉住她，被她用力甩开。

姜竹沥连看都不看他。

他强硬地拽住她的胳膊，迫使她抬头：“你告诉我，你怎么了？”

她用力推开他，心里涌起一股委屈。他竟然还有脸生气？

“你烦死了！”她瞪着他，细软的嗓音发哑。

姜竹沥刚刚都快急哭了，现在想骂脏话，憋红一张脸，却一个不好的字都说不出来：“你走开！我不想看见你！”

她气得发抖，弯腰从地上掬起一把泥。

刚刚下过雨，泥土松软潮湿，不等段白焰看清，她避开眼睛口鼻，迅速而用力地将泥巴抹到了他白皙的脸和脖颈上。

瞬间被抹成脸谱的段白焰：“……”

天大地大，这个世界上竟然有女人敢对他做这种不要命的事。

姜竹沥红着眼眶，从他手中一把抢过湿漉漉的杧果纸箱，用力套到自己的头上，闷着头转身：“别跟着我！”

段白焰站在原地愣了一会儿，突然反应过来，怒气在一瞬间瓦解。

他快步追上去，有些着急，又有些无措：“那个，我……”

他不是故意的。

他后知后觉地察觉到自己的过分。

每个人都有不能碰的点，这是姜竹沥的底线。

他舔舔唇，小声地试探：“你哭了吗？”

姜竹沥没说话。

他抬起手，想摘掉她头上那个碍事的纸箱。

姜竹沥手疾眼快，“啪”地打在他的手上。

段白焰：“……”

疼，可他又不敢还手。

他乖乖地抱着一堆苹果，亦步亦趋地跟在她身后，许久，他低声问："是因为你妹妹？"

她高中时不是这样的，那时候她的胆子很大，不信鬼神，也没有忌口，现在却这么忌讳生死。

姜竹沥不说话。

得不到回应，段白焰舔舔唇，竟然感到一丝不安，以前两个人也不是没有闹过别扭，可姜竹沥一向好哄，他从没见过她这么生气又决绝的样子。

"如果是……"他让她想起不好的事情，那真的不是故意的，他给她道歉，"对……"

"沥沥！段老师！"

他的话只说了一半，就被一个欢快的叫声打断。

姜竹沥回过头，看到去而复返的摄影大哥，他身后还跟着两个人，像是民宿里的医务工作者。

摄影大哥很兴奋："段老师醒过来了？那太好了！"

姜竹沥淡淡地道："嗯。"然后就不说话了。

段白焰不太开心，可摄影大哥一直在背后叨叨地为他祈福，他陡然烦躁起来。

"陆老师。"

"嗯？"

"有兴趣跳槽吗？"段白焰问得云淡风轻，"来我公司，薪水比周进给你的高三倍。"

摄像大哥的目光在他身上来回扫，警惕地发出质疑："你是不是打算先假装聘用我，等我入职后再百般羞辱、到处找碴，最后随便找个理由解雇我？"

他供认不讳："对。"

回答得这么干脆。

摄影大哥问："你是魔鬼吗？"

段白焰抬头，看向跟他拉开距离的姜竹沥，她背影纤瘦。

“不是，我只是想警告你。”段白焰的语气凉凉的，“不要用周进的智障剧本，来破坏我的闯关进度。”

姜竹沥回到小院时，周进正一边捣蒜，一边向倪歌科普知识。

“可别小看我们脚底下踩着的这些砖，它们有好几百年了。”这座民宿改建自一座古宅院，他说的倒也是实话，“你看，以前的主人很讲究，它砌砖都是黄色和青色交替着来，这意思就是……”

“我知道。”倪歌剥着蒜，飞快地接话，“青黄不接。”

他想说的其实是飞黄腾达，平步青云。

姜竹沥刚走进来，倪歌余光一瞄，眼睛亮晶晶的，扑了过来：“竹沥姐！”

她晃了一下神。

这一声好像叫碎了时光，迅速将她拉回到十几岁的年纪，那时也有这么个眼睛亮晶晶的小姑娘，喜欢这样软绵绵地叫她——竹沥姐姐。

“你们带回来什么？”倪歌好奇地探头过去，“苹果很便宜吗？买了好多。”

“他们偷的。”周进抱着手，“果农都跑来找我告状了，等会儿再慢慢算账。”

段白焰跟着摄像大哥走进来。

周进一惊：“你们……”

他难以置信，“你们该不会是在草丛里……”

浑身草屑泥土的段白焰：“……”

他倒是想，姜竹沥也得给他这个机会啊。

“买食材的任务完成了。”姜竹沥拍拍手，转移话题，“接下来是做饭吗？”

“想得美。你们的任务是完成了，但你看看，现在都几点了？”周进说，“我有没有告诉过你们，采购是限时的？”

段白焰抬眼：“你在骂谁？”

周进对放火烧山心有余悸：“而且你们还偷人家的苹果，弄坏了人家的果树，现在加上弄丢的自行车，总共欠债一千两百块钱。”

联想七十年代的物价，姜竹沥惊了：“那是棵金苹果树？”

周进才不管：“债台高筑，要靠额外的劳动偿还。”

段白焰突然有点恍惚，想不通这里明明有半座山是他的地盘，为什么他现在要为山上的几个苹果负债累累，疲于奔命？

周进交代额外的任务，把杂七杂八的工作全甩给了他们。

段白焰冷笑：“你那小人得志的样子。”

周进：“……”

“就像在交代后事。”

周进：“……”

附加任务的其中一项，是要他们下山去接一位特邀的神秘嘉宾。

提到这个人，周进笑得十分鸡贼：“虽然现在不能告诉你们他是谁，但沥沥肯定会很喜欢很喜欢的。”

段白焰冷嗤。

放屁，姜竹沥喜欢的只有他。

出发之前，他抖啊抖，身上的土怎么都抖不干净，于是想先简单地洗个澡。

段白焰的住处远离民宿，周进十分体贴：“节约时间，你就在这儿洗吧。不过楼上的客房满了，姑娘们的卫浴你不能用，用楼下那个公共的。”

段白焰本来还怀疑他没安好心。

可等他见到民宿的公共卫浴，发现它除了建在外面，是一栋蘑菇状的稻草小建筑之外，热水设备一应俱全，没什么不对的地方。

于是他干脆利落地脱了衣服。

周进见他进去了，眯着眼摸摸下巴，拉住倪歌，低声问：“你今天下午从隔壁村里抱来的那条凶巴巴的大狗子……去哪里了？”

姜竹沥原本在厨房切菜。

倪歌探头探脑：“竹沥姐。”

“嗯？”

“你在做晚饭吗？”

“对。”

团队里除了西点师，还有几位网红厨师，大家分工，分别负责几天的早、中、晚饭。

倪歌眼巴巴地说：“我想吃火腿厚蛋烧。”

姜竹沥笑出了声：“我们有食材吗？”

“有的有的。”倪歌赶紧点头，“我给你送过来了。”说着，掏出一块不知道从哪里搞来的火腿。

过了会儿，等姜竹沥开始切火腿，刚刚跑掉的倪歌又眼巴巴地跑回来：“竹沥姐。”

“嗯？”

“小段哥哥洗完澡了。”

“所以？

“你……你能不能去给他送一下换洗的衣服？”

姜竹沥放下菜刀：“为什么要我去？”

不该找个男的吗？像周进那种。

倪歌一脸为难：“他把周进轰出来了，说自己有洁癖，不愿意穿别人摸过的衣服。”

姜竹沥的菜刀“咣”的一声插上案板：“那就让他别穿。”

倪歌软绵绵地“哦”了一声，转身走了。

又过去四十分钟。

姜竹沥猜，段白焰应该已经在水里泡发了。

她慢悠悠地检查了一下熬粥的锅，给它定好时间，洗手出门，在休息室里找到他的换洗衣物。

“作精。”

姜竹沥小声嘟囔，拿着衣服，刚一出门，就感觉自己被盯上了，好像是某种毛茸茸的动物，眼睛圆溜溜的，嗅觉很灵敏，牙齿尖尖的……

她颤颤巍巍地转过头，与一条半人高的大狗目光交会。

狗子吐着舌头发出气音，一动不动地盯着她。

姜竹沥迟疑地咽了咽口水。

她很怕狗，从小就怕，不只是长着獠牙的大狗，她连小泰迪都怕。这事儿被写在个人档案里，凡是认识她的人都知道。

“那个，你……”她浑身僵硬，强笑道，“你好啊？”

不过，她也听人说过，狗子大多很温驯。只要她不招惹它，它也不会主动来……

下一秒，狗子突然张开嘴，朝她狂奔而来。

姜竹沥：“……”

不是，等一下，它为什么要追她？

这个狗，为什么会一直追着她？

“段白焰！”她被吓得魂飞魄散，不管不顾地转身开始跑。

可她跑得越快，狗追得也越快。

“开门！段白焰，开门！”

她拼命地拍门，眼看大狗越追越近。

门内突然伸出一只湿漉漉的手臂，用力而快速地把她拽了进去。

氤氲的水汽扑面而来，他攥着她的胳膊，用她抵住门。狭小的空间里，她背脊僵硬，不敢往下看。

段白焰的身上烫得厉害，将她困在角落里，呼吸都滚烫起来。

“你要不要检查一下……”他的声音低哑，似乎还带点意味不明的笑意。“看看段白焰的身体，有没有被水泡发？”

浴室里水汽蒸腾，温度很高。

姜竹沥不知道是被热气熏的还是因为别的什么，她也全身发热，脸颊迅速变红。因为皮肤太白，泛起红晕来反而更加明显，耳垂红得都快要滴血了。

她被那条狗搞得失了理智，清醒过来才意识到，自己做了多么不明智的选择。

她将一条胳膊挡在眼前，死活不睁眼。另一只手提着他的 T 恤和长裤：

“拿着，你的衣服。”

“捂什么？”她的动作太可爱，段白焰简直快要笑起来。他的下身裹着浴巾，水珠顺着发梢一颗一颗流进他的胸膛。

段白焰难得起了玩心，好整以暇地看着她。

姜竹沥沉默三秒后，声音突然变小：“你……你帮我看看那条狗走了没有。”

他的声音低哑：“你挡着门。”

姜竹沥仍然死死地捂着眼睛，她看不见浴室内的摆设，像个瞎子一样，伸出手扶着墙壁，小心翼翼地探着脚往旁边挪。

“还是挡。”

姜竹沥又小心翼翼地挪了挪。

“还是……”

“你有完没完！”姜竹沥差点破罐子破摔地跟他对骂，“赶紧看一眼！看一眼！”

段白焰抿唇。

下一秒，带着侵略性的男性气息铺天盖地地朝她压下来。

她仍然挡着大半扇门，他只好越过她的肩膀，去摸门把。

两人离得很近，他几乎整个人都撑在她的脑袋上方，胸膛与她的鼻尖相隔。

她能闻到他身上清爽的柠檬沐浴液香气，他也能嗅到她耳朵后面隐隐约约的清淡香水味，两相交会，在空气中交织出别样的旖旎与暧昧。

姜竹沥紧张极了，像只瑟缩的土拨鼠，无意识地绷紧身体。

“还在。”段白焰拧开门，随意地看了一眼，撒谎。

可也足够唬住姜竹沥，她慌张得想再往里面缩一缩：“你……你能不能把它赶走？”

段白焰没有立刻回应，他微微垂眼，静静地看着她。

姜竹沥小时候被狗咬过，怕狗怕得病入膏肓，一被狗撵，智商就会回到三岁。

他若有所思，微微弓下身，在她耳边颇具诱惑性地低声道：“求我啊，求我我就帮你。”

声音带着一点不容置喙的强硬，一点只出现在午夜的沙哑。像是面对着一位正哼哼唧唧地求欢的小恋人，他大权在握，要掌控全局。

姜竹沥愣了一下，整张脸都憋得通红。

“嗯？”他像是在等她考虑。

“流氓！”姜竹沥闭着眼，脸颊通红。

下一刻，猛然反应过来他是什么意思，她双手猛地拍上他的肩膀，“啪”的一声脆响，拍得他不自觉地后退半步。

这是一天里他第二次被她打，可这回他稳住下盘，动作的幅度不大。

相反，她的脑袋被惯性带着微微上仰，柔软的唇瓣碰到他的喉结，迅速擦过他的下巴，柔软的气息一触即离。

有种熟悉缠绵的味道，缠绕在他的鼻端。

段白焰闷哼一声，眼神一沉，突然不敢动了。

他按住她，沉声警告：“别动。”

姜竹沥愣愣的，他俯身抱住她，把脑袋埋进她柔软的颈窝：“不动你，你让我抱一下。”

姜竹沥浑身僵硬，不敢动弹，努力放松身体。

而他软玉温香在怀……

因为周进的奖惩机制，姜竹沥和段白焰连参加第一位客人生日宴的机会都被剥夺了，但他善良地表示：“如果你们回来得早，还是有可能赶上的。”

上下山要几个小时，姜竹沥对此不抱希望。

入夜之后，山上的风景依旧很好，月光如银，树叶随风而动。

这在某种程度上治愈了她，段白焰与她几步之遥，他低声道：“这个地方，夏天会有很多萤火虫。”

山间云雾缥缈，萤火虫黄黄绿绿，隐藏在起伏不定的山峦之中，好似能够握在手里的星星，把山岳装点成童话里的梦境。

他几次三番想邀请她来看，却一直没找到机会。

姜竹沥还在气他那个暗示意味浓重的拥抱，默不作声地走在前面，一副对他爱搭不理的样子。

段白焰张了张嘴，刚想找点话来说，下一刻，他不知踩到什么，地面突然一陷，整个人都被吸进去了。

姜竹沥没听见动静，走出去一段路，感觉段白焰灼热的气息渐渐远离，还以为他识趣地跟自己拉开了距离。可再往前走，山中没有别的声音，她一个人踩在落叶上，耳边的安静便显得异常。

小风吹过，她心里有些发毛，小声道："那个……"

没人说话。

她回过头，背后空荡荡的，已经没有人了。

故技重施，她怀疑幼稚又中二的段白焰是不是故意藏在某一棵树后面，正虎视眈眈、伺机而动，就等着跑来吓她一跳。

姜竹沥本弱，遇段白焰则刚，所以她决定不理他。

可是再往前走，她渐渐觉察不对。林中枯叶这么多，他怎么能一点声音都没有？

姜竹沥有些犹豫，试着叫了一声："段白焰？"

没人应答。

"段白焰？"她提高音量。

还是没反应。

她有些急了，往回走几步，大声喊："段白焰！"

山野间夜色寂寥，等了几秒，她听见一道闷声："我在这儿……"

是从地下传来的。

姜竹沥蹲在坑前，好奇地看着这个隐蔽的坑。

这好像是附近的村民们为捕捉大型动物而挖的，上面铺了厚厚的一层草，夜色昏暗，一不小心就容易掉进去。

她默不作声地看了好一会儿，段白焰忍不住问："想什么呢你？"

姜竹沥咽了咽口水："想这大半夜的，我能去哪儿找一群羊驼，来对着你吐口水。”

段白焰：“……”

玩笑归玩笑，她没打算真让他一直在坑里待着。

于是姜竹沥善良地提议：“我找个东西把你拽上来吧。”

说实话，这个坑还挺深。不过幸运的是，里面没有捕兽夹，所以他没有受伤。

“你拽不动。”段白焰拧眉，“回去搬救兵。”

可姜竹沥还是想试试。

熊恪和摄影大哥都没跟着来，万一她走了之后又找不到回来的路，他就要永远消失在琢光山上了。

段白焰显然也想到了，他说：“那你小心点。”

树林唯一的好处是，总能轻而易举地找到乱七八糟的材料。

姜竹沥在附近逛了两圈，很快就找到一根看起来足够长的枝条。她将几根捆成一束，伸长手臂扔给段白焰。

段白焰拽着试了试：“你把它往树上绑两圈。”

她照做了。

他拽拽缠在一起的几根软枝条，感觉好像还挺牢，用力拽住它，借着墙壁的助力，一点一点爬上去。

就在他爬到三分之一的时候。

“噼啪”——

段白焰心里一惊，赶紧抬起头。果不其然，枝条以肉眼可见的速度被磨断，只剩细细一缕，吊在坑口摇摇欲坠。

糟糕！

他脸色一变，刚要让她撒手：“竹……”

后面的话还没来得及出口，枝条断在坑口，拽着另一头的姜竹沥一个趔趄，生生被巨大的重力带着打了个滚，直直地摔进坑里。

段白焰赶紧伸出手，她炮弹似的往人怀里撞，他手疾眼快地拉着她，胸口一痛，发出声闷哼：“嗯……”

姜竹沥赶紧从他怀里爬起来，上下检查他。

“我撞疼你了？你没事吧？”

段白焰抿着唇，没有说话。

月光下，他下巴线条流畅，鼻梁高挺，气场天然带着骄矜的贵气。

他被撞得坐在地上，有些慵懒地看着她，眼中带着点她不敢深究的光。

她靠近他的胸口，呼吸交融。他的手落在她的腰上，不让她动弹。

这种气氛太催情，姜竹沥有点崩溃。

来琢光山之后，她和段白焰被迫独处的机会比过去四年加起来都多。也不知道是不是这地方的风水布局，跟其他地方不太一样。

仿佛整个琢光山，都是一个桃花八卦阵。

她被他扣着腰起不了身，有些局促地摸了摸鼻子，愚蠢地转移话题：“那个，我刚刚想到以前看的一个新闻。”

“嗯？”

“狗子失踪，主人寻找不慎掉进坑中，在坑中回头，发现狗子就在背后。”

他微笑：“你骂我。”

姜竹沥本来没想那么多，被他说完，就觉得有些好笑。

可这个姿势太暧昧，他的手扣在她细软的腰上，她不太敢笑，也不敢乱动，只能半跪着抬头看他。

满天星辉下，姜竹沥眼睛发亮，表情专注而认真，倒映出他的脸。

段白焰的喉结滚动，他的手还落在她的腰上，心头陡然涌起一股燥热。

他从来不是一个乐于委屈自己的人，现下没有旁人，他们抬头就能望见漫天星辉。此情此景，他很想把浴室里没做完的事情给做完。

“竹沥。”段白焰舔了舔唇，“天气这么好，我们来幕天席地吧。”

姜竹沥猛地瞪大眼，惊恐地看着他。他是什么魔鬼？欲求不满的荒林野兽吗？

“我们都这样了，你还想着那种事？”

姜竹沥难以置信，一只手扣住领口，另一只手按在他的胸膛上，想把他推远，可他的力气太大，她从来抵抗不了。

她欲哭无泪，连跑都没地方跑。

段白焰说完，一只手按着她，另一只手开始窸窸窣窣地脱衣服。

人生得意须尽欢，时间不等人，岁月如梭，时不我待。

这都是江连阙和周进教他的呢。

就在姜竹沥纠结她是不是应该跟“段狗”殊死搏斗，决一死战的时候，他的外套带着他温暖的热气，落到她的肩膀上。

姜竹沥愣住，身侧暖意融融，她抬起头，看到段白焰只穿了一件黑色T恤，露出白皙的脖颈和线条漂亮的小臂。

他坐在婆娑的树影中，很安静。

她心头一跳，想起少年时代更加瘦削的他。

那时他举着相机不愿意撑伞，口口声声地称，伞会挡住摄影的自然光。她就一路追着，踮起脚站在他身后，将两只手举过他的头顶。

他回头嗤笑：“你别以为把手举到我的头上，我就长不高了。”

姜竹沥睁圆眼，辩解时，像只语无伦次的小仓鼠：“我没有！”

后来还真如他所说，他像一棵积极生长的植物，身高不断增长。

成年后的他比过去更有力量，锻炼减弱了他身上缠绕多年的病气，现在的他更像某种矫健的动物，仅仅靠着体能，也能轻松获取猎物。

可是山里昼夜温差大，入夜之后，坑里显得潮湿又阴冷。姜竹沥不太放心：“我不冷。你还是穿着吧，万一等会儿又……”

他睨她一眼：“要脱就全脱掉。”

这话太简单也太直白了，她明明知道只是威胁，耳朵仍然发烫。

姜竹沥转移注意力，有些局促地抬起头，只看到满天星辰。

她猜：“这应该也是节目安排吧……”

所以她不担心他会出事。

“来之前我还以为这个综艺会特别小清新，大家围坐在一起，开开心心做甜点的那种。”见他不搭话，姜竹沥自言自语，“结果没想到，竟然成了现场版荒野求生。”

段白焰还是没开口，他一动不动，脸庞隐没在树木的阴影里，近乎贪婪地盯着她。

她被笼在黑色的薄外套里，肌肤白腻如瓷，洁净的月光下，甚至能看到青色的血管。

他心里痒痒的。

“不过我看剧本，下一个单元，我们就会回到城市里去了。”姜竹沥低着头小声嘟囔，“只是不知道今天他们什么时候来救我们。”

段白焰看着她，突然道：“睡吧。”

“啊？”

“睡醒了，他们就找到我们了。”说着，他煞有介事地拍拍自己身边的地。

姜竹沥犹豫着咽了咽口水，说实话，她不太想过去。

重逢之后，段白焰每时每刻都表现得像一条饿狼，她实在不想在这种地方被推倒。

“不……不了吧，我觉得他们很快就会找到我们的，万一睡着了反而听不见他们叫我们的声音。”姜竹沥小心翼翼地跟他保持着距离，细声道，“如果你觉得困……要不，我给你讲个故事吧。”

他默许。

“今天下午，我听到周进跟倪歌讲琢光山的传说。”她的声音低软，开口时微微仰头，神情很专注，“他说，这里以前曾经住着一位将军，后来功高盖主，被皇帝暗杀。他临死之前将自己所有的金银财宝都埋在了山里，留下一首至今未被破译的诗。

“那首诗被人们代代传颂，百姓们都说，如果有人破解谜题、找到了藏宝的地方，那就是当年埋宝藏的人回来了。”

段白焰低声问：“然后呢？”

他喜欢听她讲故事。

“然后……”姜竹沥挠了挠头，“没有然后了。”

段白焰：“……”

他面无表情，戳戳自己的胸口：“来，睡。”

姜竹沥挣扎：“那我再给你讲一个……”

“为什么拒绝我？”

“什么？”

“说这么多。”他抬眼看她，眼底带着她熟悉的冷意，“不就是为了拒绝我？”

似乎又有点不一样，他眼底的冷意又没有那么严重，更像一种畏怯，似乎受到伤害，又不敢流露出来。

姜竹沥一下子不安起来，她终于敢确认，他比过去更加强大，却没有过去那么无坚不摧。

可她不知道该给他什么回应。

“琢光山山腰的几个村子里，住着一些很少见的少数民族。”半晌，段白焰主动开口，语气平稳，“成年之后，无论男女都会向父母叩首辞行。从那天起，父母对他们不再有抚养义务。”

“所以‘成人’对于他们来说，并不是一场简单的成年礼。”他说，“还意味着彻底独立，与过去的家庭一刀斩断，开启真正意义的‘全新的生活’。”

他们在这时候离开父母，出门远行，父母不会去送，儿女不会回头。

姜竹沥的眼眶突然有些发热。

“我……”

“所以，你应该告诉我。”他抬眼望过来，目光穿越这四年的千山万水，落到她身边，“真正的原因究竟是什么。”

畏惧尝试的原因，害怕被控制的原因。

“我一直以为……”姜竹沥的舌根发苦，“你不知道我家里的事。”

过去的日子里，段白焰似乎对什么都不太上心。她很少在他面前真正提起自己的家庭，那本质上与他无关，她不希望他参与她的不愉快。

她似乎对他有什么误会……

段白焰心情微妙：“因为明含？”

“不完全是。”他沉默着，等着她说。

事实上，在高中的很长一段时间里，段白焰都误以为姜竹沥很不喜欢她那个小妹妹。

他亲眼见过，她的母亲来参加家长会，言之凿凿地当着很多人的面斥责她不够努力，无论课内还是课外，都不如她的妹妹。

可那时候，她是班上第一。

姜竹沥这人外强中干，胆子小得要死，是个实打实的纸老虎。

段白焰那时甚至做好了准备，要帮她暴打那个莫名其妙的妹妹。

可他一直没能见到她的妹妹，又不好直接去初中部找人。

在这一层意义上，姜竹沥的确让他的某些行为变得收敛谨慎，他害怕自己会在无形之中伤害到她，因此学会了犹豫。

直到后来某一次，明含来高中部给姐姐送书。

他第一次见到她，小小的女孩子，步履轻盈，眼睛和姜竹沥长得很像，在教室门口兴奋地朝姜竹沥挥手。

段白焰也起身，一言不发地走过去，站在不远不近的地方，抱着手观察她们。

他看到明含一直在笑，然后姜竹沥抬起手，揉了揉她的头。

他听不清她们在说什么，明含目光游移，谈话间总是有一下没一下地偷瞄他。

段白焰有好几次生出念头，觉得明含对他有意思。

他甚至在脑海中构想了全套剧情，如果这个小屁孩敢挑拨他和姜竹沥的关系，他一定找人打她一顿，然后再可怜巴巴地去向姜竹沥告状。

可明含在告别姐姐之后，小跑过来，仰着头问他："你是不是喜欢我姐姐？"

"她是个好人，我也喜欢她。"然后她说，"但我姐姐胆子很小，你不要吓唬她。"

"那是，"段白焰坐在坑里，星光四散，顿了顿才又道，"我第一次见到她。"

姜竹沥有些惊愕，愣了好久才说："我从来都不知道，明含对你说过那样的话。"

段白焰抿唇不语。

从那时起，他不仅关注姜竹沥，也开始观察她身边的人。他好奇这个家庭，就像好奇一个精密表盘的内部构造。

毋庸置疑的是，姜竹沥和明含的关系很好。

他偶尔疑惑，更多的是嫉妒。

“与其说是喜欢明含，”姜竹沥被他勾起回忆，苦笑，“不如说是惺惺相惜。”

她放弃跳舞，母亲就将梦想转嫁到了明含身上。

她在明含身上看到了小时候的自己，一圈一圈地在练功房里转圈，老师打着节拍，落地玻璃映出窗外碧蓝的天。音乐、教学、舞蹈……甚至是母亲的苛责，都与她小时候经历过的一模一样。

明含是另一个她。

“以至于……”姜竹沥说得艰难，她从没想过，她的妹妹会以那样极端的方式，在舞台上结束自己的生命，“我常常后悔，明明可以预防，我却没能拦住她。”

她们那么相似，连怕的事物都如出一辙。

怕被控制，怕受批评，怕被抛弃，唯一的不同是，她早早地放弃，而明含在她未完的路上，代替她走了下去。

明含跳完最后一支舞，在变成泡沫之前，将匕首捅向自己的心脏，连自杀都像盛大的献祭。

“你和她是两个人。”段白焰及时打断她，“你们不是对方的替代品，她也没有替你去死。”

姜竹沥垂下眼，轻声说：“我知道。”

可这件事让她变得犹豫，她好像在这时候才察觉到，她与周围每个人的命运都息息相关，她害怕给人带来糟糕的影响，甚至极端地想要切断一切。

住到伦敦之后，人生地不熟，她仿佛回到婴儿时期，靠回避来解决问题，靠回避来逃避伤害，反而让她充满安全感。

段白焰觉得，答案已经呼之欲出，可是还差一点点，只差一点点了。

他沉默半晌，握住她的手，十指相扣，他一直认为这个姿势代表热爱，能让人有安全感。

姜竹沥却下意识地想将手抽回去。

“能不能再试试看？”他不愿意被她挣脱，压低声音问。

夜色无声地蔓延，姜竹沥的身体变得僵直，沉默了很久很久，然后，她轻声说：“对不起。”

姜竹沥和段白焰一人占一头，像壁虎一样贴在墙壁上，闭目小憩。

据段白焰说，圆形的坑，直径最长。

两个人这样面对面各自贴着内壁，就能保持最远距离，不跟对方产生任何呼吸上的交集。

她信了他的邪，非常配合地远离了他。

后半夜，姜竹沥昏昏欲睡，不知道是不是错觉，竟然听到低低的哮鸣声。

她猛地睁开眼，果不其然，见段白焰痛苦地捂着胸口倒在地上，再一次蜷缩。

山中夜里温度低，洼地里又泛潮。他刚刚说话就带鼻音，犯病是必然的事。

姜竹沥摸遍他的外套口袋，没摸到药。

她气疯了：“我跟你说了多少遍！不带药别出门！”

以前她跟他在一起的时候，会检查他每一件衣服的口袋里有没有装药。

可现在她没办法再照顾他，他就开始找死。

段白焰大口地喘息着，手扣在她的胳膊上，像是想开口。

他呼吸艰难，嘴唇微动，刚要说话，眼前就晃过一道手电筒的光，然后是一阵杂乱的脚步声。

“我找到他们了！他们在这里！”

姜竹沥心里一喜，连忙抬头：“周进老师！”

周进蹲在坑边探头探脑：“你们竟然能一起掉进去？怎么做到的？”

“别说风凉话了！段白焰的哮喘犯了，赶紧想办法把他弄上去！”

“没事没事。”周进说，“我带药了。”

姜竹沥扶起段白焰，担忧地问："你能自己走吗？"

段白焰点了点头。

周进差人放下软梯，她将他扶到梯子前，托他上去。

他双手扶住软梯，不知想到什么，突然回过头，深深地看了姜竹沥一眼。

她没察觉到深意："别磨蹭，赶紧。"

段白焰被她扶着爬了上去。

周进的确带了药，吸入式的药物见效很快，段白焰平复呼吸后，淡淡地说："我明天不过来了。"

"嗯？"周进意外，"可我第一期才刚刚拍完。"

"我回剧组。"他的《止战》拍到一半，半个剧组都在等他。

周进表示理解："也是，你还有自己的工作要做。"

段白焰没想真的放弃姜竹沥，可他不知道问题在哪里，他须要想一想，再趁着这个时间欲擒故纵一下。

拿着药，他折身走过去，想拉她上来，却被另一只手抢了先。

一只比他更加白净细腻，手腕上戴满各类男性手串的，男人的手。

他不爽地抬起头，光线不佳，第一眼看过去，只觉得对方很瘦，好像一根电线杆。那人身体半躬，细细长长的，头发有些卷，眼窝很深。

他还要细看，被"电线杆"拉上来的姜竹沥站定了，看清来人，突然爆发出一阵惊喜的尖叫："天哪！陈塘师兄！你怎么会在这儿？"

她兴奋得几乎要跳起来。

"电线杆"似笑非笑地看着她，张开手臂，给了她一个大大的拥抱。

"你不是要来接特邀嘉宾吗？"他一边笑，一边打趣，"我在山下等了好久，结果你竟然自己掉坑里了，蠢不蠢？"

段白焰的眼都快被气红了，他都没有抱着姜竹沥转过圈圈啊。

"是我太蠢了。"她的开心溢于言表，"不过能在这里见到师兄，我真的太开心、太开心了。"

陈塘的声音很好听，是简洁明快的那种类型。

段白焰死死地盯着他，不懂自己怎么会输给这么一个妖里妖气的玩意儿。

周进凑过来，温柔地问：“还走吗？”

他臭着一张脸：“不走了。”

周进故意问：“电影不拍了？”

段白焰想，他要留下来，手刃情敌。

第十一章

椰子汁

“师兄，什么时候回来的？”

“刚回来不久，本来我一回国就想联系你，结果先一步收到了周老师的邀请，所以我直接过来了，想给你个惊喜。”

“确实很惊喜。”姜竹沥高兴坏了，“这次回来待多久？之后还走吗？”

“如果这边工作顺利的话，就先不走了。”

“吃住都还习惯吗？”

“哈哈哈，我说不习惯的话，你会住到我家去，给我做饭吃吗？”

段白焰默不作声地跟在两个人身后，从他们的谈话里大概得知，这人是姜竹沥在伦敦时的师兄，也是中国人。

她在外读书时，他和她选了同一门选修课，一直很照顾她。

一个瘦成竹竿、妖里妖气的妖怪，段白焰在心里小声说。

姜竹沥问东问西，陈塘笑着回复，等她的兴奋劲过去了，才突然想起来，应该向段白焰介绍一下师兄。

“段……”

姜竹沥的话停在口边，段白焰眼神冰冷，抬眼看过来。

目光交会，姜竹沥朝后一缩。

看他面无表情的样子，她以为他还在为自己刚刚拒绝他又恶狠狠地凶他而生气。

生气也是人之常情，何况段白焰这个人脾气坏，本来就比普通人更容易生气。

她还是不要招惹他了。

姜竹沥一边想着，一边礼貌又小心地越过他，朝着周进说："短短几天的时间，陈塘学长才刚回国，周老师就能联系上他，真是费心了。"

和姜竹沥一样，陈塘学的也是心理学，他小事脾气好、大事拎得清，无论放在生活中还是放在网络上，都很受欢迎。

所以求学期间，他在国内外分别养出了几个粉丝数量庞大的心理情感号，一边帮小姑娘辨别渣男，一边帮中年女性解决婚姻问题。

他美其名曰：妇女之友，粉丝黏合度却出奇地高，是一点也不带掺水的"网红"。所以同样自带流量，他的"女友粉"和"妈妈粉"，战斗力就比姜竹沥要强上很多很多倍。

周进笑道："那必须的。"

"这是我的节目，我肯定比任何人都更希望它的热度能高，就算没有机会，我也要给参与者们制造机会……"他大喘气，似乎意有所指，"你说是不是，段导？"

被制造了无数机会，却每次都把一手好牌打得稀烂的段白焰："……"

他咬牙，一言不发地掰断了握在手里的玻璃药瓶。

夜色渐深，等一行人回到民宿，第一位客人的成人礼已经结束了。

姜竹沥没能亲眼见到客人切蛋糕，心里有一点点遗憾。

她推开门，却见屋子里喧闹一片，几个姑娘正在嘻嘻哈哈地追来赶去。

像是没料到门会突然打开，一个人的托盘在惊诧之下脱了手，一小坨奶油飙到空中，竟然擦着她的耳朵飞了过去。

她愣了愣，低下头，发现她下午离开前做的蛋糕正放在民宿前厅的茶几上，一片狼藉，面目全非。

姜竹沥做了一个深呼吸，然后抬眼问："你们在干什么？"

其中一个蘑菇头女生停下来，笑道："玩奶油啊，你要不要也来加入我们？"

姜竹沥记得，这姑娘是夏蔚的小粉丝之一。

她强忍怒火："这蛋糕是给客人的。"

"哦，是这样。"蘑菇头女生毫不在意，"他打开之后，我们尝了尝，觉得青苹果的内馅不好吃，就又带回来了。"

也就是说，客人根本没吃到她做的蛋糕？

姜竹沥的邪火直往脑子里冲，偏偏另一个杏眼妹子还火上浇油："对啊，竹沥，你也别太较真，他的成人礼上还有很多别的食物，就这么个蛋糕，就算是少了，也不差什么的。"

姜竹沥抿着唇，没说话。

蘑菇头女生和杏眼妹子交换眼神，前者会意，抡起盘子，笑嘻嘻地朝着后者扔奶油，然后状似"不经意"地手一滑："呀！"

盘子倒扣到姜竹沥的长发上，一路向下，粘满她的长发。

段白焰眼神一冷，正想开口骂人。

姜竹沥的手腕一用力，反手就把蘑菇头女生的脸按在了剩余的蛋糕里。

她知道这么做不对，没必要这样，可她忍不住，太生气了。

抹奶油不抹头发，和打人不打脸是一个道理。

何况这蛋糕是她做的，这两个人竟然无视综艺的游戏规则。

"你！"杏眼妹子没料到她这么凶，冲上来攥她的手腕，"你放开她！"

姜竹沥真的放开了她。

蘑菇头女生猛地从蛋糕里抬起头，满脸甜腻的奶油，大口地呼吸氧气，如获新生。

她迅速缓过劲，二话不说，反手扬起手掌："你这个贱……"

"够了。"

蘑菇头女生的手被陈塘一把拽住。

他身形偏瘦，面庞清俊，随和温柔。

蘑菇头女生被他的外貌欺骗，一时间看得有些愣住。

陈塘的嘴角染上嘲讽："姜竹沥还是太温柔了，如果是我，一定把你的脸按在蛋糕上，来回用力磨一磨。"

段白焰的手停在半空，他默不作声地看着，眼神晦暗，嘴唇抿成一条线。

事实证明，被讨厌的美人呛，和被温柔的帅哥呛，感觉是完全不一样的。

蘑菇头女生愣了一阵，脸色一阵青一阵白，竟然后知后觉地尴尬起来。

周进迟迟赶到，整个人都惊呆了：“你们这是干什么呢？”

姜竹沥不说话，顶着头上的奶油，转过身推开他走了。

段白焰和陈塘几乎同步转身：“竹沥……”又一起停下来，相对无言，面面相觑，然后沉默三秒，一起发出不屑的冷哼：“嘁。”

两人也一起在心里感慨：

——呵呵，也不过如此。

——如果我是她，绝不选你。

姜竹沥在民宿外游荡，她有些饿了，脾气也跟着变坏，不知道该为自己做些什么，才能永久性地远离这些莫名其妙的女人。

她坐在河边，感到前所未有的沮丧，正低着头发呆，身后慢慢拢过来一个黑影，细长细长的，声音有些妖气：“今天天气这么好，我要捉一位河鲜小可爱回去煲汤，不知道是谁这么幸运，能被我捉住？”说完，他五指张开，捂住她的眼睛。

姜竹沥莫名被逗笑：“你五指张开，捂人眼睛，有什么用？”

陈塘笑眯眯地在她身边坐下，坐下之后，借着月光，慢条斯理，一本正经地捋开袖子：“沥沥，刚刚为了救你，我都受伤了。”

她低下头，竟然真在他的小臂上看见一条红痕。

“怎么弄的？”姜竹沥赶紧帮他揉揉，“我回去帮你找点药吧？”

“不。”陈塘哼哼唧唧，其实他也不知道在哪儿磕的，就是想来她这儿碰个瓷，“你给我吹吹。”

姜竹沥知道他没有别的意思，好气又好笑，差点打他一巴掌，再帮他添一道新伤。

然而段白焰一路艰难地摸到河边，刚想向她打招呼，就听见这段对话。

然后，他看到姜竹沥低着头，仔仔细细、妥帖温和地在帮他揉瘀青。

段白焰：“……”

他也想要沥沥吹吹！

“别跟她们一般见识。”陈塘一边享受被她揉瘀青，一边抽着卫生纸，帮她仔仔细细地清理头上的奶油，“我的沥沥最棒了，整个人都带甜味。”

姜竹沥被吓了一跳，差点以为他要吃她头上的奶油。

陈塘很有耐心，不厌其烦地把她粘在一起的头发一点一点地蘸着水洗开。

“这话受用。”反应过来之后，她开心得冒泡泡，“多夸几句。”

藏在黑暗里的段白焰有些意外，他没想到，姜竹沥竟然会为这种愚蠢又虚伪的夸赞表现出开心。

在他的记忆里，她好像从来没有为他的某些言论格外难过，或者格外开心过。

沉默一阵，他若有所思地低下头，一遍一遍地小声练习：“我的沥沥最棒了。

“我的沥沥最棒了。

“我的……”

在他眼里，没有任何人比得上姜竹沥，可他说不出口。

他越明白姜竹沥的家庭，越懂得如何控制她，越无法自拔。

他很清楚，她无法抵抗姜妈妈的管控，这种习惯与畏怯刻在她的骨子里，因此他一直用那样的方式逼迫她妥协。

他没办法像陈塘一样，坦白而不加掩饰地进行表达。

陈塘在河边帮姜竹沥清理干净长发，带着她往回走。

半路上看到放在景区里的售货机，饿了一晚上的姜竹沥眼睛一亮：“师兄，你带钱了吗？我想买瓶喝的。”

“有，你等等。”

他帮她扫码，买了一盒椰汁。可钱吞进去了，里面的饮料机竟然不见动弹。

半晌，饮料盒才稍稍动一点点。

它缓慢地挪出来，然后在出口处被拦住了。

姜竹沥：“……”

怎么会这样？

她也头一次用这个机器，不知道为什么方形的饮料会在出口处被卡住。她试着摇了摇机器，一点用都没有。

姜竹沥求助："无所不能的师兄……"

陈塘也没办法："这个涉及知识盲区了，我真不知道怎么办。"

两个人面面相觑。

段白焰不知从哪里钻出来，两手插兜，若无其事地从两人中间穿过。他故作漫不经心地扫过椰汁的距离与位置，潇洒地买了一瓶汽水，将卡在出口处的椰汁生生砸了出来。

汽水的位置在椰汁之上，如果买瓶汽水，一定能将椰汁撞出来，这个招数，只有用过这台售货机的人才知道。

段白焰默不作声地站在原地，等着姜竹沥来夸他。

然而她犹豫片刻，问出的却是一句："你不是不喝汽水吗？"

陈塘险些笑出声，他拽住姜竹沥，转移话题："刚刚我们说到哪儿了？"

"说到，如果你在国内的婚庆公司能营业顺利，让我抱大腿。"

"哈哈哈，对，沥沥优秀，沥沥美，我是沥沥的金大腿。"

段白焰站在原地，沉默成一座远古的雕塑。

几乎从来不发私人微博的段导，破天荒地发了条微博，无论语气还是内容，都十分耐人寻味："好想变成大腿哦，那样，就可以被人抱在怀里了。"

这条微博在第二天上了热搜。

但姜竹沥的手机不在自己手里，所以她没看到。

第二期节目的雇主是一对刚刚结婚的新人，陈塘回国后建了一个婚礼策划工作室，打算在游乐园为他们举行一场婚礼，借助《今天我也很甜呀》给他提供婚礼的甜品。

"我想做个《大逃杀》主题，你觉得怎么样？"出发的路上，陈塘将几个零碎的想法写在小白板上，指给姜竹沥看，"或者末世丧尸，密室逃脱？"

"会不会太阴暗、太血腥了？"在这种事情上，姜竹沥的想象力一向贫乏。她思索一阵，指骨抵着下唇，"我想象中的婚礼，好像要更积极向上一点。"

“你想象里，”陈塘颇有耐心地放下小白板，目光转过来，“婚礼应该是什么样子？”

坐在前排抱着手，闭眼假寐的段白焰在这时候偷偷竖起耳朵，像一只不动声色的兔子。

“嗯……就，电视剧演的那种吧。”姜竹沥想了半天，也不太能想象出自己结婚的样子，“天气很好，草坪很绿，走在前头的两个小朋友一路撒玫瑰花瓣，走在后头的两个小朋友捧着新娘长长的白纱，新娘从一条很长的花路上走过来，新郎和牧师就在花路的尽头等她。”

“那也太形式化了，你可真是没有想象力。”陈塘笑她，“你也是个小女生，对自己的婚礼就没点不切实际的想象吗？”

以前有，现在还真是没有了。

“我又没结过婚。”姜竹沥笑了，“你这次的客人是丧尸和密逃爱好者？”

“算是吧。”陈塘笑眯眯地说，“女方是个作家，想玩点刺激的。”

话一出口，他的眼睛突然一亮：“等等，我知道什么刺激了。”

话落，他微微低头，手掌挡住半张脸，低声在姜竹沥耳畔说话。

姜竹沥认真听着，不时附和地“嗯”两声，脸色以肉眼可见的速度涨红，她惊奇地说：“这样不……不好吧？”

陈塘得意地拍拍她的手：“信我的。”

前排的段白焰郁闷又好奇，他们在说什么？他无意识地凑近凑近再凑近，只差整个人都贴上来了。

陈塘：“段导，你这么好奇，来坐我们中间？”

段白焰不痛不痒地“哼”了一声，他觉得，陈塘对他有种莫名其妙的敌意，也不知道他和姜竹沥的事，陈塘到底了解多少。

等一行人到游乐园的酒店下榻，周进跟陈塘商量好，神神秘秘地让大家先抽签时，段白焰才感受到真正的恶意。

婚礼的主题是，霸道血族大魔王，强掳人类小娇妻，勇者须要在特定的时间内救出小娇妻，否则她就会变成吸血鬼，永远无法回到正常的人类社会。

毫无征兆地抽到大魔王角色的段白焰：“……”

他："你们的抽签是不是有暗箱操作？"

姜竹沥没玩过这种大型的探险游戏，游乐园的背景成了这个故事蓝本的天然背景板，她兴奋得不行，从陈塘开始布置起，就这里摸摸那里摸摸，一副好奇宝宝的模样。

"等你结婚了，我给你策划一场更酷的。"陈塘朝她挤眼睛，"所以请你抓紧时间赶紧结婚，给英雄一个用武之地。"

段白焰的长耳朵敏锐地一抖，再一次迎风招展地竖起来。

姜竹沥这次没有接茬，她正专心致志地帮陈塘一起做许愿瓶。这一排亮闪闪的小瓶子，在婚礼当天会被挂在进门的地方，既做装饰，也拿来给客人们抽奖博彩头。

"那我先写一条。"陈塘见她不搭话，提笔就写，"祝姜竹沥小朋友岁岁平安，早日找到称心的大尾巴狼。"

写完，他把它卷成筒，塞进透明的小玻璃瓶中。

姜竹沥笑出声："那我也要写，祝陈塘大朋友年年康健，早日遇见天赐的小可爱多。"

两个人的气氛融洽又和谐，段白焰实在是忍不住，转过来，面无表情地说："你们好吵。"

休息室分了几张桌子，他正坐在另一头准备小彩灯。

平心而论，他真的很不喜欢看到姜竹沥和其他人在一起，无论异性还是同性。

他觉得比起过去，自己的理智已经被拔高了好几个度。可是现在看到她跟别人言笑晏晏，他依然想把她扛起来带走，锁到小房间里，连一眼都不给别人看。

陈塘怎么可能理他，跟什么都没听见似的，一脸深情地握住姜竹沥的手，认真地看着她："你在伦敦时就总是不开心，回来之后，一定记得开心一点。"

"怎么突然提起这个……"姜竹沥愣了一下，心头涌起热意，"我会开心的，师兄别担心。"

段白焰的手一顿，他很想问问，哪里不开心？为什么不开心？回来之后仍然不开心吗？像兜兜转转的绕口令，陈塘只是简简单单一句话，他能联想出一个系列。

“段老师。”同桌的小姑娘看他愣在原地，红着脸低声问，“你是不是累了？要不要我帮你做？”

他没有说话，抿唇，垂着眼，突然有些丧气。

他和姜竹沥从认识到现在，已经快十年了，中间这四年像一道跨不过的沟渠，他不在她身边，他姿态强硬地掰开了她的手。

哪怕重逢之后，他也清楚地知道，她从没真正放下过他。

可这四年的时间，他追不上，也弥补不了。

婚礼前一晚，游乐园的夜场放烟火，倪歌兴冲冲地拽着姜竹沥去看。

段白焰昨晚开视频会议几乎开了个通宵，《止战》团队的其他负责人委婉地劝他回去，他没有正面表态，却疲惫得要命，趁放烟火的时间在住处休息。

段白焰下楼接水，路过休息室，看到一个鬼鬼祟祟的黑影。

他呼吸一窒，警惕地放轻脚步，慢慢走过去，走近了才发现，竟然是周进。

周进站在落地窗前，手里拿着一串许愿瓶。许愿瓶是带小灯的电线串起来的，拿在手里，好像抱着一堆小月亮。

窗外是一簇簇逐渐升空的烟花，远远的，甚至能听见广场上人们的欢呼声。

段白焰靠在门上，有些奇怪：“你怎么在这儿？”

周进没有立刻作答，低着头在认真地拆瓶子。

他每拆开一个，就把里面所有的字条都拿出来，看一遍，挑出其中的某一张，浏览一遍再塞回去，然后提笔，写一张自己的，也卷起来放进去。

段白焰走进屋，随手开了一个瓶子，拿出一张纸，就看见上面清秀的四个字——平安归来。

没有对象，也没有署名，但这些瓶子都还没有挂出去，能往里面塞条子的肯定都是剧组的人，他有种很强烈的直觉，觉得这是倪歌写的。

六十六个许愿瓶，她写了六十六条。

周进也跟着她写了六十六条。

他写的是："祝倪歌平安顺遂，长乐无忧。"

同样没有署名。

倪歌不会再回来翻许愿瓶，她也肯定看不到。

念头在脑子里转了一圈，段白焰突然乐了。

世界上求而不得的人这么多，他不是最惨的一个。

周进又写了几张，放下许愿瓶，抬眼："没去看烟花？"

"嗯。"段白焰拉开凳子，在他对面坐下。

发现周进的小秘密之后，不知怎么，他心里竟生出种惺惺相惜的感觉。

"你和倪歌……"

"如你所见。"周进毫不避讳，"我爱的人，不是我的爱人。"

但那是另一个故事了，他无意多谈，立刻将问题又抛回段白焰身上："竹沥去看烟火了吧，你竟然不陪她去？"

段白焰的嘴角微动："我累。"

他一开始确实是想陪她去，可他的疲惫写在脸上，她忧心忡忡地劝他留下休息。

他觉得，无论如何她是在关心他，既然她不希望他的控制度太高，那他应该尝试着开心地接受这种好意。

"那你为什么不想想，你又给她和陈塘制造了单独相处的机会？"周进恨铁不成钢，"段白焰，你简直是个'绝缘怪'，积了十辈子的德，这辈子才能被姜竹沥看上吧？"

段白焰抿着唇，没说话。

如果是这样的话，那他这辈子也应该多积点德，运气好的话，下辈子还能遇到她。

"不过……"周进仰天长叹，"我自己的感情问题都还是一团糟，为什么要管你？"

段白焰静静地看着他，半晌语气平静地问："她知道吗？"

周进一下子沮丧起来："不知道。"

很久之前，周进就知道倪歌有喜欢的人，那个人也很喜欢她。虽然他们因为各种问题没有公开在一起，可他们确实相爱。

所以这么多年来，他脑子里一直有条红色的警戒线，不可以把自己的心思告诉倪歌，一旦她知道了，就会远离他。

他不希望有朝一日，他和她连朋友都做不了。

“可能我们搞艺术的，”周进一脸沧桑，拍拍学弟的肩膀，“就是注定要孤独终老吧。”

段白焰抖落他的手。

“别带我。”他垂眼，垂下睫毛，“我不是求而不得的那一个。”

“我懂，你不会求而不得，你从来都强取豪夺。”

段白焰抬眼，与周进目光相撞，眼底流露出疑问。

他从没告诉过周进，他和姜竹沥以前的事。

“是江连阙告诉我的。”周进解释，“也是他跟我说，让我找机会劝劝你。”

段白焰身上的戾气瞬间消散，其实他觉得，他已经比过去好很多了。

至少他现在能接受别人的善意，放在过去，他会觉得江连阙也要害他。

“他说，如果我直接告诉你应该怎么做，你一定听不进去。”段白焰须要自己撞墙，自己摔跤，自己去找方法，“但我也不知道该怎么帮你，在我的经验里，‘喜欢’不是一件可以教的事。”

简简单单两个字，有千百种表达方式。

他对倪歌的沉默是喜欢，段白焰对姜竹沥的偏执也是喜欢。

窗外有巨大的烟花蹿起，在空中散开，如同流动的彩色烟云。

段白焰沉默着，半晌才说：“不用教。”

他攥着手心里的纸团，掌心浸出了汗，他觉得，他应该向她解释，也应该有自己的方法。

姜竹沥回到酒店时，夏蔚正躺在床上敷面膜，见她进门，抬眼看她：“烟花好看吗？”

姜竹沥不欲多谈：“还好。”

上次的蛋糕事件，她不太确定是不是真的跟夏蔚有关系，第二季还没有开播，周进剪掉了起争执的片段。

可是游乐园酒店入住时，抽签定房间，她竟然被分到和夏蔚同住一个房间。

这就很邪门，论室友，她当然更喜欢倪歌，软绵绵的，萌萌的，什么事都向着她。

“刚刚周老师过来说许愿灯做好了，叫我们都去写一下心愿卡。”夏蔚一手按着面膜，另一只手在刷微博，“他在楼下休息室。”

“谢谢你。”姜竹沥有些意外，“不过，我已经写过了。”

昨天她和陈塘一起做灯时，就往里面塞过心愿字条，很多人都看到了。

夏蔚应了一声，没再开口。

可是经她这么一提，姜竹沥的心口又热起来。

昨天段白焰那么嫌弃许愿灯，不知道他刚才有没有在上面写什么。姜竹沥洗完澡卸了妆，缩进被窝关掉灯，看着黑漆漆的天花板，还在想这件事。

高中的时候，班上也举行过类似的活动。

她忘记最早是从谁开始的了，每位同学过生日，班主任都会在班上传两张信纸，让其他同学为他写祝福语，一人一句。

姜竹沥十八岁生日那晚，段白焰逃掉了晚自习。

信纸最后传到他的桌子上，她左等右等等不到人，壮着胆子给他发短信：“连我十八岁的生日，你都不回来写祝福语，我要去跟老师告状，说你又逃晚自习。”

段白焰后来说了什么，她记不太清了。

时隔近十年，姜竹沥迷迷糊糊，只记得那时他颇为嚣张地用手机给她发语音，语气慵懒又随意：“这个活动，真是蠢毙了。”

姜竹沥睡得不太好，这直接影响了她第二天的精神状态。她是勇士小姐，按理说要披荆斩棘，去拯救人类的小娇妻，等娇妻安全了，再默不作声地全身而退，将功勋与娇妻全都留给王子。

可无论面对什么怪物，她都一副无精打采、提不起精神的样子。

偏偏也是她提不起精神，才让这场闯关游戏显得格外诡异。

原本的安排里，其他的队友会给她很大的助力，帮她闯关。可实际上，队友根本没什么用……

因为在大魔王“充满危险的迷雾庄园”里，荆棘是软刺，暗箭是水枪，等她走到城堡下，才发现锁是松的。

她都不用撬门，用嘴吹一吹，门自己就开了。

姜竹沥：“……”

就这么垃圾的安保系统，也敢做大魔王。

拿稳勇士之剑，她咽了咽口水，顺着楼梯向上走。

综艺里大魔王的住处是游乐园中已废弃的鬼屋，外表修建成了古堡的模样，里面的摆设也像模像样。

清冷的阳光只有一束，从玻璃顶漏进来，屋里安安静静，连个鬼影都没有。

“可爱的新娘。”她试着喊了一嗓子，“你在哪儿？”

没有人回应她。

“我是人类的勇者，我向大魔王发出挑战。”

她锲而不舍。

“我来救……”

后半句话没说完，一个巨大的袋子从背后落下来，她来不及看清，眼前一黑。

姜竹沥重新醒过来时，眼睛被蒙住了。

她不确定这是不是节目组的安排，因为她动了动手脚，发现自己现在的姿态，是特别典型的被绑架的姿势。她坐在凳子上，两只胳膊被捆在椅背上，腿被束缚在椅子腿上，动弹不得。

她的眼睛看不见东西，五感格外敏锐，周围没有风，她猜应该是在室内，而且她总觉得有道视线落在自己身上，让人有些不自在。

姜竹沥小心翼翼地问了句：“小娇妻？”

没人理她。

“新娘？”

还是没人理。

“大……大魔王？”

下一秒，她听见不远处传来清晰而低沉的一声：“呵。”

姜竹沥的一颗心放了下来，她还在参加节目，而她的正对面，坐着的就是自恋少年段白焰。

此时此刻，自恋大魔王正闲适地坐在藤椅上，一动不动地观察她，观察这个愚蠢、自以为能打败他的少女。

“大魔王。”姜竹沥咽了咽口水，苦口婆心，十分敬业，“小娇妻是不是还在你手里？你放了她吧，你是血族，她是人类，你们在一起是不会有……”

“放了。”

段白焰的声音平直清冷，毫无征兆地打断她。

她愣愣的，一下子没反应过来：“不是，你把什么给放了？”

“新娘。”

放了？那她这个综艺还拍什么？要闯关没闯关，要救美没救美。

“我……”姜竹沥突然语塞，“那我走了，请您当我没来过。”

说着，她企图带着凳子从一旁跳走。

下一刻，她被一股大力拽了回来。

姜竹沥的脑袋砸进段白焰的怀里，他发出一声闷哼。

她的脑袋晕乎乎的，还没能完全清醒。

他的声音很低很沉，在她的头顶响起：“我费尽心思，将人类的新娘诱拐进陷阱，藏在树林深处，向全国的勇士发出挑战，让他们来救人——”

姜竹沥还戴着眼罩，周围一点点风吹草动，她的感觉都很明显。

她还被他圈在怀里，不算太用力，可她的身上酥酥麻麻，穿堂小风一吹，她被他硬生生地说出一身鸡皮疙瘩。

“其实是想靠她们将你引诱上钩。”段白焰低着头，热气缓慢地流窜在她的脖颈间，“你总是在回避，不愿意正眼看我，可是我每天都很想见到你。”

姜竹沥一个激灵，下意识地想躲，却躲不开。

她突然有些慌，倒不是怕他当着摄像机的镜头对自己做什么，而是这段台词太过于真情实意，不像剧本里的台词。这个家伙……

姜竹沥想咬他。

“勇士小姐，大魔王昨天在一堆心愿瓶里见到了你落下的东西。”他轻声说，“大魔王前几天还很嫉妒，可现在他很开心。”

姜竹沥一愣，迅速反应过来，脸色飞快涨红：“那个不是……”

段白焰拿着字条，安抚般握住她的手。

昨晚他打开心愿瓶，不仅看到倪歌和周进的字条，还看到给他自己的。

简简单单的一句话：“希望段白焰好好的。”

他知道，只有她会为他做这样的事。

在琢光山的时候，他曾经问她，能不能不要放弃他。他这问题问错了，因为她从来就没有放弃过他。

所以昨天，他才对周进说那样的话。

他和周进的确不一样，他还有姜竹沥。

她喜欢他，她只是怯懦、畏缩、不敢回头。

“那么现在，你愿意正眼看看大魔王吗？”他的手指顺着她的袖口游走，带着些寒意，握住她的手腕，“勇者小姐？”

姜竹沥没有说话，段白焰安静地望着她，将毕生耐心耗在这里，等她的智商回流。

而她迷迷糊糊的，想起她十八岁生日时，他给她发的那条语音。

他说，这个活动，真是蠢毙了。

顿了顿，他的声音里竟然浮起浅淡的笑意。

“是啊，我又逃课了，你要去找老师告状吗？”正是冬天，他站在走廊下，话筒里风声呼啸。

他顿了顿，声音低沉，竟然透出一股温柔：“那你跑慢点，我跑着去追。”

姜竹沥有些迷茫，本质上来说，她和段白焰都是矛盾体。

她的矛盾体现在她一直在原地踏步，感性不允许她远离他，理智却又不让她靠近，一遇到问题，她首先想到的解决方式就是逃跑；而段白焰的矛盾体现在在一起之前，他表现得还勉强能算是个正常人，可一旦进入或者靠近恋爱关系，他就会变得任性、自私、焦虑又不可控。

她曾经为此疑惑，大学老师告诉她，恋爱关系会让人在精神上重回婴儿时期，处理不好家庭关系的人往往会传承这种悲剧，所以恋爱中暴露出来的大多数矛盾，其实都来自童年的伤害。

所以她一直在努力理解段白焰，可当她自己受到伤害的时候，她无法自我消解，几次三番流露出想要通过交流解决问题的念头，都被他无情地驳回。

姜竹沥沉默半晌，深吸一口气，小声说："我不想。"

段白焰微怔，眼里的光一点点熄灭下去。

"喜欢你是我自己的事，跟你没有关系。"她微顿，声音细小，"跟你无关的意思是，虽然喜欢，但我们之间没有任何牵连，我也没有给你任何伤害我的权利。"

他说得没错，她擅长自欺欺人，也比过去更加擅长逃避。

她的手心发凉，段白焰舌根发苦："你是不是对我很失望？"

姜竹沥没有说话，分开的这些年里，午夜梦回，她一遍又一遍地想起跟他分手的场景。

小说里场景衬托都是假的，那日没有连绵的阴雨也没有密布的乌云，她不必湿漉漉地站在雨雾里，可怜地看着他，像一条无家可归的流浪狗。

那天天气好得令人发指，晴空万里，有人提着花篮、果篮来探病，有人推着轮椅出去散心，还有很多穿着条纹病号服的病人在楼下的花园里晒太阳。

全世界都欣欣向荣。

只有她一个人，坐在长得看不见底的走廊上哭。不停地有人给她送纸，熊恪带着一群黑衣大汉，慌得手足无措，围成一圈商量怎么安慰她。

她一边哭，一边分神去感谢他们。

到后来头脑都变得混沌，等段白焰真正醒过来，她的声音已经沙哑了。

她的手扣住他的手腕，最后一次，乞求般小声问他："我们能不能谈一谈？"

段白焰半靠在床上，嘴唇苍白，精神不济，他深深地望着她，沉默了很久。然后他伸出手，以一种默然决绝的姿态，一根一根地掰开她的手指。

那时候，姜竹沥就知道，她和段白焰永远结束了，他放弃了她。

段白焰陷入沉默。

“我一直以为。”他说得很艰难，“我才是被放弃的那一个。”

所以也许是他们两个一起放弃了对方。

这样一想，她更难过了。

段白焰也很难过。

大魔王的古堡里，悄无声息地弥漫起一股悲惨的气息。

良久，直到姜竹沥手腕发麻，她才忍不住小声地嗫嚅：“我不想被放弃第二次，也不想被绑起来。”

段白焰如梦初醒，喉结微动：“不是我绑的。”声音里透出一丝丝不易察觉的慌张。

姜竹沥不相信。

“是周进。”段白焰冷静地将锅推了出去，“为了节目效果。”

“那你放开我。”

段白焰不再说话，伸出手，抿着唇，用蜗牛般的速度帮她松绑。

姜竹沥的皮肤很白，手腕又太细，显得格外脆弱。哪怕只是平日里做饭时不小心在手上留个小刀口，疤痕都会留很久才消下去。

所以即使周进挑的是质地偏软的绳子，仍然在她的手腕上留下了明显的红痕，像是被某种工具不留情面地蹂躏过。

段白焰迟疑地咽了咽口水，突然感到难耐，松绑时悄无声息地从蜗牛速度变成树懒速度。

姜竹沥语气温柔：“周进是拿着绳子给我系了个中国结吗？”

段白焰：“……”

他默默加快速度，绳子一圈一圈落下，姜竹沥得到解放，活动活动发麻的手腕，一把扯下了眼罩。

段白焰抬起手，挡住她眼前的光。

她微微眯眼，小动物般往后缩了缩。

“竹沥。”

他的手没有放下来，耐心地等她的眼睛适应屋内的光线。

“我在努力变成正常人。”他舌根发苦，“你能不能试一试，不要放弃跟我交流？”

“我在学。”他的声音很低，“你给我一点时间。”

姜竹沥沉默着，直到最后，她没有点头，也没有摇头。

可他分分明明在她眼底看到一闪而过的松动。

“你说说，这都是什么事？”

周进第三次重复同一句话，陈塘笑着推过来一杯酒：“消消气。”

“我入行这么多年，从没导演过这种剧情脱缰成野马的综艺。”周进捧着脸叹气，“让他买食材，他不仅弄丢自行车还搞坏了苹果树；让他去扮演一下邪恶的大魔王，他为了勇者一句话，就二话不说地放跑了新娘。”

陈塘笑意飞扬，看着不远处神采奕奕地做直播的姜竹沥，没有说话。

在他看来，大魔王和小娇妻策划的结尾收场很草率也很不负责，段白焰的自作主张，再一次降低了这个人在他心里的好感度。

好在新娘似乎还挺满意，从童话副本回归现实，这对新人的婚礼后半段也在游乐园举行，还真如姜竹沥所说，绿色草坪上新娘拖着长长的白纱，由“糯米团子”们撒着花保驾护航。

“不能免俗……”

陈塘最大限度地尊重客户的想法，落到实处，仍然感到啼笑皆非。

他笑着转移视线，发现另一侧的草坪上，段白焰西装革履，正朝这边走来。

心下一动，他放下酒杯，朝姜竹沥走过去：“竹沥。”

“师兄。”她兴奋地抬起头，眼睛亮晶晶的。

趁着婚礼，她总算拿回了自己的手机，重新打开与世界交流的通道，她第一件事就是赶紧回直播间去向大家道歉，并将婚礼上的甜品一一介绍给他们听。

“你累不累，要不要休息一会儿，或者喝点什么？”陈塘语气温和，将饮料吸管直接递到她嘴边，“这个没有度数，尝一尝。”

以前在伦敦，一群人组建小组研究课题经常搞通宵，他们那时也这样亲密，会在队友犯困的时候将对方扔上沙发或者拖上床。

所以姜竹沥没有多想，她两只手都拿着东西，饮料递到面前，她直接低头咬住了吸管。

青色的饮料顺着吸管流入口腔，她满足地感慨：“甜。”

“喜欢就多喝一点。”

段白焰一过来，看到的就是这么一幅画面。

他的小情人又和他的小情敌在一起，小情敌给她喂饮料，陈塘身形颀长，姜竹沥娇娇小小。两个人哪怕只是站在一起，也有溢出屏幕的合拍感。

段白焰的脸色瞬间冷下去，他迈动长腿靠近：“竹沥。”

姜竹沥无意识地抖了抖。

段白焰叫人名时总是很有压迫感，长期居于上位，天生的气场容易给人压力。

她放下手机，也向他打招呼：“午安。”

距离保持得不远不近，段白焰有些气，总觉得她和他说话，不像她和陈塘说话那样自然。

这可真是太让人嫉妒了。

“我要离开一段时间，回剧组。”他抿唇，沉默半晌，忍来忍去还是没忍住，“我不在的时间里，请二位切勿生情。”

陈塘笑了，有些挑衅地反问：“我们生不生情，关你什么事？”

段白焰抬头，两人目光交会，他眼底翻滚出幽暗的情绪。

陈塘毫不畏怯，大大方方地对视回去。

坦白地说，他就是想呛他。

早在伦敦时，他就很好奇，小师妹的前男友到底是个什么生物，天天虐她，她还对他念念不忘。

结果见到真人，陈塘发现他又傻又愚蠢。

要不是姜竹沥不配合，他甚至想跟她假装情侣，气死段白焰。

眼见两个人要打起来，姜竹沥连忙解释：“陈塘只是我的师兄。”

段白焰立刻偃旗息鼓，安静地看着她。

她至少还愿意解释，那就说明她肯定还是在意他的。

“那你……”一旦离段白焰近了，姜竹沥就开始无措，“你路上小心。”

他垂眼看了她很久，低声问：“不抱一下吗？”声音竟有些可怜。

“我……”光天化日之下，姜竹沥脸上有一闪而过的挣扎。

段白焰叹气。

“不逼你。”

他低下头，恶作剧般蹭蹭她的手。

姜竹沥默不作声，觉得差一点点她就又要低头妥协了。

段白焰回剧组后，昼夜颠倒地在片场拍戏。

他工作时很认真，不介意将百分之两百的精力全部投入。可是一旦逮住空闲，就疯狂想见姜竹沥。

综艺拍摄期间，她的手机不是时时刻刻都在自己手上，而且她删了他的微信……

他决定曲线救国，打个电话给周进，问问他那边的情况。

“咦，竹沥这几天都不在我这里啊，”周进奇怪，“她没告诉你吗？”

段白焰微怔，好像被一只无形的手扼住喉咙，他压低声音问：“她在哪儿？”

“她父亲病了，这几天都在医院。”周进敏锐地嗅到不对，刻意将语气放缓，“她那天走得也很急，可能是太着急了，没来得及告诉你，你别想太多。”

段白焰挂断电话，陷入沉默。

她没有跟他说，从重逢开始她就很少在他面前谈及自己。

段白焰心情复杂，良久他说：“熊恪，备车去医院。”

除了科室和车牌号，熊恪甚至帮段白焰打听到了姜竹沥爸爸的病和疗程。

像十七八岁一样，他喜欢这对年轻时就走到一起的恋人：“加油呀，小少爷。”

段白焰苦笑，走到门口正要敲门，听见里面传出陈塘的声音：“你想好了吗？”

姜竹沥没有说话。

段白焰屏住呼吸，隐形的长耳朵在这时又开始迎风招展。

“竹沥。”陈塘叹气，“你还记得我在伦敦时对你说过的话吗？我保留当初的意见，你和段白焰不合适。”

“我并不是以一个咨询师、一个情感博主，或者一个前辈的视角来看你们。”他说，“单纯作为你的朋友，我才更想劝你远离他，你值得更好的人。”

热血往脑子里冲，段白焰的眼中燃起风暴，他猛地抬手想开门。

第十二章

学习恋爱

然而下一秒……

“可是，师兄。”姜竹沥的声音低低地从屋内传出，“我只是觉得，如果他在努力，我却一直原地踏步，那对他来说太不公平了。”

段白焰一愣，手停在门把上。

“他什么时候努力了？死缠烂打和穷追不舍就叫努力吗？”在这两个人的恋情里，陈塘体谅姜竹沥，更多的是恨铁不成钢，“你们纠缠不清这么多年，你还没有看透他？他是焦虑型的恋人又怎么样？你对他的体谅还不够吗？像他这种自私又自以为是的人，凭什么总是要你包容？”

段白焰站在门口，手悬在门把上沉默着。

不知道为什么，他突然失去了推门而入的力气。

“我……”姜竹沥想替他辩解。

陈塘打断她道：“你们分开四年，重逢之后他能想到的表达喜欢的方式依然是非法的，幼稚得像个小学生。他连一点进步都没有，丝毫没有成长，你哪只眼睛看到他在努力？”

“他有改变的！”姜竹沥倔强地反击，“他至少表达欲比过去强啊！”

“哦，我懂。差别就是以前他不会说喜欢你，现在会挂到嘴上了，可除此之外呢？”陈塘嘲讽，“除此之外，你们两个现在的状态依然是教科书式的死亡情侣。当初老师怎么说？焦虑型和回避型的两个人最难有未来，你是有自信，觉得自己肯定是那个奇迹女孩吗？”

“可老师也说过，人的性格不会一成不变啊！”

“四年了，姜竹沥，你清醒一点行不行？四年了他都没能变成一个世俗意义上的正常人，说不定他压根不觉得自己有问题，你还指望他怎么脱胎换骨？”陈塘气急败坏，几乎要跟她吵起来，“你是吃的苦头不够多，还是小黑屋没待够？跟他那样的人在一起，你是斯德哥尔摩综合征患者吗？！”

“陈塘！”姜竹沥的眼中瞬间染上怒意，她最讨厌别人把段白焰形容成罪犯，“我不希望你对我下定义，也不希望你对我贴标签。”

哪怕情绪起伏，她也只会说“我不希望”，而不是“你不要”。

陈塘抬起手，做了一个深呼吸：“好，好。”

“对不起。”他解释，“是我不够冷静。”

“你明明很清楚，”他的音调一降，姜竹沥的声音也跟着落下来，她微微垂着眼，“在我的防御机制里，所有的‘我那还不是为你好’都是隐形伤害，为什么还要对我说这种话？”

“因为我在意你。”陈塘懊恼极了，“因为姜竹沥跟我有关系，我怕她上当怕她吃亏，我希望我的朋友能快乐。”

“可是你刚刚说的话，也伤害到我了。”

陈塘一时语塞：“那可能是因为，我这些话实在是憋了太久，压抑不住了。”

姜竹沥低下头，沉默了很久，小声说：“我知道，因为你在意我，所以才会来对我说这些话。但是陈塘，我不希望你用你对段白焰的固有印象，先入为主地对他判死刑，那样会让我后悔把我和他以前的事都告诉了你。”

陈塘低着头：“对不起。”他揉着眉心，语速和缓下来，微微叹息，“竹沥，是我太着急了。”

接着他又耐心地强调：“我希望你能原谅我，现在无法理解你的想法。但如果你想通了，我尊重你的决定。”

姜竹沥很感激：“谢谢你。”

两个人快快乐乐地握手言和。

门口的段白焰十分意外，中间有几次他甚至以为两个人会打起来，然而没有。

他第一次见到这样的交流方式，感到十分新奇，像是在听两个辩手的论辩，唇枪舌剑，互相攻讦。

可又不是真正意义上不管不顾、互相攻击地吵架，恰恰相反，两个人好像都非常理智，只是在对着同一个事实发表自己的想法，一边争论，又一边自省。

他突然开始犹豫到底要不要进门。他正在踌躇，把手一动，他心里一惊，下意识地躲到旁边。

“今天谢谢师兄了。”姜竹沥礼貌地朝陈塘道谢，“借用了你的车，还麻烦你特地来医院取。”

“这都是小事，等会儿我替你回一趟家，把明叔叔今晚要用的衣物也带过来。”陈塘脸上的笑意舒展，“那件事，你如果有别的想法，也欢迎随时来告诉我。但是，我现阶段仍然保留现在的观点。”

她笑起来，两眼弯成新月：“谢谢你，辛苦啦。”

陈塘告别姜竹沥，回病房照顾明叔叔，他转身往楼梯间走。

手机里不断地弹消息，他一手插兜，一手拿着手机埋头往前走。

走出科室没几步，感觉面前落下一道巨大的黑影，他没多想，往旁边挪了挪，发现旁边也有同样的阴影。

他抬起头，看到自己面前整整齐齐地站着一排黑衣大汉。

打头的人是段白焰，穿一件黑色风衣，五官清俊，身材修长，面色冷淡地望着他。

陈塘的嘴角一抽，他差点顺手报警：“你这架势，是打算把我杀了灭口？”

段白焰抿唇良久，低声问：“我们谈一谈，可以吗？”

陈塘一直对段白焰没什么好感，所以坐下来之后，也没给他好脸：“说。”

段白焰没说话，他在给自己做心理建设。

他从没想过，有朝一日他会跟可能是自己情敌的男人平心静气地坐下来谈话。

可段白焰犹豫再三，又实在很想问他：“我和竹沥分开的这些年，除了我知道的事，是不是还发生过别的事？”

“对。”陈塘故意气他，“还发生过我和她的故事。”

段白焰面上不显，手里“啪”的一声捏爆了咖啡糖包。

“我们在伦敦的时候，一起上课一起下课，一起做小组作业。”陈塘声音温和地说，假装自己不是在挑衅，“哦对，她熬通宵睡着，我还把她抱上楼。”

他十分刻意地隐藏了一个重要前提，小组作业的团队里当时一共十三个人，半数是女孩子。

通宵到第三天，身边的人一个接一个地倒下去，那时他做队长，姜竹沥并不是唯一一个睡着之后被他扛起来扔上楼的女生。

段白焰觉得自己的脑子都要炸了，他用最后一点点理智，压抑着想掐死对方的冲动，维持脸上的波澜不惊：“你很讨厌我。”

“我没有理由喜欢你。”陈塘坦白。

说起来，他最早注意到姜竹沥这个人，还与段白焰有关。

那时新学期刚开学不久，老师在课堂上提到依恋关系，他看到一个矮个子的东方女生下课之后去找老师问问题，两个人说着说着，她竟然开始掉眼泪。

那位外国的老先生头发胡子都白了，却好似从没见过这种阵势。他慌里慌张，手足无措地安慰他脆弱的学生，一开始用英文，后来换成蹩脚仓促的中文：“孩子，孩子……那不是你的错，你向前看……”

陈塘站在教室后面，捂着脸笑出声。

那天他跟着她出教室，一路走到公寓楼下，她疑惑地回过头，他笑着向她做自我介绍：“你好，陈塘。”

她的列表里就这么莫名其妙地多了一个学长。

在陈塘最初的观念里，这姑娘长得这么清秀，自我情绪管理又不怎么好，肯定是家里的小公主。然而混熟了之后他才慢慢了解，除了控制欲超强的母亲，最要命的是，她的前男友竟然是一个 stalker。

段白焰的眼皮一跳，他忍不住打断陈塘：“stalker？”

“跟踪者、病娇、暗恋者、变态、死缠烂打。”陈塘重复这个单词的中文释义，耸肩，“竹沥不喜欢我用这个词给你贴标签，但我认为，拿它形容你非常贴切。”

在陈塘的标签体系里，姜竹沥是非常典型的“回避型依恋者”。在恋爱关系里，她畏惧控制与过度亲密，需要自我空间。

“可 stalker 大多是焦虑型依恋者，他们渴望控制与亲密。”陈塘微顿，“我们的老师在课上给这种搭配的情侣下了一个定义——天生互相吸引，天生相爱相杀。”

段白焰不自觉地皱起眉头。

平心而论，这触及了他的知识盲区。

哪怕大学时姜竹沥学的也是心理学，可他从没有真正去了解过她的领域。

“简单地说，婴儿早期与母亲的关系，会被复刻在他们成年之后的恋爱关系里。”陈塘主动解释，“所以你们两个的恋爱，一个步步紧逼，一个只想逃跑。”

段白焰陷入沉默，陈塘已经将话说得非常直白了，可仍然有他无法完全理解的地方。

他开始想，这些陈塘所谓的标签与理论，姜竹沥是不是很早之前就知道了？

那个时候，或者说是这些年来。

段白焰突然觉得很难过，到底为什么就是没办法好好交流呢？

“我常常在想，姜竹沥但凡不跟你在一起，她随便去找任何一个人，都不会被逼到现在的地步。”陈塘见他沉默，继续道，“她能理解你，但我不能。”

陈塘对姜竹沥没什么男女的感情，可是他无法不去管她。

站在朋友的角度，他讨厌段白焰。在他看来，姜竹沥什么都没有做错。

她的回避机制是家庭给她的，并不存在好坏之分。可段白焰无法理解，他焦虑地想要把她拽出来。

如果他们不改变相处模式，彼此都会被对方毁坏。

四年后比四年前更甚，当年的分手加剧了两个人本就糟糕的状况，因此，陈塘能想象得到的最佳局面，就是两个人分手之后再不回头，各自去找安全型的伴侣。

段白焰沉默了很久很久。半晌，他沉声道："人并不是生下来就懂得怎么去喜欢别人的。"

他在这时候，后知后觉地明白了一件事。

姜竹沥所有的畏怯与犹豫，都只是因为他从没给过她信心。

他已经二十七岁了，人生过去了四分之一，在这件事情上，他仍然表现得像个白痴。

姜竹沥也是，不过……

段白焰靠上椅背，没关系啊，他还有时间，那些他不会的东西，都来得及重新学。

姜竹沥是被一阵妖风吹醒的。

她醒来时，病房里的窗户大大敞着，窗外乌云流动，山雨欲来，气势汹汹。

她有些懊恼，刚刚喂明叔叔吃了药，他现在睡得正熟。可她不知怎么，竟也跟着趴在床边睡着了，再醒过来，天色都暗了下来。

她只觉手脚冰凉，起身关窗，手指碰到窗棂，突然记起早上天气预报时她无心瞄的那一眼，台风登陆，就在今夜。

"好像要入冬了……"

姜竹沥搓搓手，病房里有些冷。今年的中秋、国庆都已经过完了，再往后推，马上就是寒冷的圣诞节了。

她望着窗外出神，手机突然振动起来。

是个陌生号码，她接起来问了声好，过几秒，才听见对方低沉的嗓音："竹沥。"

姜竹沥微怔："段白焰？"

他的声音闷闷的："嗯。"

要到她的手机号很容易，她不觉得奇怪。然而他主动解释："是找陈塘要的。”

“哦……”

“我来给你送明叔叔的衣物，快到楼下了。”

“啊？”姜竹沥意外，“那个不是我让师兄他……”

“他临时有事。”事实是，段白焰中途截和，“我来替他送了。”

“那你……你路上慢点。”虽然不知道这人怎么会突然跑到医院里来，但姜竹沥不敢让他等太久，“我先去楼下等你吧。”

挂断电话，她飞快地换好衣服和鞋，提前下去等他。

走到医院大厅里时，外面的雨噼里啪啦地落下来。连串的水珠砸在玻璃上，溅出漂亮的水花。

大厅里没什么人，有点冷。

姜竹沥像只瑟瑟发抖的土拨鼠，乖乖蜷在门口的大厅里等。

然而时间一分一秒地过去，段白焰的电话没人接听，她一直没等到他的“快到楼下了”。

她坐在塑料椅上，百无聊赖，脚尖对脚尖。

外面的雨越下越大，风声猎猎，像是要掀翻眼前的落地玻璃。

“喂！你这个人！”她正低着头发呆，突然听到一声呵斥，抬起头，看到穿着制服的保安表情焦急，正大跨步朝她走过来，“台风要来了，你怎么还坐在这儿？！”

风声太大，她没听清：“什么？”

几乎是同一时刻。

风声携着雨水，击破大厅的落地窗。冰凉的水珠顺势席卷而入，横着砸进来。

姜竹沥被人用力朝后拽，来不及抬头，就一头栽进温暖的怀抱里。

“竹沥。”

她听见一声一声的心跳，是有规律的，有热度的。

“对不起。”段白焰的声音低而沉，在头顶响起，“我迟到了。”

姜竹沥愣了一下，刚想说，没关系。

“对不起。”

他紧接着，又重复了一遍。

姜竹沥突然感到局促：“其实，你没必要为了这种事道歉。”

“第二个对不起，”他将下巴抵在她的脑袋上，温暖的气息弥漫开来，“是因为我违背了以前说过的话。”

“什么？”她眨眨眼，不太明白。

“高中的时候，我参加过一场竞赛。”他将两个人都笼在巨大的伞下，隔开外面的空间，微微抿唇，“不知怎么就拿了奖，我去市里领奖，路上耽搁了，没有吃午饭，一直到下午才回学校。”

姜竹沥微怔，有预感似的，心突然猛跳起来。

“我当时的同桌，是个特别蠢的姑娘，她骗我说她没有给我留午饭。”

可他一出门，就在走廊上的垃圾桶旁看到了显眼的饭盒，是她平时最喜欢去的那家店。

大概早就凉透了，连封都没有拆，孤零零的，傻兮兮的。

他觉得有点好笑，又有点心酸。

“那个时候，我在心里发了一个誓。”

那时他蠢得要命，不知道这种事一分一秒都不能拖，一定要立刻告诉对方。

姜竹沥的脑袋埋在他的胸口，双手无意识地握成拳。

最后半句话，他停顿了很久。

“如果有下一次，我再也不要让她等我了。”

窗外风声愈烈，他的声音带着热气，落在她的耳边。

“天上下刀子，我都会赶回来。”

医院外风声越来越大，雨水疯狂地被风卷进来。

他抱得很紧，呼吸流窜在她的脖颈之间，热乎乎的。

姜竹沥愣了一下，赶紧推开他：“你别……谢……谢谢你。”

为什么不让抱？段白焰郁闷极了，两手下滑，仍然不死心地挂在她的肩膀上。

“师兄他……”姜竹沥被他半圈在怀里，神情有些茫然，环顾四周，“是他让你来的吗？”

段白焰气得不行，他一个大活人站在眼前，她还在问师兄。

他别开脸，语气硬邦邦的：“不是。”

“但是我把家门钥匙给了他。”是她拜托陈塘回一趟家，帮她带一些明叔叔的换洗衣物来。

明叔叔在明里市没有别的亲戚，医院这边走不开，她只能拜托自己的朋友。

下一秒，眼前一花，段白焰手中划出一道漂亮的抛物线，钥匙稳稳地落入她的手中，他的语气仍然很僵硬：“以后别随便把家门钥匙给乱七八糟的人。”

姜竹沥低低地“嗯”了一声，没有反驳，轻轻朝后退一步，从他怀里退了出去。

手心温度消散，段白焰动了动手指，莫名其妙地感到心慌，不敢重新抱住她，又不甘心就这么松开。

他故意把陈塘形容成“乱七八糟的人”，就是想听她反驳。

她只要反驳，他们就有话说。可是她为什么不反驳，她是不是根本不想跟他说话？

段白焰的心都要碎了。

姜竹沥自然而然地从他手中接过装着衣服的手提袋，转身就打算离开：“谢谢你，再见。”

段白焰的喉结滚了滚。

“那个，竹沥……”他小跑两步追上来，跟她并行，“今……今天天气不错。”

姜竹沥：“……”

台风刚刚才吹碎了医院大厅的玻璃。

话一出口，段白焰好像也察觉到不对。他舔了舔唇，一边跟着她，一边偷偷摸摸地在手机上搜：怎么没话找话。

雷电天气，医院暂停了电梯，楼层不高，两个人并肩爬楼梯上去。

走出去没几步，他认真地低声指出：“你的妆花了。”

姜竹沥脚步一顿：“我今天没有化妆。”

这个套路原本的走向，难道不是她一脸慌张地小跑过来，让他帮忙看看哪儿花了吗？

这个不行，段白焰决定换一个。

走出去两步，他又认真地道：“你的东西掉了。”

姜竹沥回过头，看看自己的影子：“你说影子？”

祖传套路，一眼被识破。

他还要开口，姜竹沥抬起头打断他，她的眼睛黑白分明：“你一直跟着我，到底想说什么？”

他绷着一张脸，有十万个为什么想问。

她为什么不理他，为什么不给他回复，为什么不把他的微信加回来，为什么叔叔生病都不告诉他，为什么对他爱搭不理，为什么躲着他……

千言万语到嘴边，变成一句不痛不痒的：“明叔叔还好吗？”

“嗯。”

提到这个名字，姜竹沥的眼神又暗下去了。

她这些天休息得很少，周进的工作还没完全结束，直播那边又一直有人找她接推广。明叔叔生病入院，就没有人照顾妈妈了，可妈妈的精神状态一直反反复复，身边又确实不能缺人……

她在医院里问陈塘，该不该把自己现在的生活状态告诉段白焰，可陈塘的话又让她陷入了新一轮的迷茫。

事实如此，她从来没办法跟段白焰分享自己的不开心，因为即使告诉他，也不会得到回应。他不会安慰人，更不会亲亲抱抱举高高，告诉他没有任何用。

偏偏这个人又在这个关口跑到她面前来碍眼，让她想起了高中的往事，她才不管年少时的段白焰在心里发过什么毒誓，但只要一想当初她怎么等都等不到人的心情，心里就难过得要命。

她想想就生气，当初到底为什么找了这么个男朋友？

每件事都让她好难过！

段白焰正企图在自己贫瘠的语言体系里寻找安慰她的词汇。

“你也别太……”

他的手刚刚抬起来，还没落到她的肩膀上，就被她满眼愤怒地打开：“你别碰我！”

不知道发生了什么的段白焰：“……”

她怎么变脸比他还快？

姜竹沥抱住袋子埋下头，转身往楼上跑去。

“竹……”

他一步两级台阶地往上追，下一秒，楼梯间通往科室的隔离门豁然大开，伴着一片嘈杂，一团黑影出来，姜竹沥躲闪不及，跟他撞了个正着，两腿一弯，膝盖重重地砸到地上，一时间痛得说不出话。

她蜷在地板上，脸疼得皱成一团，抱住膝盖小声抽气：“嗯……”

“竹沥！”段白焰眼神一紧，大跨步走过来蹲下，目光上下扫视，“摔到哪儿了？”

姜竹沥缓了半天，才抱着腿嗫嚅：“膝盖……”

他面色微沉，伸手想将她抱起来。

然而下一刻，她的耳畔传来一道张扬又熟悉的女声：“真以为姑奶奶不敢打你？”

姜竹沥愣了愣，抬起头，与活动着手腕、戴着大墨镜的程西西四目相对。

程西西微怔：“竹沥？”

姜竹沥一时间顾不得疼，连忙转眼去看刚刚撞倒她的那团黑影，是个高大的男人，长相斯文俊秀，穿着打扮格外小清新，哪怕被人打青了眼眶，身上仍然带着“高大上”的书卷气。

“他是……”姜竹沥觉得这人有点眼熟，可她一下子也想不起来究竟在哪儿见过。

“就是我那个讨人厌的前男友。”程西西一句话给他盖了章。

姜竹沥恍然大悟，她出国之后，曾经在朋友圈里见到过程西西和他的合照。

她记得那时程西西还告诉他，等她回国了，一定要介绍男朋友给她认识，谁知道后来发生这么多乱七八糟的事。

那男人挣扎着从地上爬起来：“西西，我是来向你道歉的呀，西西……”

“打住，闭嘴。”见他这副不管不顾的样子，程西西连墨镜都不要了，摘下来跟口罩放在一起，“分手费我是绝对不会给你的，你想都不要想。”

姜竹沥被段白焰扶着站起来，环顾四周。

她猜这场闹剧应该不是刚刚开始，因为走廊上已经聚集起了一群看好戏的人，甚至有人拿着手机在拍直播小视频。

“西西，”她忍不住提醒，“这里的人实在太多了，要不你们还是先放一放，等回去之后私底下再……”

“他就是特地挑人多的地方来恶心我的。”程西西冷笑。

圈子里很多人都知道她患有慢性胃病，会定期来医院复查。结果分手之后，她这位前男友几次三番联系不上她，小区进不去、片场堵不到人，就跑到医院来纠缠。

她的话音刚落，眼镜男从地上爬起来，膏药似的贴了上来：“西西，我错了西西，你原谅我好不好？”

围观的人越来越多，程西西强行压抑住把他的另一只眼眶也打青的冲动和欲望。

她深呼吸：“我们好聚好散，你不要缠着我，再缠着我要分手费，我就告你敲诈。”

眼镜男只字不提钱的事：“西西，我是真的爱你……”

围观的人群中发出小声的议论：“那女的是程西西啊，我看这意思好像是女方把男的给甩了，然后男的不想分手，所以又来找她……”

“你不说我差点没认出来，那是程西西？我怎么感觉这真人好像比电视上胖一点？等等，那这个男的就是她之前在网上炒过的那个圈外男友？”

“对对对，你们也都记得？当时他们炒得多火热啊，程西西那时候一口一个他不是圈内人哦，希望大家不要打扰到他的生活，现在又闹成这样，啧啧啧。”

“在娱乐圈也正常嘛，照我看，就是程西西红了之后想踢掉前男友换别人，不过这男的也是真深情，肯定也是没办法了才跑到这里来闹，想让人给他讨公道，看看能不能挽回女朋友。”

姜竹沥听得背上冒冷汗。

太可怕了，这哪里是深情？这明明是公开处刑好吗？

哪个神志健全的男性，会呼朋引伴地叫一群人来围观情侣吵架，甚至摆出一副不闹上热搜不罢休的架势？

程西西也听见了，眼镜男还不依不饶，她看着旁边长长的楼梯，想一脚送这个烂人去见鬼。

“我警告你，保安已经在路上了，你再闹下去我们两边脸上都难看。”

眼镜男哼哼唧唧：“西西，你跟我发生关系时不是这么说的。”

程西西爆炸了，“啪”的一声用力扇在他的胸口上：“我什么时候跟你发生过关系？！”

眼镜男朝后一退，一脸惊恐，像是要朝楼梯的方向倒。

熊恪手疾眼快，赶紧扶住他。

开玩笑，他要是顺势滚下去了，明天绝对热搜前三，程西西还要不要混？

被一个黑衣大汉捞在怀里，眼镜男有些茫然。

他正要开口，一对安保从楼下跑上来：“干什么？都围在这里干什么？”

人群作鸟兽散。

解释清楚前因后果，安保将闹事的前男友带走，程西西长舒了一口气。

“对不起。”她抱歉地笑笑，“让你们看笑话了。”

夜色初临，风稍微小了一点，程西西顺势召集了几个人一起吃晚饭。几杯酒喝下去，她再一次被话痨附身：“我告诉你啊，姜竹沥，真的，分手见人品。”

“他竟然还想要分手费。”她重重地将酒杯砸到桌子上，“我就说吧，前男友都是狗东西。”

默不作声听完全程的段白焰：“……”

他偷偷拔掉插在自己膝盖上的两支箭。

吃完这顿晚饭，夜色已经很深。

姜竹沥打包了晚饭，打算回去带给明叔叔。医院的方向和段白焰家不顺路，她走在人行道上，他亦步亦趋，开着车在后面缓慢地跟。

此时正是高峰期，他的速度一慢下来，后面全是骂脏话的司机。

段白焰置若罔闻。

姜竹沥如芒在背，在身后汽车们疯狂的鸣笛声中走到医院门口，她终于忍不住：“你是在跟着我吗？”

段白焰心想，他都做得这么明显了，她看不出来吗？

他立刻意识到，好像她以前每次问这种问题，都会被他嘲笑自作多情。

心虚的段白焰：“嗯。”

姜竹沥犹豫了一下，难以置信地问：“你也想要分手费？”

她停下脚步，段白焰也停下了车。

交警正穿过车流，小跑着来给他贴罚单。

段白焰一只手撑在放下一半的窗玻璃上，抿唇道：“没有。”

开口之前，他已经想好了。

如果最后这句话起的也是反效果，他明天就去告谷歌搜索，一天到晚正事不干，就瞎给人出馊主意。

姜竹沥不明白：“那你现在是在做什么？”

他沉默着，眼底星光乍现。

良久，他慢慢地开口，像是在做一件这辈子从没做过的事，声音很轻：“重新追你。”

姜竹沥看着他，背后灯火阑珊，灯光汇成一片海。

良久，她说：“回去吧。”

声音低得好像一句绵长的叹息，悄然无声地融入夜色，被风吹散。

告别了段白焰，姜竹沥把外带的晚饭送上楼，照顾明叔叔睡下，后半夜回了一趟家。

她动作很轻，没有吵醒已经睡下的姜妈妈。

明含去世之后，姜妈妈大半的时间用来睡觉，像是要把少年时期为了练舞而失去的睡眠时间全都补回来。

姜竹沥在柜子里翻医保卡。

明叔叔不喜欢处理旧东西，相反，他总是对旧物怀有特殊的感情，所以即使她和明含以前的课本早就没什么用，甚至已经在书柜里堆出小山，他都还留着。

于是，她又看到夹在书堆里的明含的照片。

十六七岁的小姑娘，长着一张与她五分像的脸，大眼水光盈盈，穿着舞蹈服，背后的舞蹈教室暖光充盈，小姑娘朝着镜头笑出了小白牙。

姜竹沥低头看着照片，有些不想移开目光，耳畔的声音穿过时空，好像听到她在喊："姐姐。"

她晃了一下神，不再犹豫，将照片也装进包里，然后趁夜离开。

夜色渐深，冷风习习，远处的山脉如同蛰伏的巨兽，街上车流涌动。

刚刚走出小区，包里的手机"叮咚"一声，她拿出来，发现是一条好友申请，仍然是那个三无小号，不过这回他发来一个类似于不高兴的表情。

傲娇。

姜竹沥有点想笑。

她点完同意，路口绿灯亮起。

入夜，路上的行人不多，她走出去没几步，迎面匆匆忙忙跑来一个夹着公文包的年轻人，操着一口沿海的口音，斯文地拦住她："不好意思啊，小姑娘，能不能问问你，省第一医院的眼镜店怎么走？"

"不远，你从这里顺着往前走，在第三个十字路口右拐就能看见。"姜竹沥给他指方向，"眼镜店在医院的东南角。"

"好的好的，谢谢你啊。"对方连连道谢，小跑着走了。

姜竹沥笑笑，想起自己刚到伦敦的那几年。

出国时，她的语言不够流畅，精神状态也差，生活一团糟。那时候总觉得，朋友、家人、爱人，没有一样是可以把握住的，她是一个平凡而无趣、总是在给别人添麻烦的人。

她困在“别人家的孩子”的光环里太久，以至于从没想过，原本的自己，究竟是个什么样的人。她常常觉得自己过于平凡而无用。

她寻找了无数种方法，来为“段白焰不喜欢我”和“他放弃了我”找理由。

两相对比，她又越来越怀念明含那种纯粹的温柔。

世界上最喜欢她的人早就去世了，她十分遗憾，想了想，偷偷摸摸地把段白焰挪进了黑名单。

姜竹沥接了两个推广。

周进的综艺还没拍完，第二期剩个尾巴。她打算等游乐园这一期拍完之后，再回来做这两个直播。

去游乐园的路上，她简单地算了一笔账。

两相抵消，这两个推广刚好够给明叔叔治病和请护工，等《今天我也很甜呀》开始播出，她下次接推广就能适当地提一提价格。

虽然四舍五入，有一部分工作好像是白干了，但只要能自己赚钱，她就很开心。

她回到游乐园的酒店时，一群人正聚在大厅等她。

周进关心地问：“叔叔的身体好点了吗？”

“普通骨折，不算太严重。”姜竹沥很感激，“谢谢周老师。”

“你记得给他多熬点骨头汤，我以前摔断腿，觉得那个汤比药都管用。”陈塘提醒，“你要是没空，我找人替你去送。”

“谢谢师兄。”

“竹沥姐也不要太辛苦呀。”倪歌笑吟吟地说，“记得认真吃饭，认真睡觉，别自己先被拖垮了。”

姜竹沥的两眼笑成月牙状：“谢谢倪歌。”

轮到段白焰，他憋了半天，一句话都憋不出来。

在这之前，他满脑子都是姜竹沥，根本分不出神去想明叔叔，所以他沉吟半晌，冷着脸道："嗯。"

姜竹沥："……"

周进这次安排的任务特别简单，就是拍照，拍伪装的路透图以及节目后期宣传要用的照片。

姜竹沥又被安排和段白焰一组，她有些别扭。

"那个……"

她想换人。

段白焰的目光若有似无地扫过来，她缩了缩头，偃旗息鼓。

段白焰面上不显，心里慌得不行。他为什么觉得，她比过去更怕他了？

他的分数好像都被计成负分了，这还有的打吗？

一行人在路口分开，陈塘懒得看段白焰，提醒姜竹沥："我刚刚看到有人在附近遛狗，没拴绳子，你小心点别靠太近。"

"我肯定不敢靠太近。"姜竹沥小声地问，"师兄，你不怕狗？"

"怕。"

段白焰刚想挺起胸膛自豪地说："我就不怕。"

下一秒，陈塘认真地道："狗那么可怕，谁会不怕狗？只有狗才不怕狗。"

段白焰："……"

段白焰和姜竹沥走的方向是游戏厅，其实无论游乐园还是游戏厅，姜竹以前都不常来。

她和段白焰的开心回忆，说多也多说少也少，他们没办法像普通恋人那样好好地交流，她偶尔期待亲亲抱抱举高高，或者说自己喜欢游戏厅里的毛绒玩具，他都会嘲笑她幼稚。

现在重走这段路，让她有一种在重新谈恋爱的感觉。

两个人默不作声。

走出去一段路，摄影师跟在后面，忍不住小声道："你们走近点嘛，一点都不像一起来的人。”

姜竹沥只好朝他靠近了一点点。

游戏厅内喧嚣嘈杂，段白焰环顾一圈，低声问她：“要什么？”

姜竹沥看也不看，懒洋洋地说：“最大的那个玩偶。”

反正他也抓不到，那她把愿望许多大都没事。

她甚至现在还记得，恋爱时两人一起来游戏厅，她拜托他帮忙抓娃娃，他冷着脸嫌公仔太丑。

姜竹沥想着想着，就不想在这儿待着了。

段白焰一转身就消失在了游戏厅的茫茫人海中，她出门见门口有卖猫耳发箍的，给自己买了一副。

这种小装饰品，拍照最可爱。

摄影师的镜头朝她转过来，她笑吟吟地朝对方招手，摆出不同的姿势。

拍了没几张，不知道摄影师看见了什么，突然放下相机，目瞪口呆地指着她背后，结巴起来：“那……那个……”

姜竹沥疑惑地回过头，远远地，看到身形高大、目光冷厉的男人，背着一个半人高的大白玩偶，雄赳赳气昂昂地朝这边走来。

她还在发怔，他走到她面前，高大的身影压下来：“给你。”

姜竹沥在心里兴奋得搓手手，心想，终于给她逮到机会了，终于可以把当年嘲笑她审美丑陋的原句讽刺回去了。

于是她毫不犹豫，抬头与他对视：“丑。”

段白焰看着她，大白两只胖胖的手臂搭在胸前，半晌，他认同地说：“嗯。”

确实丑。

姜竹沥还要说什么。

下一秒，他又低低地说：“没你好看。”

姜竹沥眼皮一跳，真是活见鬼。

他现在说这种话，她竟然也会感到心跳加速。

她不信：“骗子。”

“没有。”段白焰抿着唇，沉默一阵，说，“大学的时候，就这样想。”

她最好看，他只要凝神看她，就觉得万物都开始褪色，最后眼里只剩她，也只有她。

和他眼中的她相比，连镜子里的段白焰都是丑东西。

姜竹沥还愣在原地，说不出话。

夏蔚站在不远处的天桥上，天空蔚蓝，长发被风带起，她撑着脸，盯着两个人看了一会儿，拿出手机，调出前置摄像头。

她微微噘嘴，做了个无害的表情，将段白焰和姜竹沥作为背景板，配字道：“今天也是努力工作的一天！”戳进微博，点击发送。

第十三章

我来处理

姜竹沥有些幻灭。

过去很长一段时间里，他几乎没有夸过她。

别人家男朋友都会“亲爱的今天裙子真好看”“小可爱今天的口红很提肤色”“宝贝发型不错”。

她就算打扮成仙女，到他面前，也永远只有不轻不重的一句：“嗯。”

姜竹沥心想，不行了，她不能再回忆过去的事了，越想越生气。

于是她靠转移话题来转移自己的注意力：“你是怎么搞定这么大的玩偶的？”

当然是买的。

段白焰抿着唇没说话，他觉得这么说可能会显得没诚意，可他确实不会，不会划船，不会抓娃娃，不会夸人“真美”。

他小时候连跟家人一起散步的机会都屈指可数，偶尔在放学时，对别的小朋友有妈妈亲自来接流露出羡慕的神情，也会在事后得到母亲的斥责。

久而久之，他的潜意识开启自我说服机制，他自我驯化，相信“我没有的东西就是我不需要”以及“爱是可耻的欲望”。

姜竹沥见他沉默，大概猜到了他在想什么。

她在心里叹气。

他和她都有太多心事没办法宣之于口，那些称不上秘密的过往堵在两人中间，隔离成爱人之间的三百道高墙。

“我们带一些娃娃回去吧。”姜竹沥若无其事地转过身，往游戏厅的方向走去，“带回去送给倪歌、周老师和师兄。”

段白焰暗暗皱眉，能不能不给师兄？以及没有他的吗？

他动动肩膀，有些为难的样子：“这个。”

姜竹沥眨了眨眼，不明白。

段白焰斟酌着，思忖该说什么。

——这是给你的？你喜不喜欢它？它白还是我白？大白可爱还是小白可爱？

千言万语汇集到嘴边，只剩别扭的三个字：“挺沉的。”

“行。”姜竹沥大大方方地接过来，“那我背着。”

段白焰不是这个意思，眼见她要伸手，他赶紧朝后闪了闪：“我喜欢。”

姜竹沥：“……”

他到底想要她怎么样？

段白焰也不知道该怎么办，鬼使神差地朝她伸出一只手，他觉得，他这个意思她肯定能懂的。

——你牵着我吧，你牵着我我就不嫌沉了。

姜竹沥会意，走过来牵起大白的一条胳膊，绕到自己的脖子上。

两个人一人一条胳膊，架着一只巨大的大白往游戏厅里走去。

这么背着玩偶十分显眼，加上两个人的颜值都太“能打”，一路上回头率超级高。甚至有人认出段白焰，神情激动地想冲上来要签名，被工作人员礼貌地拦下了。

“我猜你可能不会玩。”买了几百个游戏币，姜竹沥走到机器前，“我教教你。”

抓娃娃机的原理简单，其实没什么可教的。

段白焰全程专注地看着姜竹沥，她穿了件浅色的长裙，外搭米色的长款针织衫，整齐的黑发披在肩膀上，肌肤雪白，整个人纤细漂亮，让人移不开眼。

他默不作声地听，看她认真地介绍怎么辨别爪子的咬合力以及如何观察玩偶的摆放。

“好了。”教学结束，姜竹沥的袋子里已经多了十几个玩偶，“你来试试？”

她抬眼看他，段白焰点点头，接过操纵杆，一脸严肃，连方向都没有移一移，就直接按了抓取键。

姜竹沥给自己做心理建设，没事，他是第一次，他没有经验，再给他一次机会。

然而下一次，还是这样，下下次、下下下次也……

“段白焰。”姜竹沥温柔地问他，“你是嫌我钱多烧得慌吗？”

段白焰抿着唇，垂着眼，像个被罚站的乖巧宝宝。

许久，他低声道：“我不会。”

姜竹沥心想，可真是撞了邪，这可是段白焰啊，霹雳无敌的自恋少年段白焰，竟然也有说“我不会”的一天？

下一秒，他遗憾地道：“如果手把手教，可能会好点。”

说完，他煞有介事地将手放到操纵杆上，等着她来握他的手。

他好久没摸过她的手了，想想竟然有点激动。

然而，一秒、两秒……十几秒过去了，也不见有人来摸摸他。

他疑惑地抬起头，发现姜竹沥已经顶着她毛茸茸的猫耳朵，捧着游戏币逃远了。

段白焰：“……”

他可真惨。

拍完游乐园这一期，姜竹沥得到了几天休假。

一方面，下一期节目的拍摄地在革命圣地，周进又要带着一群人深入大山，在此之前，他想给他们留一点点休整时间；另一方面，《今天我也很甜呀》是边拍边播，他想先把前两期播出去，看看效果怎么样。

姜竹沥刚好可以利用这两天时间，赶紧把推广做了。

“快到圣诞节啦。”撑好平板电脑，她照例拿出一堆食材，“今天给你们推荐一家我最近很喜欢的花店，前几天用鲜切花装饰蛋糕，觉得这家的花特别漂亮。”

说着，她翻出实体店和网店地址给大家看，然后若无其事地放了一束花在镜头旁，露出店名。

“所以应个景，今天就教大家做鲜花饼。”她一边说，一边揉面团，“提前准备好的材料里，油皮材料放进盆内揉成光滑的面团，油酥材料搅拌成面团，然后盖上保鲜膜，静置半小时。”

“趁着醒面的时间，炒制糯米粉。”她一边说，一边抬头看弹幕，“锅烧干不放油，小火炒熟糯米粉，直到……”

“就你这种人，怎么还有脸在这里做直播？”

姜竹沥愣了一下，想揉眼睛。

要不是段白焰早在拍完游乐园那期综艺后就回了剧组，接连几天都忙得连骚扰她的时间也没有，她几乎以为，那位佛挡杀佛卷土重来了。

然而似乎不是，因为接着这位的话，后面噼里啪啦跳出更多恶评：

“看见你的脸就恶心，赶紧滚出 JC！”

“实名要求甜药滚出直播圈，也别混娱乐圈！”

姜竹沥偷偷加快了做鲜花饼的速度。

她假装什么都没看见，若无其事地做完这一期直播，关掉平板电脑，打开微博，发现自己的粉丝一夜之间竟然暴涨好几万，不过……都是拥到评论区来骂她的。

“人家郎才女貌，轮得到你这个妖精作祟？”

“我记得《青果》杀青宴的时候，夏蔚摔倒了段导还去扶她？这个甜药是哪里冒出来的？”

也有认识她的老同学，虚弱地为她辩解：“人家两个本来就是恋人啊……大学时就在谈了，夏蔚才是不知道哪里冒出来的吧。”

“姐妹，醒醒，他们恋爱的时候，夏蔚还不知道在哪儿呢。”

然而对方来势汹汹，寥寥几条辩解，很快就被恶评压下去。

她默不作声地看完扎堆的评论，猜到这事跟夏蔚脱不了关系，于是戳进微博话题去看。

果不其然，事件的起因，是夏蔚发了一条微博。游乐园那天，她站在天桥上自拍，不小心让姜竹沥和段白焰入了镜。

这年头粉丝个个都像是刑侦学出身，哪怕拍一只猫发到微博上，他们也能靠猫眼反光勾勒出主人的身影。所以背景板里那么明显的两个人，也理所当然地被粉丝们拎了出来。

他们一边夸夏蔚盛世美颜，一边疯狂地问："跟段导在一起的那个女人是谁？"

夏蔚没有正面回答，而是从周进那儿转了一段关于《今天我也很甜呀》的小花絮，是段白焰和姜竹沥下山采购食材时，其他人坐在院子里剥蒜的场景。

"这段时间都没怎么休息，可是接触下来，真的觉得周老师是个特别博学的人。合作很愉快，也期待日后其他合作，不知道这次的正片和其他花絮，哪一个会先来到？"

粉丝们一阵高潮："夏蔚工作超认真！态度超好！夏蔚辛苦了！"

另一拨粉丝见她工作忙碌，已经开始偷偷摸摸地扒姜竹沥，一边扒一边"内涵"："知道了，JC 直播的一个小网红，账号叫甜药，不知道靠什么拿到了周进的综艺通告。"

"这个人，好像跟江连阙走得很近？不见 JC 捧别的主播，就她一个，也是微妙得很。"

事情到这儿，其实都还好。荧幕情侣粉的内部交流不容易出圈，传播范围尚且局限在夏蔚的粉丝之间。

问题是之后没多久，不知道是谁竟然趁热打铁，蹭着综艺节目快要播出的热度，发了一段非官方的花絮。

是姜竹沥把另一个西点师女孩子的头按在蛋糕里，居高临下，声音毫无温度地问："笑，你再笑一声？"

一石激起千层浪。

"天，这女生是个土匪吗？怎么这种人都能上周进的综艺？"

"我去，这姑娘什么来头？"

"指路 JC 直播，江连阙这几年一直在捧的，呵呵。"

要命的是，时间掐得分毫不差，综艺第一期也在这时候播了。

《今天我也很甜呀》的第一期里，从路人视角去看，她都做了些什么？

她嫌弃段白焰，在他骑车的时候不给他好脸，虐待他不让他吃早饭，下雨天不给他打伞，他掉进坑里之后她还说要朝他吐口水。

姜竹沥已经能想象到评论区是什么样子了。

事实如她猜测，除了夏蔚的粉，她还引起了段白焰那群粉丝的不适："实名恶心，真的太做作了。"

"不是吧，她都已经有江连阙了，为什么还要来纠缠小白？"

"对了，如果我没记错，江连阙是有未婚妻的，所以这位甜药小姐很可能还插足了别人的婚姻哦。"

姜竹沥脸色发白，放下手机。

是个人都能看出，到底是谁在纠缠谁好吗？有人在带节奏，她被摆了一道。

洗完澡缩进被窝，她无意识地咬住指骨，考虑怎么才能把这个局面扳回来。

"段白焰。"姜竹沥望着黑漆漆的天花板，幽幽地道，"真是个麻烦精。"

段白焰在四天之后，重新回到人类社会。

《止战》的拍摄已经接近尾声，他终于可以重新感受一下人间烟火气。从昼夜不休的工作状态里抽离出来，他约了几个制片人和编剧在外面吃饭，四合小院，一天三餐只摆两桌，地段金贵，定价高得不近人情。

酒过三巡，桌上的人多多少少有了醉意。

有人敲着桌子问："小段，什么时候成家？"

"对啊，我们都等着看，谁能把你拿下呢？"另一位前辈笑着搭腔，"这么多年了，女朋友都不见你交一个，圈子里那么多漂亮的小姑娘，一个都看不上？"

其他人附和着笑，一团和气。

段白焰没有说话，他的手扣在酒杯上，沉默着。

不知道竹沥喜不喜欢桃子？这家店的少女酒是用桃花酿的，晶莹剔透，口齿生香，喝下去后，嘴里都会回荡起一股新鲜讨喜的桃子香气。

不过现在想这个也没什么用，他就算买了酒，估计也送不出去，毕竟她还没把他拖出黑名单。

想到这个，段白焰突然有点气，看向窗外，外面灯火阑珊，夜色浮动，他的目光漫不经心地绕一圈，猛地停在一个点上。

包厢内暖气融融，他面色微沉，毫不犹豫地放下酒杯，捡起外套：“老师们，失陪一下。”

其他人都还没反应过来，他已经消失在门口。

“小段干什么去了？”愣了一会儿，最先开口的老师目光一转，落到窗户上，正看见段白焰绷着脸快步走出小院，“走这么快？”

“谁知道……”另一位的目光漫不经心地跟着一转，一口酒差点哽在喉头，“他……他干什么呢？！”

这一声惊呼，将其他几个人的目光也吸引过来。

大家站在窗户前，面面相觑。

半晌，有人揉着眼打破寂静：“那个，刚才是我看错了吧？小段他……”

“是集体幻觉吧？我好像也看到了。”

“就算亲眼看到，也觉得难以置信。”

他们看到段白焰一脸沉郁，快步走到小院门前，用力推开一个高大的男人，把那男人面前的女生拉到身后。

那是一种绝对占有的姿态，他像一只坚决守卫自己领域的食肉动物。

被段白焰死死地拉着手，姜竹沥的太阳穴突突地跳着。

她原本只是约了陈塘，想找他要录音材料。

陈塘职业病，一直有随身带录音笔的习惯，两个人都没想到，这东西会在这儿派上用场。

师兄姗姗来迟，就是站在路口等他来的这十几分钟空当里，这两天人气正旺的姜竹沥被路人认了出来。

有个姑娘不知怎么推了她一把，她站立不稳，手臂碰到一旁的墙面，擦出一道血痕。

陈塘厉声赶走了那群莫名其妙的路人，撕创可贴帮她清创。

段白焰刚好撞见的，就是他握着她的手的这一幕。

“段……段白焰。”他的手劲太大，姜竹沥挣不脱，只好将口罩向下挪一点点，小声提醒他，“你弄疼我了。”

段白焰如梦初醒，微微松开她，低下头，皱着眉检查她手上的擦伤：“怎么弄的？”

陈塘冷笑：“被你那群神经病粉丝搞的。”

碰面之前，他和姜竹沥在电话里分析过这次的事。

夏蔚他们暂时管不了，可说姜竹沥插足别人感情的事必须澄清。但麻烦的地方又在于，诱发事件发酵的另一个巨大的爆点是段白焰的粉丝。

这比夏蔚还要棘手，完全不可把控。

“你的女粉都是妖怪吗？这么多人排队等着嫁给你？”陈塘每次遇到段白焰，战斗指数就会无限升级，嘴脸变得超级无敌尖酸刻薄，“你养着这群粉丝也不是一天两天了吧？但凡是个女生靠近你，她们都要把她骂走，你是不是早就知道？早知道那你还来招惹竹沥？你能不能放过她，以后别给她添堵了？”

他一上来就噼里啪啦说了一大堆，段白焰完全不知道发生了什么。

他云里雾里，被问得头都大了。

“发生了什么？”

陈塘简直要笑起来：“你不知道？疯了吧，这么大的事你不知道？”

他还真是不知道……

段白焰从陈塘那儿得不到答案，转眼看向姜竹沥：“竹沥。”

他沉声问：“发生什么了？”

姜竹沥挣扎着抽回自己的手：“没事，跟你没关系。”

她仍然不想面对他，尤其是在发现他真的有那么那么多女粉之后！

姜竹沥拿着师兄的录音，落荒而逃。

明明就是有事啊……

段白焰站在原地，郁闷极了。

她为什么不告诉他？

“这么大的事，我不问你不打算说？！”

看完热搜，段白焰怒不可遏，几乎要把手机砸碎。

助理欲言又止：“不是，您……”

他刚回来三个小时，助理根本来不及开口。

段白焰强迫自己冷静下来。

姜竹沥说过，不喜欢他迁怒，不喜欢他发火，他应该努力改。

理智缓慢回来，他瞬间猜到这些破事是谁捅出来的。

他绷着脸，语气不善：“夏蔚当时杀青宴栽倒，是怎么蒙混过关的？”

《青果》杀青宴之后，他光顾着看姜竹沥了，满心满眼都是怎么把她抢回家，竟然忘了夏蔚。

在他长久的观念里，恋人之间的事只是两个人的事，与他人无关。

可何筱筱和夏蔚一遍又一遍地提醒他，这些事应该由他来解决，这是他给姜竹沥带来的麻烦。

助理答：“团队公关。”

圈子里有句古话，小红靠捧大红靠命，夏蔚属于前者。她家不缺钱，公司对大多数艺人是放养，手未必能伸得那么长，可她家里是实打实地用钱给她铺出了一条路。

“夏蔚一直在卖‘圈内劳模’的人设，所以当初那个视频，原片被团队公关掉之后，还特地剩下一小节模糊的影像，在粉丝间小规模传阅。”助理解释，“粉丝们称她，因为连夜拍戏，低血糖晕倒不慎摔下台。”

这么做的聪明之处在于，不大肆买热搜、大肆传阅，就不容易被人扒出原片，另一方面，粉丝们手上留着不完整的影像记录，日后万一被人提起，还能借着这轮“先入为主”洗一洗地。

段白焰冷笑。

夏蔚在《青果》里演女二，听着好听，实际上戏份少得可怜，因为电影的着重点在男女主的成长过程上，本来就没怎么刻画女性配角。

似是而非、借刀杀人，是夏蔚玩得最顺手的两个招数。

“啧。”段白焰感慨。

她以为假装不是自己做的，就真的没做过了吗？真是找死不挑日子。

他的眼神晦暗，声音低沉：“顺着往下查。”

“查视频？”

“查吸毒。”

他知道夏蔚在想什么，既然跟姜竹沥有关的事没办法直接送上热搜，那就委婉点，曲线救国，让粉丝自己去扒夏蔚，把她游街示众。

这个圈子涉及的人太多，他不知道会牵扯出谁，但无论是谁，有人敢爬到他头上，那就是自寻死路。

何况，他摸着下巴，眼底幽深一片。夏蔚这些年行事张扬，一路走来，得罪的人不是少数。

当初《青果》的杀青宴，在场那么多小明星，连他都不知道是谁，一见她出事立马就报警。

夏蔚家里是有钱，可比她家有钱的人，也数不胜数。

罩得住的，算她命好。

“罩不住的……多的去了。”

助理看见段白焰的表情，背上凉凉的。

他试探着询问：“那姜小姐这次的事……”

“没事。”段白焰扯掉领带，“我来处理。”

JC 直播今晚沸腾了。

江连阙的账号上线发公告，说他晚上要做直播。

作为圈内排得上号的“二代”，江连阙在娱乐类的事务里低调得吓人，明明所有人都知道他有那么个账号，可平日里几乎见不到他登录。

只有在他大手笔地给甜药送礼物时，JC 用户们才能艰难地想起 JC 老板不是死的。

他还没出现，就已经有人疯狂涌入直播间。

“啊啊啊，为江总打电话！霸道总裁在线直播！”

“有生之年！我竟然能在 JC 直播见到活生生的江总！”

晚上九点整，段白焰洗完澡，一边擦头发，一边坐到桌前，摆正平板电脑的摄像头。

桌旁放着落地灯，光线不明不暗刚刚好。他靠在软椅上，浴袍衣襟微敞，露出喉结以下的胸膛，头发没有完全吹干，时不时有水珠顺着细碎头发的末梢落下来。

这副姿态莫名风流，衬得他眼底的光线更加晦暗，心思沉郁得令人难以猜测。

直播间人数还在持续上涨。

“大家好。”他语气冷淡地直接朝屏幕打招呼，“我是段白焰。”

弹幕沉寂了两秒后，更加疯狂起来——

“啊啊啊，大佬！你跟江总是住在一起的吗？”

“难道你的直播背景是江总的卧室？你们之间……”

段白焰飞快地皱了皱眉，这都什么乱七八糟的？

“我开直播，只想说一件事。”他看着摄像头，目光平静无波，“江连阙的账号，一直是我段白焰在用，从头到尾，没有换过人。”

“还有。”他发惯了指令，说话不急不缓，哪怕隔着屏幕，也透出压迫感，“是我在追求姜竹沥，只不过她还没有答应。”

弹幕沉默了三秒，再度翻了倍——

“所以之前，是段导给甜药刷了四年礼物！”

“可是前几年甜药不在国内啊！这算不算不离不弃？段导才是真爱！”

结果还真有人问：“嘤嘤嘤，那大佬你和夏蔚姐姐？”

段白焰心想，这可真是见鬼了。

他和姜竹沥明明那么有夫妻相，怎么会有人粉他和夏蔚？

他冷声道：“我还没瞎。”

“心碎了心碎了，夏蔚粉今晚无人入眠，哭，都给我哭！”

“我的天哪，被段导圈粉了！干得好！我也不喜欢夏蔚。”

“啊啊啊，我之前站的是段导和甜药！感觉很配啊！你们什么时候发糖啊？”

段白焰的眼睛自带滤镜，只能看到夸他和姜竹沥的评论。

他突然觉得，JC 直播是个好东西。

“快了。”他说这种话向来不需要草稿，嘴角微微一动，“好事将近。”

他擦着头发，若无其事地抬起眼：“你们有多少人看甜药的直播？

“能不能帮我个忙？”

网络骂战还没结束，姜竹沥原本对今晚的推广不抱希望。

可她做甜食做到一半，突然有一大拨人疯狂涌入直播间。

屏幕上接连不断地跳出——

“甜甜，你看看段导吧！他太可怜了！”

“鬼才导演跪地求饶！万人血书求甜甜原谅段导！”

“救救孩子吧！错的不是他啊！”

这都是什么？

姜竹沥愣了愣，艰难地从乱七八糟的弹幕中找出一条：“他只是个小可怜啊，他做错什么了？甜甜，你就把段导放出黑名单吧！！”

她：“……”

呵呵。

第十四章

我们回家

姜竹沥没有把段白焰放出黑名单，她在第二天直接手提双刀杀上了门。

《止战》拍摄结束后，段白焰的饭局一场接一场，简直排成一条流水线。

因为女粉事件，他特意捡起以前从来不用的微博，关注了“白竹鼠荧幕情侣站”。

嗯，“白竹鼠”，是异军突起的荧幕情侣粉们为段白焰和姜竹沥取的名字。

段白焰觉得非常生动又十分贴切，字里行间透露着一股骄矜高贵、有恃无恐的气息。

除此之外，他像犯病似的，在微博上疯狂地晒自己的行程，时间地点详细到几分几秒，就差没有打滚尖叫“我在这儿呢，你看见了没？你快来找我，不然我就嘤嘤嘤”。

姜竹沥知道，他在等她自己上钩。

姜竹沥推开酒店的大门，身上的寒意被驱散，脚底腾起一股暖意。

“您好，欢迎光临。”打着领结的服务员站在门口，微笑着朝她鞠躬。

世界上所有昂贵的酒店都金碧辉煌得大同小异，姜竹沥没心情细看，向着服务员小声说：“你好，我找段白焰。”

服务员礼貌地问：“您是来参加饭局的吗？”

“不是。”姜竹沥想了想，补了一句，“我单纯来见他。”

“那……”

“那就来排队！”服务员话还没说完，被另一个站在旁边的高个子女生不耐烦地尖声打断。

姜竹沥微怔，转过头，看到酒店前台站着一大堆女生，似乎是在等待登记个人信息去见什么人，每个人都妆容精致，叽叽喳喳神情亢奋，如同一排品种不同的花。

她拿出手机确认了一下，段白焰今晚是在这儿有个饭局，而不是召开粉丝见面会。

“我……”姜竹沥心情微妙地朝下拉了拉口罩，不知道该怎么跟服务员解释，“我不是来……”

服务员接茬：“您不是来见段先生的？”

“也不是。”她慢吞吞地犹豫道，“我是来见他的，但我……”

“那就别叨叨了！”高个子女生光是站在这儿就等了很久，可一直没见到段白焰本人，她无处倾诉，将火气倾洒到了姜竹沥身上，“今晚在这儿的都是来找他的，别问了，过来排队！”

姜竹沥没动，心想，哪怕她有一天得了失心疯，都不会过去排队。

“既然这样，”她小声地向服务员道谢，明亮的眼睛里光芒四溢，“那我就先走了，辛苦你了。”

服务员微微颔首，她刚刚转过身，还没走出去两步，一股熟悉的男性气息从身后铺天盖地地压下来。她的手腕被人拉住，头顶传来低沉的声音，带着点笑意：“不是来找我的吗，你要去哪儿？”

他走得实在太快，跨步走过大厅，粉丝们甚至来不及反应，就被紧随段白焰而来的安保们拉开了安全距离。

她们站在不远处，屏住呼吸，目光随着他的身影转移，最终聚焦在玻璃门上。

眼神汇聚，嫉妒、羡慕、惊讶、失落……

如芒在背，姜竹沥想挖个洞把自己埋进去。

“来找我？”段白焰低低地问她，声音里带了点不易察觉的开心，他握着她偏瘦的肩膀，“想通了？”

姜竹沥没有说话，被这么多双眼睛一动不动地盯着看，她难受极了。即使戴着口罩，也觉得两颊发烫，想缩进洞里捂住双眼。

半晌，她艰难地挤出几个字：“不要在这儿说。”

段白焰没有当众说悄悄话的特殊癖好，所以他答应得分外爽快：“好。”

说完，他自然而然地牵住她的手，引她往电梯的方向走。

灯光流水般泻下来，高大清俊的段白焰耐心地牵着比他矮一头的姜竹沥，微微抿着嘴，唇线流畅，一路吸引着所有人的目光。

迷妹们愣了半天，才后知后觉地尖叫起来——

“呜呜呜，嫉妒使我丑陋！我也想被小白牵手！”

“我的天，那个小姐姐是甜药？我后悔刚刚没有扑上去抱她的大腿了！说不定我还能趁机摸摸小白！”

细碎的声音传入段白焰的耳朵，他像是突然想到什么，脚步微顿，在迎宾台停下，垂下眼看着签到本，短暂地思索后，开口道：“所有女生……”

粉丝们纷纷双手捧心，期待地看着他。

下一秒，他语气沉郁认真，用一种“你们解放了，你们自由了”的语气，不急不缓地说：

“开除粉籍，一笔勾销。”

他牵着她，在电梯间停下。

这个地方很安静，这里很安静，周围没有别人，喧闹声像是被隔离在另一个次元。

姜竹沥用力挣脱开段白焰的手。

段白焰的手心一空，热度迅速消散。

他微怔，有些遗憾又有些失落，垂眼看她，眼中带了点不解。

“有意思吗？好玩吗？”姜竹沥哪怕发起火来，声音仍然没什么威胁感，像一只被侵犯了领域的小动物，忍无可忍地奓毛示威，“玩够了吗？什么时候放过我？”

段白焰眼中仅存的三分笑意，以肉眼可见的速度消散，他抿着唇，手动了动，想碰碰她，抬到半空，又有些无措地收回来。

他哑声地问：“你不喜欢？”

她不喜欢被他当着这么多人的面带走，不喜欢他公之于众，大张旗鼓地宣称在追她？

姜竹沥抬头与他对视：“对。”

确切地说，她是不喜欢被围观。

不管是很久很久的过去，过年时家里亲戚起哄让她跳舞，还是这一次，接受一场莫名其妙的网络暴力。

与直播时只露脸的感觉不同，随随便便被人议论、走在街上被认出来，她的感觉更像被剥了皮，血淋淋的，却又没办法反抗。

段白焰的喉结滚动，他又做了她不喜欢的事，也许应该道个歉。

可她这盆冷水实在泼得太快太急，他一时有些无法适应。

气氛陷入沉默。

姜竹沥不知道还该说什么，他的气息太有压迫感，她很快便感到局促不安：“我……我今天过来，只是想问你一件事。”

她犹豫了一下，声音很轻：“这次的事件……跟你有关系吗？”

她问得非常委婉，因为这句话背后真正的意思是……

他是不是在自导自演？

段白焰愣住，听出弦外之音，半晌才反应过来，像是被人隔空打了一拳，他的心口发疼又无法反击，心头涌起委屈。

“你……”他咬牙，一动不动地看着她，难以言语。

姜竹沥垂着眼，逃避现实似的没看他。

电梯间的光线温暖明亮，他的角度，能看到她白皙小巧的下巴。他想像过去无数次那样，把她逼到墙角，强迫她抬头，问她怎么能这样想。

可是那样会被她讨厌，她已经够讨厌他了。

“我没有。”段白焰挣扎许久道，“我没有骂过你。”

姜竹沥短暂地挣扎后，小声提醒他：“你骂过。”

一朝被蛇咬，十年怕井绳。

段白焰愣了一下，立刻想起那个佛挡杀佛的账号，瞬间哑口无言。

她说的是事实。

在过去的时日里，他清楚姜竹沥的弱点，知道她是多么在意别人的评价，是多么软弱的人。可他有自己的企图与欲望，比起帮她修正缺陷，他更乐于利用她的弱点。

他想要逼退她，让她回到他的身边，做一朵什么都不会的菟丝花。哪怕只是成为他身边一个无用的装饰，他也会为她的存在而感到开心。

比起纠结这么做会不会伤害到她，他更忠于自己的欲望。

段白焰张了张嘴："对不起。"

他将姿态放低，姜竹沥突然也难过起来。

"段白焰"这三个字，在某种程度上就等同于骄矜、自傲、不可控，可他总是在对她说对不起。

"我……是我太累了。"姜竹沥不敢想下去，不安地打断他，放软声音自我辩解，"我没有想要责怪你的意思，只是来确认一下，只要你说没有，我就再也不问。"

他轻声说："嗯。"

姜竹沥越来越不安："那……没有其他事的话，我就先走了。"

说完，土拨鼠少女打算溜之大吉。

段白焰动了动手指，不知道该怎么做，怕他如果追上去，又被她嫌弃。

可他忍了忍，怎么也忍不住："那个黑名……"

他的话只说了一半。

下一秒，电梯"叮咚"一声响，一群男男女女说说笑笑地走出来。

其中一个中年男人见到他，眼中惊喜乍现："段导？不是老早就看你下来了吗，怎么还在这儿站着？我们都以为你走了呢。"

其他几个人笑着应和，段白焰没有搭腔。

他今晚确实有个饭局，饭搭子仍然是圈内几位知名的大佬。他原本想将姜竹沥顺势介绍给他们，如果她感兴趣，有这一层关系在，日后的合作都会顺遂很多。

如果没办法直接砸钱，他至少想铺平她的路。

"什么？"姜竹沥听见他叫她，回过头来。

"我……"话到嘴边，他话锋一转，低声道，"过年的时候，我们一起去放烟火吧。”

姜竹沥晃了晃神，不过也只有一瞬间，她很快摇头：“对不起，我过年可能要跟爸妈回家。”

段白焰最后一个愿望也落空了，他一动不动地站在原地，一直看着她走远，上车，彻底消失在他的视线里。

徒留后面一群人面面相觑。

半晌，一个新人小声地问：“段导这是怎么了？”

“要我看……”一个前辈摸着下巴，假装很有经验的样子，“估计是踢到铁板了。”

毕竟他也入圈这么多年了，可他从来没有见过无所不能、傲气冲天的段白焰，竟然有朝一日会摆出这么颓败、失落又茫然的神情。

第二天，姜竹沥收拾东西，跟着周进一行人深入大山。

第三期的主题是重走革命老根据地，陈塘作为第二期的特邀嘉宾，不再参与之后的节目录制。

师兄不在身边，姜竹沥没了聊天的人，跟倪歌待在一起的时间变得更长。

“虽然这么说很不负责，可我总觉得上次那个事跟夏蔚脱不了关系。”提到此前的事件，倪歌愤愤不平，“真是讨人厌。”

“我也这样猜。”姜竹沥毫不避讳，笑着摸摸她的头，“不过我们没有证据，那就不能说是她。”

夏蔚最擅长借刀杀人，做这种事向来不留痕迹。

不过按照常理而言，如果找不到凶手，那么最后坐收渔翁之利的就会是幕后推手。

“但是……”姜竹沥想了想，“这段时间，她好像没再来骚扰过我了，不知道是不是错觉。”

“她再来烦你，我就找人撕她。”倪歌低着头小声嘟囔，过了会儿，突然想起什么，眼睛又亮起来，“那竹沥姐，你和小段哥哥呢？”

“什么？”

倪歌的眼睛亮晶晶的：“你和小段哥哥，现在进行到哪一步了？”

姜竹沥心里好笑，倪歌可真是个小孩子啊。

这种问题如果是程西西来问，一点都不会兜圈子，只会贼兮兮地暗示她，几垒了？

姜竹沥给出的答案也非常清水：“停留在牵手前的那种关系。”

倪歌不信：“骗人。”

姜竹沥笑着搓她毛茸茸的脑袋，不再搭话。

上山时天气很好，光线晃着晃着，姜竹沥的思维就开始乱跑。

她靠在窗户上，迷迷糊糊地想。

倒也不完全是骗人，可是如果要她现在重新去相信他，不加防备地重来一遍，那未免太难太难了。

这一期节目录制很顺利。

夏蔚全程安静，没有再来找她的麻烦，镜头前言笑晏晏，背地里却焦虑得脸上爆痘。甚至有一次，姜竹沥撞见夏蔚半夜站在走廊上打电话，来来回回眉头紧皱，不知道在跟电话另一端的人聊什么。

而且不止夏蔚，连她那两个小粉丝都没再纠缠姜竹沥，夏蔚好像真的被别的事缠住了，难以抽身，没空再来找姜竹沥的麻烦。

姜竹沥乐得自在，全程开开心心，直到拍完这期打算下山，都没有出别的幺蛾子。

美中不足，是下山时倪歌走到半山腰，一着不慎，被一只毒虫咬了一口。

倪歌的家庭条件不亚于夏蔚，从小到大被保护得很好，肤色雪白，身上连一点伤疤都没有，这么毫无征兆地被咬一口，脚踝迅速红肿起来。

她眼睁睁看着那条虫子肇事逃逸，等姜竹沥赶到，被吓得语无伦次，拽住她就不撒手：“刚……刚刚那条虫子有那么大！那么那么大！我一辈子没见过那么大的虫子！还长！还黑！它……它咬我！我又没咬它，它干吗呀？”

姜竹沥一边听她描述那条邪恶巨虫的样貌，一边检查她的伤口。

山上草木葱茏，连毒虫都格外肆无忌惮。

倪歌手足无措，泫然欲泣，捧着发麻的脚踝，一副想哭又不太敢哭的样子："离……离下山还有好长一段路呢，等……等我到了医院，是不是就要截肢了？"

"不会的，你别着急。"姜竹沥环顾四周，周进帮摄影大哥搬器材，从另一边先下山了。其他几个姑娘指望不上，可是距离下山又还有很长一段路……

她当机立断："山上的山庄里有药，我回去帮你拿。"

倪歌愣了愣，下意识地觉得不太好，但她想了想，也说不上来哪里不对，眼里蓄着水汽，还在担心姜竹沥："不要了吧，竹沥姐，万一在这里走散的话，我们……"

"你先让她们几个扶着你下山。"姜竹沥打断她，轻声安抚，"没事的，我比你们动作快，拿完药就立刻下来追你们。"

"竹……"倪歌还想劝。

姜竹沥已经转身拨开草丛，很快就消失在葱茏的草木群里。

倪歌忧心忡忡，被其他几个女生扶着下山了。

山上没有信号，周进见不到她们下来，不放心地上山来找，在四分之一的高度见到人，却少了一个。

他的心一紧："姜竹沥呢？"

倪歌解释着前因后果，每说一句，周进的表情就难看几分。

"她一个人上山了？"听到后面，他急得差点破音，"可是今天后半夜，要下大暴雨啊！"

他的话音刚落，仿佛是为了应景，游走在天空中的闪电一闪而逝，然后落下一道响亮的闷雷。

段白焰赶到山下时，天色已经全黑了。

闪电撕破夜空，雨大得像是在下刀子，三米之外，什么都看不见。

山下拉起了警戒线，周围徘徊着几位救援人员。

周进也在，他送走剧组的其他人，找了个靠谱的人照顾倪歌，带她去医院，然后自己留了下来。

姜竹沥的事跟他脱不了关系，何况他知道段白焰一定会来。

如他所料，段白焰第一眼从人群中拎出的人就是他，他开车过去，面色不善地降下车窗："救援队的人上去了吗？"

周进被强烈的杀气震慑，微怔，然后摇头："还没。"

"山上发生滑坡了。"这也是他最不愿意看到的一点，他极力安抚着段白焰的情绪，"救援队的人现在暂时上不去，你先下车，我们商量一下怎么办。"

段白焰死死握着方向盘，听着外面一阵阵"轰隆隆"的雷声，手都开始抖了。

他冷笑："商量什么？"

话音刚落，他毫不犹豫地掉转方向，将油门踩到底，一路冲进警戒线。

身后响起一连串惊呼声："先生！快停下！您不能现在上山！"

他置若罔闻，丝毫没有减慢速度，咬着牙再往前走，就什么声音都没有了，只剩下雨声。

雨噼里啪啦地打在玻璃上，风刮得又猛又疾，像是要敲碎他的车窗。

雨下得实在太大，他的精神高度集中，丝毫不敢疏忽，却又不肯放慢速度，直到视线内出现零星的灯光。

段白焰提着的那口气微微一松，知道这是到了山顶的山庄。

他将车停在门口，顾不上撑伞，门房一放行，就立刻跑进屋拽着山庄的人问："姜竹沥在这儿吗？"

山庄的人一脸茫然："您说的是前几天在我们这儿拍节目的那位姜小姐吗？她……她不是中午就下山去了吗？"

段白焰慢慢松开她，心凉了一大截，他走出山庄，一脚踢上车门，响亮地骂出了声。

姜竹沥有点困，缩在角落里，努力撑着精神，不让自己睡着。

暴雨落下时，她走到半路，没能赶到山庄。

可不知怎么，大概是倪歌的好运气感染了她，下雨时，她竟然闯进一间守山人堆放柴火的小木屋。

更幸运的是，这间小屋没有落锁。

原以为山中天气变幻快，这场山雨来得快，去得也能很快，没想到……

“竟然一下就下了六七个小时。”

雨一直下到深夜，且丝毫没有变小的迹象。

姜竹沥缩在角落里，手脚冰凉。

周围没有任何可以吃的东西，哪怕一棵瘦弱的山楂果树也没有。

她饿过了头，脑袋里的想法乱七八糟。古装剧里经常出现女主被关在柴房的剧情，然后好心人会去送吃的，恶毒女配就会趁机发难。

天哪，哪个恶毒女配现在来发难她一下也好啊。

姜竹沥郁闷地想。

她很担心，万一救援队的人现在上来了，喊她她却睡着了没听见，就这么错过，那未免太要命，所以不能睡着。

可她饥寒交迫，又实在是很想靠睡眠来御寒。

姜竹沥靠在墙壁上，不受控制地想到了卖火柴的小女孩。

人如果真的冷到极致，感受到的反而是暖。

她觉得自己的感官都还算正常，做实验似的抬起手，在空中划出一个火柴的形状，对着空气慢吞吞地说：“段白焰，我们去放烟火吧？”

周遭一片漆黑，此情此景有些诡异，姜竹沥抱着腿，将下巴抵到膝盖上。

高考结束的那年夏天，她每天都想用各种理由去找段白焰玩。

“我们去放烟火吧？夏天去海边放，肯定也很好看。

“我还没在半夜吃过烧烤，我们什么时候能试一次？

“市中心新开了一家油画馆，你不想进行室外活动的话，我们去画画吧！”

段白焰答应的频率，平均下来，她邀请三次，他来一次，就像一个别扭又娇羞的小姑娘。

姜竹沥现在回忆起来，有些想笑，又有些笑不出来。

“段白焰……”她蜷成团，眼皮子打架，又开始犯困了。

不知道救援队今晚还会不会上山，不知道她还有没有机会被救出去。

她一边瞎想，一边昏昏欲睡。

下一刻，木屋的门被风猛然吹开，豆大的雨水被刮进来，不加分辨地砸在她的身上脸上，竟然隐隐作痛。

姜竹沥下意识地伸出手臂，挡住眼睛。

下一秒，她听见有人在叫她：“竹沥？竹沥？”

声音克制、焦急、濒临崩溃。

小木屋太黑，她什么都看不见，只能茫然地抬起头。

闪电一闪而过。

她捕捉住那个瞬间，在模糊的雨水光影里，看到一个高大、熟悉、黑黢黢的人影。

“竹沥？”

他又叫了几声，得不到回应，像是失望到极点，转身要走。

姜竹沥后知后觉，猛然反应过来。

“我……”她大声叫住他，仍然感到难以置信，“我……我在这儿！我在这儿！”

她看到那个身影猛地一顿，然后他转身大步走进来，一步一步靠近她。

他没有撑伞，也没有穿雨衣，衣服从头湿到脚，狼狈地抹掉脸上的雨水，在她面前蹲下。

她小心翼翼，不敢动也不敢发出声音，屏住呼吸，不知道自己是不是在做梦。

也许她呼吸得重一点，他就会消失。

他的手沾着冰冷的雨水，落到她脸上，是真实的触感。

他的手很凉，碰她也碰得小心翼翼，不敢太过用力，像跋山涉水的人在触摸一件失而复得的珍宝。

“竹沥？”他再三确认。

“是我。”

姜竹沥明显地感觉到，她那两个字落地，对方整个人都放松下来。

段白焰找了半个山头。

这么大的雨，他无法想象她一个人在荒郊野外从下午待到深夜是什么样子。他祈祷她能找到避雨的地方，从山顶往下，挨个挨个地找有可能藏人的角落、山洞和小木屋。

几乎翻过半座山，他才在这里找到她。

段白焰叹息，摩挲着她的脸，许久，将自己冰凉的额头抵上她的额头。

他们的距离已经够近了，可光线实在太过昏暗，她没办法看得真切。两个人呼吸交融，他的声音很低，生怕一不小心，会惊扰到对方。

许久，她听见他哑着嗓子说："我们回家，嗯？"

段白焰的手臂用力，将蜷缩成团的姜竹沥抱了起来。

站起身的瞬间，他心里涌起一种不太真切的幻灭感。他一个人在暴雨里找她找了半个通宵，开车上山、下山，精神高度集中几个小时都没有感到疲惫，却在这一刻真真切切地感受到累。

他想休息了，当她安然无恙，在他身边的时候。

车停在大路路边，段白焰将自己湿漉漉的外套罩在她的脑袋上，抱她上了车。

他将她放在副驾驶座上，他的副驾驶座这些年都没有人坐，却一直铺着毛茸茸的坐垫。

他觉得，把她放在那里，她也许会感到暖和。

姜竹沥恢复神志，当然没有异议。她坐姿很乖，可是身上的水滴滴答答，仍然迅速浸湿了身下的坐垫。

"高德地图为您导航……"

段白焰插入钥匙，仪表盘亮起蓝光，导航仪的机械女音在狭小静谧的空间内响起。

他转动方向盘，想要走大路下山，可是刚刚走出去一小段路，眼前白光一闪，他的脑海中突然浮现出刚刚周进的话。

山体滑坡，阻断了山路。

下山的路有很多条，他不知道阻断的是哪条。

段白焰眉峰微聚，外面雨势丝毫不见减小，手机的信号仍然很弱。

他心里立刻就有了论断，抿着唇，想询问姜竹沥的意见，话出口时，语气仍然显得僵硬："我们在山上过一夜，嗯？"

他敢在暴雨夜开车上山，那是独自一人的情况下，可现在车上还坐着她。

在他能感受到她的呼吸时，总是变得格外惜命，格外怕死。

姜竹沥沉默了几秒，才小声道："嗯。"

她的声音都在发抖。

段白焰转过头，见她正蜷在副驾驶座上，面色发白，嘴唇冻得失去血色。

入秋之后，山上昼夜温差大得吓人，他愣了愣，有些狼狈地想起，他来时走得太急，竟然没有开暖气。

按下空调开关，他默不作声地抿着唇，将车前的几个风口全都转向她，然后掉转车头，将车停在避风的地方。

姜竹沥还是冷，空调升温很快，可她腹中空空，胃里没有食物可以燃烧提供内部热量。

她想找个什么东西抱在怀里，像山中修行的狐狸精，用不太正经的途径汲取对方的能量。

段白焰看着她，伸长手臂从车后的纸袋里捡起一件衬衣："脱衣服，换这个。"

姜竹沥微怔，他手上那件衬衣应该是刚刚从外面送洗回来，她还能闻到香味。

她下意识地想拒绝："不……"

他沉声道："脱。"

"换完衣服之后，"他从另一个袋子中捞出一条毛茸茸的毯子，"抱着这个。"

他怕她的湿衣服沾湿毯子，那会让她更冷更难受，所以给她准备好了所有东西。

姜竹沥眨眨眼，眨掉眼中的雾气："那你怎么办？"

段白焰的衣服也湿透了，他没有回答，抬手按掉车内的小灯："三分钟。"

车内的光线暗下来，他面无表情地转过头。

姜竹沥愣了愣，她沉默着解开扣子，将湿透了的上衣和裤子都扒下来，把湿漉漉的鞋袜踢远。

段白焰背对着她，睁着眼，一动不动地盯着车窗玻璃的倒影。

该看见的不该看见的，其实他全看见了。

"我好了。"

姜竹沥窸窸窣窣地穿上他的衬衣，小声叫他。

段白焰微顿，漫不经心地回过头，车内的小灯光线柔软，她盘腿坐在副驾驶座上，半湿的长发随意垂落在胸前，身上穿着他黑色的纯棉定制衬衣，过长的袖子挡住半只手，下摆遮住半条白皙的大腿。

他的喉结微动，眼神突然变得晦暗。

她还没反应过来，下一刻，他一言不发地捞过毯子，将她整个人裹了进去，一圈一圈，像是在卷一个大大的寿司。

"喂……"

他压到了她的头发，她不满地发出抗议。

他抬手，帮她把潮湿的发尾拿出来。

毯子比衬衣大很多，毛茸茸的，她全身都能蜷在里面，暖和极了。

姜竹沥露出一双眼，十分感激："谢谢你。"

无论是他上山来救她，还是为她准备这些东西。

段白焰看着她，沉默一阵，突然垂下眼："我冷。"

说完，他额头上的碎发应景似的，落下一滴水。

"那，"姜竹沥微怔，手足无措，"那我把毯子和衣服都脱下来给……"

"你"字还没说出口。

她身体一轻，惊呼一声，整个人都被他抱起来按进怀里。

"让我抱一下。"他的声音很低。

姜竹沥犹豫了一会儿，偃旗息鼓，放弃挣扎的念头。

车内光线昏暗，暴雨把世界变成茫然的一片。

她隔着毯子也能察觉到他身上的寒冷，他也许是把她当成了人形热水袋，毕竟现在的她暖融融、热乎乎，像一只大松鼠。

他突然发声：“刚刚。”

“嗯？”

他叹息：“很担心。”

他担心找不到她，担心她出事。

突如其来的示好让姜竹沥无所适从，她趴在他的肩膀上，眼睛睁得圆圆的。

想象力在这时候变得格外丰富，她想起他们分手的那个下午，天公不作美，没能像小说里一样下场瓢泼大雨来祭奠他们死去的爱情，可这场雨在十年之后，以另一种方式还给了他们。

寂静狭小的空间里，她忽然真切地从他身上感受到那种“不希望你出事”的浓烈感情。

她鼻子发酸，然后小心翼翼地从寿司卷里钻出两只手臂，环抱住他的腰。

段白焰的身体一僵，他稍稍退后，捉住她的手：“你想好了？”

“什么？”姜竹沥愣了愣，马上反应过来，“我不是！我没有！对不起！我这就把手收回来！”

段白焰垂下眼，抿着唇松开了她的手。

他的手指攀上自己的领口，开始一颗一颗地解扣子。

“段……段……段白焰，”姜竹沥脑子里立刻敲起警钟，她双手推他的胸膛，一脸惊恐地往后缩，“有话我们可以好好说，你别一言不合就……”

就脱衣服啊！

他没有回应，脱下湿得滴水的上衣，扔到车后座。

肌肤暴露在空气中，反而能更接近空调的暖意。

可他过了很久都没有下一步动作，姜竹沥的毯子被她挣开了一半，宽大的领子松松垮垮地落到肩膀下，露出半个圆润的肩头。

“你以为我想在这儿？”他顺手将她的领口扶上去，眼神沉郁，“幕天席地？”

姜竹沥不说话了。

他一定又要嘲笑她，可他顿了顿，竟然只是低声叹息：“对，我是想。

“从重逢见到你第一面，就想。”

可重逢之后，她的世界比过去更加封闭，无论身体还是精神，她都在试图关闭曾经朝他开放过的入口。

一旦他试图回溯，就沮丧地发现，她会变成现在的样子，他的确功不可没。

姜竹沥手足无措，不知道该说什么。

段白焰垂眼，将她的毯子又紧了紧。

他刚刚扶正她歪斜的领子，宽阔的领口又转移向前，她的胸前一览无余。

雨水如注，铅灰色的云层积压在天外，惊雷炸裂时，光芒绽放，仿佛落在两人的目光交会之间。

他沉默了很久，才说：“最开始，你去伦敦的时候，我想，我再也不要见到你了。”他的声音仍然很低，“哪怕日后有一天，你哭着喊着求我要你，我也要把你踢开，让你滚。”

姜竹沥：“……”

那……那幸好她没有？

“但是这个想法，第二年就变了。”他垂眼，“我想，如果你回来，我会原谅你的。”

可她没有回来。

他通过助理得知，她在异国的生活终于慢慢稳定，她给程西西写了信，给熊恪寄了礼物，甚至联系了高中时几个相对熟络的朋友。

独独他，他什么也没有，哪怕只言片语。

“第三年的时候，我等不住了。我想，骂你也好，劝你回来也好，我得去找你。”

——我想见你。

那年他参加电影节，途经伦敦。

连续三天，他假装无意地散步到她的学校，坐在人流量最大的地方，默不作声地等。期待她下课，期待她下楼，期待她从人群中一眼看见他，然后惊喜地小跑过来，问他怎么在这里。

他设想了无数种相遇的场景，连起来在脑海中串成一部电影脚本。独独没有设想到，他们根本未曾相遇。

那么大的学校，哪怕他已经缩小他们之间的距离，相遇的概率仍然太小。

“我想，”雨水打在玻璃上，他的声音也泛着潮，“是天意不让我们遇见。”

他拉不下脸去找熊恪问她的联系方式，也没办法纡尊降贵去问程西西，无论哪一种，都会让他觉得，自己已经不重要了。

所以他宁愿苦笑着叹息：“我们的缘分，好像到头了。”

窗外风声骤急，暴雨敲打玻璃，远处雷声不断。

姜竹沥望着他，心里发涩。

人的气度来自方方面面，她从没想过，有生之年，段白焰会对她说这样的话。

他的家庭、他的学识、他的人脉……每一项都让他拥有冷漠傲慢的资本，所以他可以任性妄为，可以不管不顾，可以偏执极端。

然而现在，他才二十七岁，风华正茂的年纪，却开始信命，开始颓然地说，人力已经不可为，剩下的都是天意。

他身上的不可一世日益衰颓，而一切改变的根源，都来自她。

是她让他变得患得患失、小心翼翼。

“就……”他缓慢地形容，“那一次开始，觉得，也就这样了吧。”

好像没有办法了，跟她只能走到这里了，他没有尽过力，未来也没机会尽力了。

“可是等到你真的回来了，重新出现在我面前。”他的眼神变得幽深，“我又觉得，还是不想放开你。”

怎么样都好，他都想把她留在身边。

“不想再重复分离，不想第二次放开同一个人的手。”

雨还在下，白光闪过，闪电撕破夜空。

“不是，”姜竹沥突然觉得难过，她攀在他的肩上，小声嗫嚅，“我看见了的。”

她看见他在楼下，可她犹豫很久，绕开了他。

段白焰的瞳孔猛地收缩，他避开她依靠的动作，强硬地钳住她的下巴，逼迫她与自己对视。

“我这些年，跟你分开的时间里，每时每刻、每分每秒，都在想你。”

无论喜欢还是不喜欢、爱还是恨，他始终不能放下。

“你呢？”他的眼中掀起巨浪，“你有没有一分一秒，想过我？”

“轰隆隆——”

远方惊雷不断，“咔嚓”一声巨响，一棵小树被拦腰折断，正正地砸在车前。

车内一片寂静，他的眼睛一眨不眨地看着她，等她回复。

气氛紧绷得像是水珠滴落的前一秒，下一刻，毫无征兆地，她看着他，一颗泪从眼中滚出来。

接着是第二颗、第三颗。

她攥着毯子，沉默着哭泣，滚烫的眼泪流过他冰凉的手指。

段白焰想，如果他的心能再碎一次，那应该就是现在了。

他失望至极，声音发哑：“你一点都不在意我？”

姜竹沥被他钳着下巴，哽咽着说不出话，仍然用力摇头。

他抿唇，语气里有不确定的试探：“你仍然关心我。”

何止！

姜竹沥在心里苦笑。

这些年她养成了习惯，但凡他的电影上映，她都要去看一看。

很多导演一出国门就销声匿迹，他却好像从来没有受到过这样的限制，能让国人喜欢的东西，同样讨外国人欢心。

伦敦电影节时，大街小巷挂满大师与新秀的海报。

他的照片和那些耳熟能详的前辈放在一起，面对镜头时眼神有些冷厉，再仔细探究，其实他是什么都不在乎。

她为他驻足，隔着薄薄一道玻璃，却不知道该怎么向她的同学解释：“我和他，也许曾经相爱。”

大学老师告诉她，人的性格并不存在好坏之分，如果一个人可以长期建立起某种自我防护机制，一定是因为那种机制曾经在过去某个时刻，保护了他。

她不可避免地联想到他，与他在一起的日子里，他总是表现得偏执、固执。他控制她，可这种冷漠到近乎无情的性格，也降低了他对外界的褒贬的反应度。

他与她不同，好的坏的，外界评价从来不能影响他，所以他可以不带牵挂地朝前走，一步一步，成为他想成为的人。

她羡慕他，羡慕他的无所谓，不想消解他的自我保护，可他的的确确刺痛了她。

所以她也竖起高墙，一遍又一遍地选择逃跑。

段白焰看着她，目光逐渐变得惊愕。

“我从来……”姜竹沥断断续续地说着，眼眶发红，眼泪还在“啪嗒啪嗒”地掉，“从来没办法对你说这些话。”

学生时代，她永远是成绩最好、最讨老师欢心的那一个，可长大之后，她发现学习能力的优势与天生的家族资本、过人的社交能力比起来，根本不值一提。

她难以启齿，怕他冷笑，嫌她想得太多，嘲笑她幼稚，所以她只字不提，连逃跑也偷偷的。

“你……”段白焰心里发酸，不知道该说什么，慢慢松开她的下巴。

眼见姜竹沥又要缩回那团毯子里，他伸出另一只手，以一种捧花的姿态，将她的脸捧了起来。

他吻去她眼角的泪，声音变得很轻：“怎么会？”

他怎么会为了这种事去嘲笑她？如果她希望，他愿意为她改变。

“可你以前，”她小声哽咽，“就总是嘲笑我。”

段白焰心情复杂。

“对不起。”

其实不需要她强调，他也知道，除去心口不一，他还是一个多卑劣的人。

他从没告诉过她，他真正开始喜欢她，不是因为她对着他笑，也不是因为她寸步不离地跟着他，声称要保护他，而是某次家长会开始时，他为了追一个乱跑的篮球，路过器材室背后的偏僻角落，看到她坐在楼梯上，独自一人攥着成绩单，默不作声地痛哭。

他在心里念了一遍这个名字。

姜竹沥。

那个十项全优的小班长，那个笑起来仿佛没有烦恼的小女孩，那个家长们口口相传的“别人家孩子”竟然也会坐在没有人的角落里，放肆地大哭。

他的眼睛一眨不眨，在她看不见的地方，贪婪地观察她。那是他人生第一次这样近距离地靠近一个同龄人的痛苦。

他曾经以为，她没有烦恼，她不会哭的。

原来他们竟然是同类。

段白焰快乐极了，所以那天他既没有上前安慰，也没有戳穿她。

她的痛苦安抚他的神经，他站在那儿听够了，才转过身，愉悦地吹了个口哨。

他没有良心，他不开心，就想让身边所有人都尝一尝他吃过的苦，哪怕很多年后，他学会了通过文艺作品表达苦难。

姜竹沥有些茫然：“你总是在道歉。”

“嗯。”他低头蹭蹭她的鼻尖，突然感到轻松，“我做错了很多事。”

陈塘说，回避型依恋者最容易吸引到焦虑型依恋的人，因为两个人在人群中对视的第一瞬，就知道彼此是同类。

他现在终于可以解释，他当初那种兴奋到头皮发麻，近乎变态的快乐，是来自哪里。

那是他骨子里长出来的、非常态的、强烈到扭曲的爱与归属感。

“最近才明白，那些事是错误的。”他专注地看着她，“但我一定要告诉你，我没有不喜欢你。”

周进默不作声的爱是爱，他大张旗鼓的爱也是爱。

她那位老师说得没错，性格没有好坏，他们本来可以不改。

可他们遇见了对方，爱情的生长需要土壤，他们都须要寻求某种自我修正，来让土壤保持酸碱平衡。

“不过有一件事，我的确刚刚才想通。”他捧着她的脸，从眼角吻到脸颊，“我始终无法修正这些错误，是因为这些年你都不在我身边。”

姜竹沥无辜地睁大眼：“那怎么能怪我？”

“为什么这四年一点长进都没有？”他用额头抵住她的额头，“因为恋爱是两个人的事，我们任何一方单独努力，都是没有用的。”

这些年来，他自私地焦虑，自私地依附，自私地逼她留下来，却从没想过，要用合适的方法去喜欢对方。

如果她不回到他的生活里，不打乱他的节奏，再分开十年，他仍然不会成长。

他们须要一起面对困难，一起解决矛盾。

“所以从今往后。”他的眼睛黑漆漆的，鼻尖亲密地蹭着她，“你不喜欢的、你不敢的，你告诉我。”

外面风雨大作，车内静谧温暖，他呼出的热气在她耳畔流淌：“我都可以改，你不要怕。”

姜竹沥一动不动地坐在他的腿上，愣愣地看着他。

她突然不明白，他们为什么会莫名其妙地分开这么久，年少时在一起，也不能好好珍惜共处的时光。

她又想哭。

毯子滑下去一半，姜竹沥的肩膀太瘦，撑不起他的衬衣，松松垮垮的，又有向下坠落的意思。

这回他没有伸手去拉，也不再理会毯子，手臂越过毛茸茸的暖意，直接抱紧她的腰：“想喝酒吗？”

姜竹沥一开始没懂：“什么？”

他没有解释，伸长手摸出那两瓶没有送出的桃花酒，开启其中一瓶，清冽的酒气迅速弥漫开来，混杂着一点果子的甜意。

他仰头自己灌了一口，然后托住她的下巴，指尖微微摩挲她的侧脸，低下头，不管不顾地吻了下来。

“嗯……”

姜竹沥蓦然睁大眼。

他的吻一向很有侵略性，肆意掠夺，可这一次竟然很温柔。

姜竹沥的脑子里过电似的，炸开一串烟花，心跳也跟着加快。

他温热的气息喷到她的脸上，鼻尖轻轻蹭她的皮肤，唇齿间反复摩挲，满是香甜的酒气。

他一边吻一边想，车内的空调已经开得够久，就算扒开她的毯子和衬衣，她应该也不会太冷。

姜竹沥迷迷糊糊间，感觉到他靠近的手。

他解开了她的衬衣扣子。

第十五章

不要太久

姜竹沥一个激灵，突然清醒过来。

她涨红着脸，用力推开他，这动作做得很艰难，他抱得太紧，肩膀宛如铜墙铁壁。

“你说那些话，”她的呼吸有些急，眼中漾着水光，唇瓣泛出诱人的粉，“就是为了……为了这个？”

她的神情十分茫然，似乎有点受伤，一时之间，段白焰也不知道该点头还是摇头。

狭小的空间里充斥着甜腻的酒气，他只感到意乱情迷。

“没。”

对峙半晌，还是他率先败下阵来。

“那，”姜竹沥茫然地看着他，眼睛湿漉漉的，“那你解我的扣子干什么？”

他的喉结滚了滚：“想让你透气。”

她不信：“骗子！”

段白焰在心里叹口气，半晌，认命般重新用毯子将她裹起来。

姜竹沥的意志力在雨夜总是格外薄弱，他的话是情之所至，但也不妨碍掺杂一点点哄诱的意思。

不过他认为，学会诱哄并付诸行动，对他来说也是种进步。

段白焰抱着这只巨大的松鼠，难耐地叹息：“没骗你。

“都是真话。”

重逢以来的每一句，都是真话。

姜竹沥眨了眨眼，小声地指出：“可你以前从来不会这么说。”

“嗯。”

她小心翼翼，生怕伤到他的自尊心：“谁教你的？”

“……”

段白焰沉默了一下，在她心里，他似乎是恋爱里的弱智少年。

许久，他颓然地道：“没有人教。”

他以前不会说，是因为他从来没想过。

过去的时日里，他一直是被追着喜欢的那一方，他有恃无恐地沉默，从没想过，她其实也需要信心。

尽管段白焰不想承认，可他的确在一点一点地学习迁就和宽容。他的贪心与日俱增，最开始只是想占有她，后来希望她爱他，他必须为这种贪念付出代价，努力成为能被她喜欢的人。

姜竹沥心有余悸：“我以为你又从朋友那儿照搬了别人的恋爱模板。”

这话有点清算旧账的意思，其实但凡他表现出一点改变，她都无法招架，无论他的退让是装出来的，还是认真的。

事实上，段白焰直到现在也的确没能完全制止强留她的念头，可他吃过两回亏，不会在同一个地方栽倒第三次。

他刚想开口，又听她轻声道：“不过这样很好。”

姜竹沥想了想，跨坐在他身上，认真地望着他：“以前我总是……总是要猜……猜你在想什么，猜怎么做才能让你开心。”

“可你如果直接告诉我，就算不脱衣服，我们也会轻松很多。”她深呼吸，眼睛清亮，“所以你在想什么，以后能不能也都说出来？”

“好。”他轻轻啄一啄她的眼角，她刚刚哭过，眼眶还泛着一点桃红，“你也要把你的想法都告诉我。”

他们两个都别扭得不行，互相猜测那么多年，现在才开始试着坦诚相见。

想到这层，他忽然感到玩味：“不过，你猜了那么多年，想必功力已经十分深厚，那能不能猜猜我现在想做什么？”

她不假思索地回答："想要我。"

他颇为赞赏："猜得对。"

"不行。"

段白焰眼中的颜色变深了两个度："为什么？"

"因为你刚刚才说过。"姜竹沥敏锐地捕捉到他眼中一闪而逝的狠意，触电似的朝后一缩，"你刚刚才说过，我可以拒绝你。"

一旦他表现出杀气和超出常人的占有欲，她就面露惧意，一副快要被吓哭，立刻打算卷起尾巴跑路的表情。

段白焰在心里叹息，他前科累累，信用大概已经被标成了负数。

"嗯，你可以拒绝。"他努力将声音放轻，把自己从大魔王的身份里剥离出来，"但我还是想听理由。"

就算他的声音放轻，仍然带着压迫感。

姜竹沥小心翼翼地说："因为我还没想好。"

她话音一落，他周身的温度明显低了下去。

姜竹沥面无表情地推开他。

段白焰哭笑不得："竹沥。"

他抱着她，下巴抵在她的肩膀上，她浑身上下暖融融的，离得这样近，他却只能看不能摸。

段白焰悲伤极了。

"让你难过了那么久，是我的错。"

许久，他叹息，嘴唇轻轻地碰碰她的睫毛，"我给你时间，但你能不能别让我等太久？"

车内一片温暖，窗外大雨倾盆。

姜竹沥陷在他的怀里，眼睛瞪得圆溜溜的，她没有说好，也没有说不好，只是睡着之前，脑子里反反复复都是一个念头——

天道好轮回，段白焰竟然也有这一天。

原来他真正妥协的表情，是这样的啊。

姜竹沥趴在段白焰的胸口睡了一觉。

他把唯一的毯子给了她，她觉得他实在太可怜，于心不忍，就将他也一并裹了进来。

于是段白焰变成了能看、能摸，但不能有进一步的动作。

他的可怜程度接连上升了几个等级，醒来之后，他的眼下现出浅浅的青色。

破晓时分，暴雨终于出现减小的趋势。

天仍然灰蒙蒙的，水汽混着山中的雾气，缥缈不定，好在已经能看清大路的方向。

周进带着救援队上山，刚刚找到段白焰的车，来不及露出兴奋的神情，就隔着玻璃看见赤裸的孤男寡女。

两个人以一种暧昧的交叠姿势，裹着同一床毯子，半躺在驾驶座上。

等他挨近了，才发现姜竹沥被保护得很好，毛毯从头裹到脚，就只露出一双带着雾气的眼睛。

但段白焰上半身什么也没穿，肌肉线条流畅结实，怎么看都能看出别的味道。

周进有理有据地猜测，这肯定已经是事后的情景。

他小声问："师弟，刺激吗？"

段白焰："呵呵。"

下山之后，段白焰直接开车将姜竹沥带回了家。

姜竹沥现在看到他的房子就会想起被关起来的日子，站在门口磨磨蹭蹭的，一副不敢进门又不敢不进门的样子。

段白焰好气又好笑："进去换衣服。"

把话说开，他也不再担心被她发现他的衣帽间，他本来就是个变态，干吗要藏着掖着？

姜竹沥仿佛走进了自己的旧衣橱，也终于明白了上次那件睡衣究竟是来自哪里。

心情复杂又微妙，她挑了件秋冬的长裙，那条裙子原本被她落在国外忘了拿回来，现在重新穿上，竟产生一种回到学生时代的错觉。

重回到某一个有段白焰在身边的学生时代。

姜竹沥下山之后的第一件事，就是去医院看望倪歌。

也不知道锦鲤少女到底被什么咬了，脚踝竟然还要几天才能消肿。不过倪歌精神很好，她兴致勃勃地给了姜竹沥两张古典舞公演的门票。

“所以，我还挺期待的。”晚上做直播，姜竹沥大大方方地承认，“术业有专攻，倪歌跳舞一定很好看。”

弹幕迅速增加——

“甜甜也很好看！”

“这是甜甜的地盘，最好看的当然是甜甜啦！”

姜竹沥开心得冒泡泡，笑着揉面团，一个一个地回复。

段白焰扒着厨房的门缝，躲在阴暗的小角落里偷偷地看她，露出侦探电影嫌疑犯一般的半张脸。

下午她去见倪歌，没有带他，给出的理由是怕他情绪不稳定，吓到小女孩，搞得他只能一个人寂寞惆怅地坐在办公室里，听助理讲无聊的故事。

现在她回来了，他决定展开报复了。

“苹果派最神奇的地方，不仅仅在于它简单好做，还在于它的口感让人欲罢不能。”姜竹沥一边说，一边处理黄油，把黄油隔水加热，然后放进蛋糕里，“这一步用来做苹果派的皮，如果是酥皮的话，要在过程里保持低温，然后折叠四次。”

她一边说，一边做，刚转过身，躲闪不及，“嘭”的一声撞上段白焰的胸膛。

他手疾眼快，帮她按住刚刚差点飞出去的托盘，稳住上面几个摇摇欲坠的苹果派酥壳。

不等她开口，弹幕疯狂地涌出——

“啊啊啊，段导！虽然段导的脸一晃而过！但我敢肯定，我刚刚看到他了！”

“甜甜和段导现是住在一起吗？难怪厨房换了啊！”

“呜呜呜，段导的家居服胸口画的是大白吗？好可爱啊，我要转荧幕情侣粉了！”

“不是，我只是借他的厨房用。”姜竹沥连忙解释，“我们没有住在一起。”

她暂时还不想回来，这个地方交通不方便，如果每天坐段白焰的车，又会给他添麻烦。

更重要的是，她总有一种一旦真的走回来，就再也走不掉了的感觉。

“我也有一阵子没上线了，”她眨眨眼，狡黠地笑，“好不容易上线一次，大家还都在问另一个人，没有人想见我吗？”

弹幕里的姑娘们赶紧改口，纷纷向她表白。

她将平板电脑放回去，避开段白焰的脑袋，镜头之外，她拼命地挥手，让他离远点别靠过来。

可段白焰抿着唇，不知是看见手势了还是没有，在她的镜头附近晃来晃去，非要入一下镜。

每次过来，他都还装得若无其事、云淡风轻——

“我来接杯水。

“我来找点吃的。

“我来洗洗手。

“我来……”

“你烦死了！”姜竹沥气得想踢他，“你饿就找别的吃，把苹果给我！”

段白焰面无表情地两眼看天，以为她没有发现，每次都顺走两个苹果。

上一秒，他偷走了她流理台上的最后一枚青色果子。

偏偏他的神情还十分无辜，仿佛没听清她在说什么，转过来，茫然得像一只无辜的羊：“啊？”

姜竹沥头也不抬，没好气地朝他伸手：“给我！”

段白焰看着她朝自己伸出的手，短暂地犹豫了一下。

当着这么多人的面，她又还开着直播，这样是不是不太好？

不过她想要的话，那……

所有看直播的人，都在抓心挠肝，关心镜头外若有似无的段白焰。

下一秒，他们看到高大的青年穿着柔软的家居服，神情寡淡地走进镜头，默不作声，小心翼翼地低下头，虔诚而认真地吻上了姜竹沥的手掌心。

姜竹沥愣在原地。

弹幕先炸了——

“我的天！直播啊！荧幕情侣粉今天过年！我要出门放个五百响的炮！现在就去！”

“上帝，我的少女心要爆炸了，这两个人的荧幕情侣感真的好足。”

但姜竹沥没看见弹幕，她所有的注意力都在自己的手上。

段白焰家铺着厚厚的毛绒地毯，底下有地暖，他在家里时，总喜欢光着脚走路。

不知道是不是这个缘故，他的手指很凉，可嘴唇竟然意外地烫，落在她的掌心上，吻得认真而深情。似乎是察觉到她不太专心，他辗转半晌，突然轻轻地在她的手心咬了一下。

姜竹沥猛地反应过来，脸一下红了：“你干什么？”

说着，她就想把手抽回来，可是尝试几次，始终抽不出来。

姜竹沥突然急了，顾及直播，她的声音还是小小的：“你放开我。”

段白焰的手微微一顿，眼神倏然变深。

下一秒，他抬起头，“啪”的一声，一把按下平板电脑。

姜竹沥一只手还沾着面粉，莫名其妙又被他圈进怀里，气得想低下头咬他：“你干什么呀？”

段白焰奇怪地问：“不是你让我给你吗？”

“我什么时候？”姜竹沥愣了愣，脸颊发烫，“你放开我！”

段白焰不想放，他好不容易捉住她。

她的皮肤这么白，这么软，这么娇气，碰一碰都会有红印，他好想看看她身上是不是也这样。

段白焰目光微沉，嘴里那两颗隐藏的吸血鬼獠牙，又悄然无声地冒出尖尖，然而不等他真的下嘴咬。

叮咚——

叮咚——

门铃响了起来。

“去开门！”姜竹沥踢他。

段白焰不得已放开她，一边走一边想，等他忙完这阵子，他要换一套更大的房子。

像爷爷那样，住在庄园里，开车从铁门走到房门口都要十五分钟，如果想见他一面，必须提前一周预约。

届时必然无人打扰，他就醉生梦死。

打开门，缱绻的阳光落下来。

江连阙将透明保鲜袋举到他面前，扯开大大的笑：“惊喜！”

袋子里装着一个透明的保鲜盒，段白焰拧着眉头看了半天，甚至凑近闻了闻，仍然辨认不出那团东西是什么。

“这是？”

江连阙环顾四周，小声道：“鹿血。”

段白焰虚心求教：“你为什么不给我送牛鞭？”

江连阙装得好像过来人：“那玩意儿没用。”

段白焰冷漠地说：“说得好像你尝试过一样。”

江连阙：“……”

“你怎么这么不懂事？”他收敛笑意，一脸严肃地放下鹿血，“周进跟我说，你和前女友的关系突飞猛进，暴雨夜在车里激烈地‘打了一架’，我才来给你送这个的，你怎么还人身攻击我？”

段白焰抱着手轻哼一声，垂下长长的睫毛。

江连阙知道他嘴里说不出好听的话，站在原地天人交战一阵，还是决定不跟小弟弟计较：“管你怎么想，我要去慕尼黑找小未婚妻过年，年假结束之前都不会回来。你帮我转达给你女朋友，说我提前祝你们新年大吉。”

“现在还不到圣诞。”段白焰有些惊讶，“你这么早就走？”

江连阙压低声音：“我去体验拥爱入怀的生活。”

“……”

段白焰勉为其难地收下了这袋鹿血，赤着脚往回走，掂量着手上的保鲜袋。

姜竹沥站在流理台后，抱着平板电脑看他，目光带着一点警惕。

段白焰将那堆被他藏起来的青苹果挨个掏出来，排成排，乖巧地放上流理台。

一边排队，他一边状似无意地道："竹沥。"

"嗯？"

"留下来过年。"

姜竹沥愣了一下："我之前说过，可能要跟爸妈回老家。"

他抿唇："不是推辞？"

那个时候，她好像满心满眼都是要拒绝他。

"我，"姜竹沥有些犹豫，"现在还不太确定。"

明叔叔的腿还没好，妈妈的精神状况也不太稳定，回老家要来回跑，又折腾又麻烦。

但她这次没有直接拒绝："晚上，我再问一问明叔叔吧。"

入夜之后，整个别墅区都陷入沉寂。

汤锅里"咕嘟咕嘟"冒泡泡，姜竹沥关掉火，把骨头汤分成两份，装进保温桶，一份准备给明叔叔，一份准备给倪歌。

厨房里香气四溢，段白焰站在旁边，喉结滚动，假装一点也不想喝。

她主动解释："这个汤一次性熬太多就不好喝了，等我先送完这一轮，下次单独熬给你。"

段白焰差点脱口而出——那么难喝的汤，我才不要喝。

话到嘴边，他用力把话咽回去，换成了一句："嗯。"

姜竹沥心花怒放，他二十七年来都没这么乖巧过。

段白焰先送她去医院，然后自己回了趟公司。《止战》在进行收尾，他有很多繁杂的事要处理。

姜竹沥带明叔叔下楼散步，他从楼梯上摔下来，右腿伤筋动骨，还没过一百天，仍然难以行动。

公园里有很多病人在散步，来来回回，树影摇晃。

入秋之后蚊子已经少了，入夜后温度却开始降低。姜竹沥帮明叔叔盖了毯子，他轻轻拍拍她的手："你也坐下来。"

"好。"她笑笑，坐到他身旁的长椅上，身体前倾，"我前段时间在山上，都没能来看您，给您请的那位护工，他人还好吗？"

明叔叔笑呵呵地道："挺好的。"

"我之前看新闻上说，很多保姆和护工仗着子女不在身边，就欺负老人家。"姜竹沥握着明叔叔的手，低头抚平他手上的皱纹，小声道，"明叔叔不能被欺负。"

"我可是大学教授，怎么有人敢欺负我？"明叔叔笑意飞扬，"谁欺负我，我就打电话到省里曝光他，我有好几个学生，毕业后在晚报当记者。"

姜竹沥眼底的笑意浮现。

两个人聊了一阵，聊工作聊日常，聊到姜妈妈，明叔叔看着她，突然叹息："竹沥，你不要被你妈妈困住。"

姜竹沥一愣。

"明含已经没了。"他低声劝，"可你的一辈子，是你的一辈子。"

这些年来，他把姜妈妈照顾得无微不至，就是不希望这个继女有后顾之忧。

可姜竹沥仍然思前想后，畏首畏尾，始终受到牵制，总是在想她的母亲，没办法放开手脚去做什么事。

姜竹沥沉默了很久，小声道："嗯。"

姜竹沥走出医院时，天渐渐黑了，星光闪烁，路边灯影交错。

她循着地址走到猫咖门口，突然想起，自己竟然忘了问明叔叔，过年要不要回老家。

她有些懊恼。

不过周进为倪歌暂停了综艺录制，虽然打出的理由是"最近天天下暴雨，不适合在山上拍综艺”，可他这么一拖延，姜竹沥又多出几天假期。

三天打鱼，两天晒网，周进应该属于佛系导演。

一走进店内，她抬起头，就正对上坐在角落里、笑意盈盈的程西西：“沥沥，来这边！”

“等很久了吗？”她赶紧走过去，放下包，“抱歉，我找这家店找了很久。”

“就是因为这家店足够隐蔽，不容易遇到粉丝，才约你在这儿的。”程西西笑眯眯的，顺手摸摸蹲在身旁的一只胖橘的下巴，“你昨天怎么了？我看好多人在你的微博评论区开车。”

“啊。”姜竹沥点了杯饮料，心虚地摸了摸耳垂。

她昨天直播被中断之后，实在没有勇气再开。

不过苹果派也做得差不多了，她干脆把没做完的部分用文字发在了微博上，之后一直忙到现在，没来得及看粉丝们的反应。

姜竹沥慢吞吞地道：“他们都怎么说？”

“你自己看。”

她打开微博，不出意外，私信和评论区都爆了。

“怎么突然黑屏了？甜甜跟段导干什么去了？是我想的那样吗？”

后面还有很多，看得姜竹沥面红耳赤。

可是，就……就这种不正经的东西，她竟然觉得有……有点刺激。

“不谈这个了。”她结结巴巴地按熄手机屏幕，“你今天特地叫我过来，是什么事来着？”

“哦，对。”程西西一拍脑袋，从包里掏出一个黑色礼物盒，“想让你帮我转交一个礼物。”

姜竹沥接过来，发现是一枚男士腕表，嵌在丝绒底座里，表盘泛出昂贵的光。

“这个，给谁？”

“就段白焰身边那个……那个，”程西西有些卡壳，“叫熊……熊……”

姜竹沥抬眼：“熊恪？”

“对！”程西西眼睛一亮，“就上一次，他不是帮我拦住了那个差点滚下楼梯的渣男，帮我渡了个劫吗？我就随便买了个礼物，不知道他会不会喜欢，想感谢他一下。”

这话她说得语无伦次，但姜竹沥听懂了。

就是听懂了，她才难以置信：“你确定？随便买买？”

她认得这个牌子，因为它在各大商场都挂有巨型广告牌，一块表的价格抵得上段白焰的小半辆车。

“嗯。”程西西回了一个意味不明的鼻音，眼神可疑地四处游移着，假装不着痕迹地转移话题，“熊恪之前是做什么的？还是说，他就一直在段白焰身边做保镖？”

“那倒也没有。”姜竹沥咬住吸管，眨了眨眼，“千万别小看他，熊恪以前超厉害，我高中时听段白焰说，他是从一个神秘组织退下来的。”

程西西睁大眼，眼底亮晶晶的。

“他好像是因为受了伤，”姜竹沥回忆，“离开组织之后，就跟在段爷爷身边了。”

“后来段爷爷把身娇体弱的段白焰接到身边，怕他发病猝死，就将熊恪也给了他。不过，”她想了想，丝毫不觉得拿娇弱形容段白焰有什么不妥，“不过我也不太了解熊恪，只知道他在段白焰高中之前，就跟着他了。”

沉寂五秒，程西西一直没说话。

姜竹沥喝了几口饮料，抬头去看，小闺密已经亮起了偶像剧式的花痴星星眼。

程西西拿出话剧腔，抑扬顿挫地两手捧心：“难怪他那么有男友力。”

“他……”姜竹沥愣了愣，欲言又止。

一开始她想说，其实换了任何一个保镖，都会那么做。

可是话到嘴边，她被程西西脸上崇拜的表情震撼，硬生生又把话咽了回去。

犹豫了一下，姜竹沥试探着问：“你会不会觉得，熊恪他，嗯，年龄有一点大？”

程西西脱口而出：“大点好啊，我现在就想找稍微大一点的，找个比我小的我还得天天哄着他，图什么？”

姜竹沥幽幽地看着她。

还真跟她猜的一样。

“不……不是，我不是那个意思。”程西西连忙心虚地进行自我辩解，“但是，你难道不觉得，像段白焰那样的，他……他身边的小姑娘会特别多吗？”

顿了顿，她看热闹不嫌事大地补充：“我拍《青果》的时候，除我之外清一色的小姑娘，每一个都水灵灵，嫩得跟桃子似的，连我都忍不住。何况我就只参与了这一部戏，你想想，他其他的电影呢？”

姜竹沥的关注点是：“你有什么忍不住的？”

程西西难耐地表示：“我要按住幻肢。”

不过她确实提醒了姜竹沥。

告别程西西，姜竹沥想了想，回家搓着手炖了锅汤，决定去给段白焰送夜宵。

她把那块昂贵风骚的表转交给熊恪，轻而易举地买通了总裁身边的人，公司里但逢门禁，都是一路绿灯。

她偷偷摸摸地走到段白焰的办公室门口。

还没靠近，她就听见女孩子柔软的声音：“不要……”

姜竹沥：“……”

等一下，这个声音，她没听错的话，是夏蔚？

姜竹沥偷偷把耳朵贴到门上，脑子里闪过的第一个念头竟然是：夏蔚算不算“桃子”？

然而下一秒，段白焰发出响亮的冷笑：“呵。”

姜竹沥心头猛地一跳，她有预感似的握住手机，下一刻，果不其然，屏幕突然亮起来，是段白焰的视频邀请。

姜竹沥庆幸自己的手机开了静音，她小心翼翼地挂断它，然后敲了行字回去：“不方便视频。”

段白焰会意，降级换成打电话。

这回她接起来了。

“竹沥。”段白焰的声音有些低沉。

姜竹沥捂住嘴，尽量小声，怕被他发现自己就在门外：“嗯？”

他深吸一口气，叹息：“我的办公室里，出现了一个丑东西。”

“……”

“你开视频，”他语气严肃，十分认真，“我共享给你看。”

夏蔚今晚来找段白焰其实有点不甘心，又有点迫不得已的味道。

从认识姜竹沥开始，夏蔚就猜测，她有后台。可夏蔚没觉得这有什么了不起，后台谁没有？

可她的人设不能崩，所以当着段白焰的面时，她愿意装作迁就，将态度放得稍软一些，做错事就乖乖低头，之前用书砸伤程西西，也态度颇好地道了歉。

但在夏蔚的认知里，有一点从头到尾没有变过：不管姜竹沥的后台是谁，她本人不过是只金丝雀。

这样的人夏蔚见得太多了，根本不用夏蔚伸手去拽，等她背后的人玩腻了，她就会从云端摔下来。

夏蔚一直在等姜竹沥摔下来，可一直没等到。

《今天我也很甜呀》第二季开拍之前，她跟着何筱筱去见周进。夏家有钱，但钱没办法买到所有资源。她期待周进看中她的人气，可周进从头到尾竟然只是听，没有发表任何偏向她的意见。

她也是那时候才知道何筱筱和姜竹沥的旧怨，何筱筱所有的戾气都被激发了出来，而姜竹沥不疾不徐，一句一句地顶了回来。

从那时候，夏蔚开始讨厌姜竹沥。

长久以来，在她所接受的教育里，下位者理应对上位者臣服，而那些不满的小动作，都应该留到背后去做。

所以夏蔚眼里的何筱筱天真且愚蠢，有什么话非要当面讲，上赶着去找人打自己的脸。可她同样讨厌姜竹沥，讨厌姜竹沥在面对比她强势的何筱筱时，表现出四两拨千斤的云淡风轻态度。

她期待姜竹沥能拥有小人物的自觉，有任人捏圆搓扁的性格，有谄媚、市井的眼神，来让她感受由对比而产生的“优越感差值”。

可姜竹沥没有。

恰恰相反，姜竹沥身上有一种与段白焰相似、类同的气场，即使他们没有相互依偎，仍然能让人感受到难以形容的趋同，像互相驯化，又像是连连看里画风一致的水果。

夏蔚的讨厌与日俱增。

所以在她第无数次看到段白焰连上综艺也粘着姜竹沥不撒手时，拍了那样一张照片。

没有描述，没有暗示，甚至没有只言片语的提示，仿佛两个人真的只是恰巧入镜。

她比任何人都清楚段白焰的热搜体质，无论那是不是一个简单的同框，姜竹沥都一定会被网友和娱记们扒皮扒得底朝天。

这时候她只要再做最后一件事，找到了当初那两个热情的小粉丝，有意无意地透露：“你们知道吗？姜竹沥现在超级火。可我就很奇怪，你们明明比她好很多啊。”悄无声息地在两人之间燃起一阵风。

她不费吹灰之力，轻而易举，就得到了后来断章取义的剪辑事件。

如果要夏蔚事后去解释，她有一万个理由能把自己撇得干干净净。她独独没有料到的一件事是，段白焰竟然会公开发声，说是他在追姜竹沥。

笼子里的金丝雀长着漂亮却脆弱的尾羽，引来主人垂爱怜惜。

结果竟不是这样，她低估了金丝雀的重要性，在她猜测主人愿不愿意出面保护金丝雀的时候，主人竟然已经在深夜叹息过无数次：自己今生为人，未能生作与她相同的鸟，出双入对比翼双栖。

夏蔚短暂地提心吊胆了一阵子，等着睚眦必报的段白焰来报复她。

可她等了很久，段白焰的公关沉寂了一阵，最后的发力点竟然是在他和姜竹沥的荧幕情侣上。从头到尾，他都没有正眼看过她。

夏蔚战战兢兢地过了一段安生日子，就在她以为这件事过去了的时候，猝不及防，段白焰搞事搞到了她的头上。

平心而论，夏蔚不希望他查吸毒的事。

制造热搜和吸毒完全不是一个量级，后者如果有证据，她这辈子的职业生涯就彻底到头了。

因此她推开办公室的门，第一句话就是："上次那张自拍，我真的不是故意的。"

段白焰连头都没有抬。

她努力将身段放低："我真的不知道网友们会扒皮扒得那么详细，也不知道会有人趁着那个关口放似是而非、对姜竹沥不好的视频。"

段白焰还是没说话。

"所以，你能不能不要……"

姜竹沥听到的，就是这句话的最后两个字。

她原先还以为有什么刺激场面。

刚刚段白焰的电话打了没说两句，她就从外面敲门进来了。电话里的人突然出现在眼前，段白焰抿着唇一言不发，眼睛却明显亮起来。

他帮她找了一把软椅，低声让她坐下。她把汤放到他的桌角，他的座位后立刻钻出一条毛茸茸的隐形大尾巴，他蹲在她身边，偷偷摸摸扫来扫去。

夏蔚脸上表情变幻，一时之间骑虎难下，她站在原地，觉得自己难堪得像个小丑。

段白焰没有看夏蔚。

他的声音很低，带点不易察觉的雀跃与紧张："你什么时候过来的？"

这话他是对着姜竹沥问的。

"就刚刚。"

段白焰略一思忖道："熊恪的卡？"

姜竹沥点了点头："嗯。"

然后他们聊了十多分钟。

夏蔚的表情从难堪逐渐到不可思议，因为她从来没见过段白焰能对着同一个人讲这么多话，还都是毫无意义的废话。

许久，她还是忍不住，嘴唇微动：“段……”

段白焰头也不抬地冷冷打断她：“不能。”

夏蔚眼底微动，绽开一片裂痕。

“我查这件事，单纯是因为我想查。”他的声音很淡，把她的话原封不动地还给她，“没有针对谁。”

夏蔚睁大眼，一句话都说不出来。

“另外，夏蔚。”段白焰抬头，眼底一片幽深，“这是我最后一次警告你，不要找姜竹沥的麻烦。”

“不然，”他说，“我一定让你比她更不痛快千百倍。”

夏蔚的表情很难看，离开的时候，姜竹沥觉得她都要哭了，但姜竹沥没心情管她。

姜竹沥和段白焰一起下楼，出门时路过茶几，看到茶几上放着几张香槟色小卡片，精致漂亮，透出股小清新的味道。

她随口问了句：“这是什么？”

段白焰收起外套，一眼扫过来：“《止战》的杀青宴邀请卡。”

姜竹沥长长地“哦”了一声。

段白焰走过来，主动解释：“不用拿，我没打算去。”

杀青宴是世界上最无聊的宴会，他能不去就不去。

姜竹沥眨眨眼，在心里不依不饶地想，既然没意思，那《青果》的时候他为什么还要去？

念头在姜竹沥的脑子里转了好几圈，她九曲十八弯地问：“我什么时候把你从黑名单里放出来的？”

他最开始发出的是微信视频邀请。

“嗯，”段白焰抿着唇摸摸后颈，不知是不是心虚，“山上那晚。”

他趁她睡着，解锁了她的手机。

她记性不好，这么多年都不肯换密码，像个小学生，他开锁开得轻而易举。

除此之外，他把她的紧急联系人也存成了自己。

姜竹沥暂时不跟他计较，她现在心心念念、真正在意的是另一件事，欲言又止半天，小心翼翼地问：“为什么刚刚夏蔚说话带钩钩？”

这几个问题的跳跃性很大，之间没有任何关系。

他微微皱眉，不明白：“钩钩？”

“比如，我喊你，语气是：段白焰。”她回忆一阵，尽力模仿，声音甜腻得像裹着糖霜，“但到她嘴里，就变成了：段白焰——”

所以夏蔚在门内说那句原本毫无歧义的“不要”时，才会格外吸引她的注意力。

段白焰的身体微微一僵，这种甜到发腻的声音，哪怕在过去他也很少听到。

现在她这个样子，他简直要把持不住了。

夜色昏暗，他眼神微沉，握住她的手，突然很想亲一亲。

然而他脑子里陡然灵光一现：“你究竟在在意什么？”

姜竹沥倏地把眼睛睁大。

刚刚走出办公室，他关了灯。

昏暗不明的走廊上，唯一一盏白色的灯在他身后，逶迤地拖出一地白霜。

他一点一点地压下来，声音很低：“在意夏蔚，还是……”

段白焰这个人，说白了，他是真的对什么都不在乎。别说杀青宴，领奖他都有懒得去的时候。

《青果》杀青宴那阵子换季，他又哮喘复发，心情跌到谷底，所有人都觉得他不会去，他却出乎意料地出现了。

后来通稿就一直瞎传，说他是为了夏蔚，为爱奋不顾身。

姜竹沥知道不是，但她还是想听他亲口说原因。

狭小寂静的空间里，姜竹沥没有说话，睁着圆溜溜的眼睛，一眨不眨地看着他，眼底流动着了然的光。

段白焰突然懂了，她什么都知道。

他不知怎么，脚底突然冲上来一股羞耻感，像是被人看穿掩藏多年的秘密，他只好无奈地公之于众，可这种暴露的过程，羞耻中又带着难以言喻的快感。

半晌，他认输般将手机屏幕转向姜竹沥。

屏幕里是一小段直播视频，姜竹沥对着屏幕笑："明天程西西杀青宴，我要去千岛国际蹭饭啦。除了他们家著名的巧克力松塔，你们还想看我帮你们吃什么？"

视频里的声音清脆悦耳，黑暗里，姜竹沥后知后觉，脸一下红起来。

她清晰地听见，自己心脏跳动的声音。

姜竹沥飞快地眨了眨眼，想藏住眼里流露出来的那点开心。

学生时代她追着他跑了太久，得到的回应总是寥寥可数。

段白焰更喜欢做而不是说，但她保留着女孩子的天性，想要听到甜蜜的话，想看他一脸别扭地亲口承认。

可他提到直播，她很快又想起另一件事："你那时候，一边看直播一边骂我。"

段白焰的表情刚刚出现松动，立刻又皱眉。

她低着头，小声地指责："幼稚。"

他下意识地想反驳，可是想来想去，发现她说的是事实。他自导自演，欺负过她之后，再以英雄的身份出现，嚣张又愚蠢。

茫然的段白焰："……"

他背后的隐形大尾巴无措地摇了两下，沮丧地垂到地上，就这么一路拖着那条丧丧的尾巴，他和她一起走出了门。

明里市进入深秋，温度开始降低。天边寒星高悬，姜竹沥还在等着他来哄她，可等来等去，他始终默不作声。

姜竹沥超级想问："你怎么不来哄我？"

可话到嘴边，她立刻想起，上次问这种问题被他恶狠狠地嘲笑了。

她不死心地回头。

看到段白焰跟在她身后，保持着半步的距离，正趁她不注意，偷偷摸摸地拧保温盒的盖子，想看看里面装了什么汤。

啊啊啊，这个人脑子里只有吃！

她气急败坏地转过身，负气地加快脚步。

段白焰一脸茫然，还没反应过来发生了什么，只看见她埋着头往前走，走了没几步，人行道旁的红墙内闪出一个黑影，朝她砸过来。

“竹沥！”段白焰眼神一紧，赶紧快两步拽住她，往回一带。

姜竹沥的脑袋撞进他的胸膛，黑影“咣”的一声砸在地上。

她撞得脑袋昏沉沉的：“你干吗？”

段白焰没说话，一只手按住她。

他大衣里的内搭是件针织衫，摸起来毛毛的、软软的，透出点热意。姜竹沥的脸贴在上面，整个人都在发烫。

“你放开我！我没有原谅你，我还在生气！”她揉着脑袋，用没有任何用的叫嚣来凸显她最后的倔强，“你别每次都用这种招数来逃避现实，你……”

段白焰还是没说话，默不作声地看着那个书包扔出来的地方，不出一分钟，一个颤巍巍的人影也顺着红墙爬了下来。

是一个穿着制服的小学生，动作很慢，有些笨拙，慢吞吞地爬下来捡起书包拍干净灰，才去整理自己身上其他不妥的地方。

他收拾好东西，就打算走。

段白焰冷嘲一声：“逃晚自习？”

“什么？”姜竹沥茫然地从他的胸口抬起头。

他没有解释，一手提着保温盒、揽住她，另一只手捉住那个小男孩，趁着对方傻傻的还没反应过来，一举将其拿下。

他的语气冰冷，不容置喙：“走，去见你的老师。”

小男孩挣扎了一下，发现挣不脱，有些急了：“怎么了？你是谁？”

段白焰冷笑：“砸了人就想跑？”哪有这么便宜的事。

小男孩这才反应过来。

“对不起，是我刚刚砸到你们了吗？因为我在学校的墙里面看不见外面，而且我太矮了，所以只好先把书包扔出来。”他努力解释，“但我翻墙不是为了偷东西，我不小心把东西落在了学校，门卫不让我进，我才翻进去拿的。”

姜竹沥听他絮絮叨叨半天，才明白发生了什么事。

不过这个声音，她有些不确定：“谢勉？”

是上次那个年幼的星级志愿者，“别人家孩子”？

小男孩愣了一下。

他一条胳膊还被段白焰拽着，试探地朝前探探头，离开红墙的阴影，才露出自己的脸。

下一刻，谢勉与姜竹沥异口同声：“你怎么在这儿？”

段白焰脸色难看，勉为其难地放开了谢勉。

“对不起。”谢勉局促不安，连连道歉，“都怪我没有经验，差点砸到竹沥姐。”

“这种事，还是没有经验比较好。”姜竹沥意有所指，高中时期段白焰逃了太多课，是年级著名的老油条。

段白焰抬起头，意味不明地看了她一眼。

“你特地回来拿作业？”姜竹沥喜欢有礼貌的小孩，蹲下身帮他整理皱巴巴的校服，“有什么是姐姐能帮你的吗？”

这话掺着一半客套的意思，可谢勉还真的站在原地认真地想了一会儿。

“志愿者协会最近在做一个随迁子女和留守儿童的心理咨询平台。”谢勉认真地建议，“如果竹沥姐姐感兴趣，可以来看一看。”

姜竹沥帮他整理领子的动作微微一顿。

她没想过要重新回去做心理咨询师，共情产生的感情对她而言很要命，压得她喘不过气，她都过不好自己的生活了。

所以她答应得一点也不干脆：“有机会的话，也许会去吧。”

夜幕低垂，霓虹闪烁，街道上车水马龙，拉出一道道光带。

姜竹沥和段白焰散步回医院，她站在他身旁，敏感地感觉到，自从告别谢勉，他散发的气息就不对。

姜竹沥忍不住问：“怎么了？”

“没。”

一路上车流不息，他的下颌紧绷，微微皱着眉，心里的想法挥之不去。

刚刚姜竹沥摸了谢勉的领子，还帮他整理衣服，甚至拍了拍他的头。

他从没有过这种待遇，他还不如一个小学生。

“我总觉得，谢勉的家长有问题。”他不愿意说，姜竹沥只好自顾自地叹息，把认识谢勉的过程说给他听，“你随便想想，哪有家长会这么晚让孩子一个人来拿课本的？简直有毛病。”

段白焰抿着唇。

“我参加谢勉的生日会时，他的妈妈会因为各种事挑他的刺。”她一点也没察觉，自顾自地继续，“超可怜啊，小小年纪就这样。”

段白焰不想听了。

然而她还没结束，微微一顿，语气竟染上惆怅：“我怕谢勉过得不好。”

段白焰终于忍无可忍：“我也怕你过得不好。”

姜竹沥一愣，有些错愕地抬起头，在他脸上捕捉到一种类似颓然的表情。

段白焰别扭了太久，这一次他决定认输。

他口头承认，姜竹沥出国之后，他一直惦记着她，只不过远隔重洋，他什么也做不了。

他甚至留着她以前的小视频，冬天时伦敦下起大雪，她在学校的林荫大道上，裹着厚厚的围巾，一边踩雪一边对着摄像头露出明亮的笑：“我这里下雪啦！不知道伦敦和国内，哪里下雪比较早？”

段白焰在屏幕这头，深深地皱眉。

他有太多话想问，她冷不冷？她生活得怎么样，交到朋友了吗？

他像一个含辛茹苦的老父亲，想关心一下远在异国、经济状况不明的女儿，却又不敢说得太多，怕她会烦。

更怕的是，她根本不会理他，而他也拉不下脸。

“到最后。”他声音发涩，“只剩下最简单的一条路。”

给她砸钱。

姜竹沥站在夜风里，沉默了一会儿，小声道：“笨蛋。”

平心而论，跟他分开的那些时日，她的确过得不好。

可是这一秒，她心里突然生出一点信心，如果是留在“这样的”段白焰身边，以后的时日是会好的吧。

不等他反应过来，姜竹沥伸出小拇指，勾上了他的手。

他的手很大，干燥且骨节分明，以前两人十指相扣时，他能将她的手完完全全包裹在里面。

夜风沁凉，路灯明亮，漫天繁星布于夜空中。

许久，段白焰的耳根慢慢红了起来。

后记

高二的时候，我住校。学校离城区有些远，所以周末我偶尔留校，不回家。

那时留校的人不算少，我同桌是其中一个。所以当我发现自己的书落在教室，而门已经锁了，我艰难地爬上近两米高的窗户，却因为找不到落脚的地方而犹豫着不敢往下跳的时候……

我打了电话给他。

这位同学在十分钟后抱着篮球赶来，抬头看着坐在窗台上一动不动的我，笑着问："坐多久了，你还不下来？"

也许这对你们而言，是文中的一个片段；但是对我而言，是这个故事真正的开端。

我叫他"毕同学"。

这家伙做了我高二一整年的同桌，我们偶尔互呛，偶尔合作。

我们在半夜三点打过电话，他不厌其烦地说："慢慢说吧，我听着呢。"也在空无一人的话剧会场里，我告诉他，想要将这件事一直做下去。

那一年里，我给他写过歌、写过短篇、写过百字令、写过舞台剧剧本。

他其实和小段很不一样，身体健康，脾气很好，也不傲娇，但这本书里学生时代的大多数情节，来自他。

我十八岁生日时，这家伙将留言的信纸在班上转着传一圈最后放到我的桌子上，我给他发短信，开玩笑说，再不回来我就跑去找班主任告状了。他笑着回我："别别，你慢点，我跑着去追。"

中秋节时，班上猜灯谜，我小声告诉他每一条灯谜的谜底，他从讲台上下来，抱着糖果放到我的桌角，说：“都是你的。”

他嘴上说着：“我绝不演舞台剧，绝不。”但下晚自习之后，被我撞见他一个人在教室里认认真真地背台词。

尽管这段青春回忆对现在的我来说，已经非常遥远。

可写这本书的时候，回忆到跟他有关的情节，我还是会想笑，想哭，想回到十七岁。

对于段白焰来说，十七岁和青春期，应该都是从一场雨开始的。

他在熊恪的陪伴下一个人走进学校，过去许多年，他回忆这场相遇，觉得“天上下的不是雨，而是一根根将他笼进去的红线”。

这个家伙孤独地做了十七年的傲娇小少年，嘴毒、偏执，怀有不可思议的才华，却对认定的事物拥有过分的占有欲，还被宠出了不得了的坏脾气。

可他也会认真地为姜竹沥写信，会在她最需要他的时候，坚定地告诉对方“我一直在这里”；会为了一个人，努力走出“玻璃罐子”，去触碰真实的世界，去拥抱她。

无论过去多少年，少年们那“我会站在你这边”的感情，都令人动容。

这是我爱段白焰的原因。

开始写这本书之前，我去找毕同学，卑微但真诚地发问：“我们当时还发生过什么事？你能不能帮我回忆一下？”

他：“你每次找我，都是因为写小说没有素材。”

我：“你不戳穿我，我写完之后，就给你寄书。”

其实……写到最后，我感觉这故事已经跟他没什么关系了。

所以我决定，还是不给他看了。

竹沥和小白的故事是“久别重逢”，是“破镜重圆”，但我和小毕同学不是。我和他是青春小说里的背景板、工具人，从来就没有跌宕起伏的剧情，也没有分开多年狭路相逢，“原来你还在这里”的桥段。

可是青春多短暂啊，岁月这样步步紧逼。

等我回头看，无论用什么样的角度去看待这段关系，都由衷地感谢这场相遇，也感谢十七岁时，把每一句想说的话都说出来、把每一件想做的事都做完了，没有留下任何遗憾的自己。

最后的最后，希望看到这句话的每一位读者，都能遇到“尽管我们争吵、误会、分离、异地，到头来却仍然相爱”的恋人。

春天快乐，祝诸位好呀。

我们第二册见。

南书百城

2019.11.04